ペナンブラ氏の24時間書店

ロビン・スローン

失業中だったぼくが，ふとしたきっかけで働くことになった〈ミスター・ペナンブラの二十四時間書店〉は変わった店だった。まったく繁盛していないのに店名どおり24時間営業で，梯子つきの高い高い棚には，Google検索でもヒットしない謎の本がぎっしり詰まっているのだ。どうやら暗号で書かれているらしいそれらの本の解読に，ぼくは友人たちの力を借りてこっそり挑むが，それは五百年越しの謎を解き明かす旅の始まりだった——すべての本好き，読書好きに贈る冒険と友情，その他もろもろ盛りだくさんの物語。全米図書館協会アレックス賞受賞作。

登場人物

クレイ・ジャノン……………失業中の青年
エイジャックス・ペナンブラ……二十四時間書店の店主
マシュー（マット）・
　ミッテルブランド……特殊効果アーティスト
アシュリー・アダムズ…………広告代理店社員
ニール・シャー………………ソフトウェア会社のCEO
キャット・ポテンテ……………グーグル社員
オリヴァー・グローン…………二十四時間書店の店員、大学院生
タビサ・トゥルードー…………オリヴァーの友人、博物館の副館長
モーリス・ティンダル…………
フェドロフ……………………　二十四時間書店の顧客
ローズマリー・ラピン…………
エドガー・デックル……………ペナンブラの弟子

マーカス・コルヴィナ……二十四時間書店のパトロン、フェスティナ・レンテ社のＣＥＯ
エリック……………コルヴィナの特使

＊

クラーク・モファット……『ドラゴンソング年代記』の著者
アルドゥス・マヌティウス……製本業者
グリフォ・ゲリッツズーン……活字製作者

ペナンブラ氏の24時間書店

ロビン・スローン
島村浩子訳

創元推理文庫

MR. PENUMBRA'S 24-HOUR BOOKSTORE

by

Robin Sloan

目次

ベティ・アンとジムに

ペナンブラ氏の24時間書店

書　店

求人広告

薄暗い書棚の前で迷子になり、ぼくはもう少しで梯子から落ちそうになる。ちょうど真ん中までのぼったところだ。書店の床、ぼくがあとにしてきた地表ははるか下方にある。書棚のてっぺんははるか上方にあって暗い――本がぎゅっと詰めこまれているせいで、光がまったく差さないからだ。あのあたりは空気も薄いかもしれない。コウモリが見える気がする。

ぼくは命がけで片手を梯子に、片手を書棚にかけていて、力のはいった手は白くなっている。目で指関節の上をたどった先に――あった、あったぞ。捜している本が。

でも、ここで話を戻させてもらおう。

ぼくはクレイ・ジャノン。これから話すのはぼくがめったに紙にさわらなかった日々の話だ。

ぼくはキッチンテーブルの前に座り、ノートPCで求人広告に目を通しはじめる。でも、ブラウザのタブが点滅すると気が散って、ワイン用の遺伝子組み換えブドウに関する長い雑誌記事のリンクをクリックしてしまう。いや、長すぎだ。そこでこの記事を〝あとで読む〟リストに追加する。つぎに、ある本のレビューのリンクページに飛ぶ。レビューも〝あとで読む〟リストに加え、その本――ヴァンパイア警察シリーズの三作目――の最初の章をダウンロードする。ここまで来ると、求人広告のことはすっかり忘れてしまい、リビングルームに行き、ノートPCをおなかに載せて、一日読みどおしになる。ぼくには自由になる時間がいっぱいあったんだ。

二十一世紀初頭にアメリカを襲い、ハンバーガーチェーンを倒産させ、スシ帝国にシャッターをおろさせた外食産業大不況の影響で、ぼくは失業中だった。

失業するまで働いていたのは〈ニューベーグル〉の本社。それはニューヨークでもなく、伝統的にベーグルで有名な都市でもなく、ここサンフランシスコにあった。〈ニューベーグル〉はとても小さくて、とても新しい会社だった。創業者はプラトニック・ベーグル――カリッとしてつるっとした表面、なかは柔らかくてもっちり、それがパーフェクトな円形にまとまっている――を考案し、それを焼くソフトウェアを開発した元グーグル社員《グーグラー》ふたり。ぼくが美術学校を出て最初に就職したのがここで、最初はこのドーナツ形のおいしい食べものを説明したり、販促したりするためのマーケティング素材――ショーウィンドウに貼るメニューやクーポン、一覧表、ポスターなんか――を作るデザイナーだった。一度はパンと焼き菓子フェアのブースを丸ごとまかされもした。

仕事はいっぱいあった。まず、元グーグラーの片方が会社のロゴを新しくデザインしてくれと言ってきた。前のは薄茶の円のなかに大きく元気な虹が描かれていて、いかにもMSペイントで作りましたって感じのロゴだった。ぼくは短剣や箱みたいなヘブライ文字を彷彿《ほうふつ》させる、シャープな黒いひげ飾り《セリフ》がついた新しい書体を使って新しいデザインを考えた。そのロゴは

〈ニューベーグル〉に厳粛な雰囲気を与え、ぼくは米国グラフィックアート協会《AIGA》のサンフランシスコ支部から賞をもらった。つぎに、もうひとりの元グーグラーに暗号化の方法を知っている（と言えなくもない）と話したところ、ウェブサイトの管理をまかされた。ウェブサイトのデザインも一新し、〝ベーグル〟〝朝食〟〝トポロジー〟といった検索ワードと連動したマーケティングを展開するために、少額だけど予算をもらった。ツイッターアカウント@NewBagelの中の人にもなり、朝食トリビアとデジタルクーポンつきツイートで数百人のフォロワーを獲得した。

　人類が進化の輝くべき新たな段階にはいったわけじゃなかったけど、ぼくはあれこれ学んでいた。上昇していた。ところが、そのあと景気が下向きになり、不況下では人は昔ながらのデコボコしていびつなベーグルを好むことがわかった。エイリアンの宇宙船みたいなつるっとしたベーグルはお呼びじゃなかった。たとえそのベーグルにきわめて正確に挽かれた岩塩が振りかけてあっても。

　元グーグラーたちは成功に慣れていたから、簡単にはあきらめなかった。すぐさま社名を〈オールド・イエルサレム・ベーグル・カンパニー〉に変え、自分たちのプログラムを完全に捨てたので、ベーグルは焦げたり、不ぞろいになったりしはじめた。ふたりはウェブサイトを昔懐かしい雰囲気に変えろと指示し、その仕事はぼくの心を重くしたうえ、ＡＩＧＡからは何ひとつ賞をもらえなかった。マーケティングの予算は縮小され、その後ゼロになり、仕事はどんどん減っていった。ぼくは何も学べなかったし、停滞した。

とうとう元グーグラーたちはタオルを投げ入れて、コスタリカへ引っ越した。オーヴンは冷たくなり、ウェブサイトは閉じられた。退職手当は出なかったけど、会社支給のＭａｃＢｏｏｋとツイッターアカウントがぼくのものになった。

そんなわけで、ぼくは就職から一年もたたないうちに失業してしまった。不況になったのは外食産業だけじゃなかったから、モーテルやテントで暮らす人が現れた。急にどの業界でも椅子取りゲームが始まったみたいで、ぼくもなるべく早く席を、どんな席でもいいから手に入れなければと強く感じていた。

競争を考えると、先行きは暗かった。同業の友人たちは新興ベーグルショップのロゴなんかじゃなく、世界的に有名なウェブサイトをデザインしたり、タッチパネル・インターフェースを開発したりしていた。アップルで働いてる友達もいるし、親友のニールは自分で会社を経営している。〈ニューベーグル〉でもう一年働けていたら、ぼくも格好がついていたはずなんだけど、ちゃんとした職歴に数えられるほど長く働けなかったし、これといって何も身につけられなかった。あるのは一九五七年から八三年にかけてのスイス・タイポグラフィ（一九五〇年代にスイスで発展したグラフィックデザインの様式）に関する美術学校時代の論文と三ページのウェブサイトだけ。

でも、求人広告はずっとチェックしていた。ぼくの希望水準は急速に低くなりつつあった。最初は自分の信条に合う会社でしか働かないつもりだった。つぎに、何か新しいことを身につけられるならかまわないかもしれないと考えるようになった。そのあとは、とにかく悪徳企業じゃなければいいことにした。いま振り返っている時点では、悪徳の個人的な定義を慎重に考慮中だった。

そんなぼくを救ってくれたのは紙だった。ネットから離れていれば求職活動に集中できるとわかったので、求人広告をどっさりプリントアウトし、スマートフォンを抽斗《ひきだし》にしまい、散歩に出かけたんだ。ぼくでは力不足な求人は、途中にあるへこんだ緑色のゴミ箱に丸めて捨てていく。そうすると、疲れて帰りのバスに乗るころには、有望な会社の案内が二、三枚、パンツの後ろポケットのなかで検討を待っていることになる。

この日課がぼくをある仕事へと導いてくれた。予想とは違う形でだったけれど。

脚に自信があるなら、サンフランシスコは散歩にいい場所だ。狭い正方形の土地にアクセントとして急な坂が点在し、三方を海に囲まれているので、結果としてあちこちで意外な景色が楽しめる。片手いっぱいのプリントアウトを握りしめ、脇目も振らずに歩いていると、急に地面が傾斜して港までの視界がぱっとひらけたりする。あいだにはオレンジとピンクに輝くビル。サンフランシスコの建築スタイルはアメリカのほかのどことも似ていない。この街の住人になって、慣れてからでさえ、景色には不思議な感じを覚える。窓が目と歯みたいに見える、ウェディングケーキの繊細なデコレーションに似た細長い家々。方角によっては、その後ろに赤錆色のゴールデンゲイトブリッジが亡霊のように見える。

ぼくは見慣れない景色を眺めながら、急な階段坂をおりていき、そのあとは家まですごく遠まわりになる海沿いの道を選んだ。古びた埠頭《ふとう》を――フィッシャーマンズワーフの雑多な喧噪《けんそう》は注意深く避けて――歩いていくと、まわりの景色がシーフードレストランから海洋エンジニアリング会社へ、ソーシャルメディアの急成長中新規ビジネス《スタートアップ》へと変わっていった。とうとうおなかが鳴って、ランチを食べる準備ができたと合図をしてきたので、ぼくは街の中心へ戻ることにした。

サンフランシスコの通りを歩くとき、ぼくは窓に貼られた求人ビラを見逃さないようにしていた――ふつうはそんなことしないだろう？　そういうビラは本来もっと疑ってかかったほうがいいはずだ。合法な雇い主はコミュニティサイトの〈クレイグズリスト〉を利用するだろうから。

当然ながら、二十四時間書店は合法な雇い主という感じじゃなかった。

店員募集
夜勤
特殊な応募条件あり
諸手当厚遇

さて。〝二十四時間書店〟というのは何かの婉曲表現にちがいないと、ぼくはほぼ確信した。場所はブロードウェイで、街の中心から離れてたから。求職ハイキングのおかげで、ぼくは住んでいるところから遠く離れた場所まで来ていた。隣は〈ブーティーズ〉という店で、ネオンの脚が組んだりほどいたりをくり返している。

書店のガラス戸を押し開けた。頭上でベルがチリンチリンと朗らかに鳴り、ぼくはゆっくりと戸口をはいった。そのときは自分がどんなに重大な一線を越えたか、わかっていなかった。

店内はというと――ふつうの本屋を、壁を下にしてそっくりそのまま立たせたところを想像してほしい。この店はありえないほど細長くて、くらくらするほど天井が高く、書棚はずっと上まで続いていた――三階分かもっと上まで。ぼくは頭をぐっと仰向けたけど（本屋ってやつはどうしてかならず首にきついことをやらせるんだ？）、書棚は果てがないみたいに暗がりの彼方へと見えなくなっていた。

書棚と書棚のあいだは狭く、ぼくは森の入口に立っているような錯覚を覚えた――それも親しみやすいカリフォルニアの森じゃなく、トランシルヴァニアの森、すなわち狼と魔女と、短剣を振りまわす追いはぎが月光の届かない暗がりで待ち伏せしている森だ。書棚には梯子が何本もかかっていて、横にスライドするようになっている。ふつうならすてきな光景だろうけど、薄暗い上のほうまで伸びているさまは不気味に見えた。梯子たちが暗闇で起きた事故の噂を囁き合ってるのが聞こえた。

そんなわけで、ぼくは真昼の明るい陽差しがはいってきて、狼を寄せつけずにおいてくれるはずの店の手前半分にとどまった。店の正面はガラス張りで、黒い鉄の格子に厚い正方形の板ガラスがはめこまれている。そこには縦長の金色の文字で（裏から見ると）つぎのように書いてあった。

その下にはアーチのなかにシンボルマークが描かれている――ひらかれた本から生えているみたいに見える平たい両手。

で、ミスター・ペナンブラって誰だ？

「いらっしゃい」本の山の向こうから静かな声が聞こえ、人影が現れた――梯子みたいに背が高くてやせた男性。ライトグレーのボタンダウンシャツに青いカーディガンを着ている。足元がおぼつかず、長い手を書棚に伸ばして体を支えていた。薄暗がりから出てくると、瞳の色とカーディガンの色が同じだった。青色の目が何本ものしわに囲まれている。とても年取った男性だ。

彼はぼくにうなずきかけて、弱々しく手を振った。「何かお探しかな？」

それはいい台詞だった。なぜかはわからないけど、ぼくは居心地のよさを感じて尋ねた。

「ミスター・ペナンブラですか？」

「まさしく」彼はうなずいた。「わたしがここの管理人だよ」

ぼくは自分でも言うつもりはなかったことを言った。「仕事を探してるんですが」

ペナンブラは一度まばたきをしてから、入口の横に置かれたデスクまでよろよろと歩いていった。黒っぽい木目のはいった、森の入口の堅固な要塞みたいに巨大なデスクだ。書棚に包囲攻撃をかけられても、何日も持ちこたえられそうに見える。

「求職だね」ペナンブラはもう一度うなずいた。デスクの奥の椅子に腰をおろし、ぼくをよく見る。「本屋で働いた経験はあるのかな？」

「ええと、学生時代、シーフードレストランでウェイターのバイトをしていたんですけど、オーナーが自分の料理本を売ってました」『秘密の鱈《たら》』っていうタイトルで、三十一種類の――これ以上言う必要はないよね。「たぶんそれは経験のうちにはいらないですよね」

「うん、はいらないね。だが、かまわない」ペナンブラは言った。「ここでは、本の業界での経験はさほど役に立たない」

ちょっと待った――ひょっとして、ここって本当は官能作品《エロティカ》専門の店なんだろうか。ぼくは奥のほうとまわりに目を走らせた。でも、引き裂かれたのもそうでないのも、コルセットの描かれた表紙は目にはいらなかった。それどころか、すぐ横のローテーブルには埃をかぶったダシール・ハメットの山があった。これはいい兆候だ。

「好きな本を」ペナンブラが言った。「一冊挙げてくれんかな」

答えはすぐに決まった。迷いはなしだ。「『ミスター・ペナンブラ、一冊じゃなくてシリーズなんです。それに、すごい傑作ってわけじゃないし、たぶん長すぎるし、結末は悲惨です。でも、ぼくはこのシリーズを三回読みましたし、親友と出会ったきっかけは、六年生のときにふたりともこのシリーズに夢中になってたからなんです」ぼくは息を吸いこんだ。「ぼくが大好きなのは『ドラゴンソング年代記』です」

ペナンブラは片眉をつりあげてからにっこり笑った。「あれはいい、とてもいい」笑顔がさらに大きくなり、白い歯がのぞいた。目をすがめ、ぼくを上から下までじろっと見た。「だが、きみ、梯子にはのぼれるかね？」

そんなわけで、ぼくはいま三階の高さまである梯子にのぼっている。〈ミスター・ペナンブラの二十四時間書店〉の床から遠く離れて。取ってくるように言われたのは『AL-ASMARI』という本で、ぼくの左腕を一五〇パーセントぐらい伸ばした先にあった。下まで戻って梯子を移動させる必要がありそうだ。でも、下ではペナンブラが叫んでいる。「乗り出すんだ、おまえさん！　乗り出すんだよ！」

ワオ、この仕事、最高そうじゃないか。

上着のボタン

これが一カ月前のことだ。ぼくはいま、ペナンブラの店の夜勤店員として猿さながらに例の梯子をのぼったりおりたりしている。これにはかなりのコツが要るんだ。梯子を必要な位置まで滑らせ、車輪を固定し、膝を曲げて三段目か四段目に直接跳びのる。勢いを殺さないよう両手で体を引きあげると、たちまち地上一・五メートルくらいの高さまで来ている。のぼるときは上や下じゃなくまっすぐ前を見る。顔の正面、三十センチくらいのところに目の焦点を合わせ、色とりどりの本の背がすばやく飛びすぎていくようにするんだ。頭のなかで段を数え、ついに目的の高さまで達したら、取りにきた本のほうへ手を伸ばし……そりゃ、もちろん身を乗り出すのさ。

職能としてはウェブデザインほどつぶしがきかないかもしれないけど、おもしろさという点ではたぶん上だし、いまのぼくはもらえるならどんな仕事でもやる。

ただ、新しく身につけたテクニックをもっと頻繁に使えたらいいのにとは思う。〈ミスター・ペナンブラの二十四時間書店〉は、顧客がものすごく多いから二十四時間営業をしているわけじゃない。それどころか、お客はほとんど来なくて、ぼくは店員というよりも夜間警備員になったみたいに感じることがときどきある。

ペナンブラが売るのは古本だけど、そろいもそろって新品と言ってもおかしくないほど状態がいい。本は昼間のうちに彼が買い取りをしていて——買い取りの権限を持っているのは窓に名前が記された人物だけ——きっと手強《てごわ》い買い手なんだと思うよ。ベストセラー・リストにはあまり関心がなさそうだ。店の蔵書は多岐にわたり、たぶんペナンブラの個人的な好みという以外にはパターンも意図もない。そんなわけで、ティーンエイジャーの魔法使いの本もヴァンパイア警察の本もこの店にはない。もったいないよな。だって、ここはまさにティーンエイジャーの魔法使いの本が買いたくなるような店だから。ティーンエイジャーの魔法使いになりたくなる店だから。

友達にペナンブラの店の話をしたので、何人かが書棚と、埃っぽい高みへとのぼっていくぼくを見物しにきた。ぼくはたいてい彼らをうまく丸めこんで何か買わせた。スタインベックの小説一冊、ボルヘスの作品数冊、トールキンの分厚い本一冊——こういう作家にペナンブラは興味があるらしい。おのおのの著作が全部そろってるから。最低でも、友達に葉書一枚は買わせた。葉書は例のフロントデスクに重ねて置かれている。店の正面がペンとインクで描かれていて——描線が細く、すごく古めかしい印象で、クールじゃないからまたクールになってきたタイプの絵だ——ペナンブラはそれを一枚一ドルで売っている。

でも、数時間に一ドルじゃぼくの給料にはならない。給料がどこから捻出されてるのかは不明だった。だいたいこの店がどうして続けられてるのかも不明だ。

いままでに二度見たお客がひとりいる。隣の〈ブーティーズ〉で働いているにちがいない女性だ。二度とも目がマスカラでアライグマみたいになってたし、たばこのにおいがしたから、かなり確信がある。明るい笑顔にくすんだ茶色っぽい金髪。何歳かはわからないし——苦労してきた二十三歳の可能性もあれば、驚くべき三十一歳の可能性もある——名前も知らない。でも、伝記が好きなのは知ってる。

初めて来たとき、彼女は足を引きずり、上の空でストレッチをしながら、手前の棚をゆっくりと一周し、それからフロントデスクに来た。「スティーヴ・ジョブズの伝記、ある?」彼女はピンクのタンクトップとジーンズの上にもこもこしたノースフェイスのジャンパーを着ていて、ちょっと鼻にかかった話し方をした。

ぼくは顔をしかめて答えた。「たぶんないと思います。でも、調べてみますね」

ペナンブラの古ぼけたベージュのMacPlusにデータベースがはいっている。そのマシンを創った人物の名前を打ちこむと、低いチャイムが鳴った——在庫ありという音。彼女は運がいい。

ぼくらは頭を傾けて〝伝記〟コーナーに目を走らせ、その本を見つけた。ピカピカの新品みたいな一冊。テクノロジー関係の重役だけど、実は本を読まないパパへのクリスマスプレゼントだったのかもしれない。あるいはテクノロジー関係の重役パパはキンドルで読みたいと思ったのかも。とにかく、この本は誰かがここに売りにきて、ペナンブラの検閲を通ったということだ。奇跡に近い。

「彼、とってもハンサムだったわよね」ノースフェイスは腕をいっぱいに伸ばして本を持った。スティーヴ・ジョブズが白い表紙からこちらをじっと見ている。片手を顎に置き、ペナンブラのとちょっと似た丸眼鏡をかけて。

一週間後、ノースフェイスがにこにこして静かに手を叩きながら——そうすると三十一歳よりも二十三歳に見えた——店の入口をはいってきた。「ああ、あれ、最高におもしろかったわ！　聞いて」真面目な顔になった。「あの人、アインシュタインの本も書いてたの」彼女が差し出したスマートフォンにはアマゾンの商品紹介ページが表示されていて、ウォルター・アイザックソンが書いたアインシュタインの本が映っていた。「ネットで見つけたんだけど、もしかしたらここで買えるかもしれないと思って」

いいかな。これって信じられないことだよ。本屋にとっては夢みたいな出来事だ。ひとりのストリッパーが時の流れに逆らって〝ストップ！〟って叫んでるようなものだもの——そのあと、ぼくらは期待に胸をふくらませて頭を傾け、ペナンブラの〝伝記〟コーナーに『アインシュタイン　その生涯と宇宙』はないことを知った。リチャード・ファインマンに関する本は五種類も置いてあったけど、アルバート・アインシュタインに関する本は一冊もなかった。ペナンブラの好みがわかる。

「ほんとに？」ノースフェイスは口をとがらせた。「ちぇっ。いいわ、オンラインで買うから。ありがと」彼女は夜の闇のなかに消えていき、その後はまだこの店を訪れていない。

率直に言わせてもらおう。本を手に入れる場合、心地よさ、手軽さ、満足感の面から順番に並べると、ぼくの入手先リストはつぎのようになる。

1. バークレーにある〈ピグマリオン〉みたいな一〇〇パーセント、インディペンデントな本屋
2. 広くて明るい〈バーンズ&ノーブル〉。あそこが大企業なのはわかってるけど、現実に目を向けよう——〈バーンズ&ノーブル〉の店舗はいい。特に大きなソファがある店は。
3. 〈ウォルマート〉の本売り場（鉢植え用の土売り場の隣にある）
4. 太平洋の海中深くもぐっている原子力潜水艦ウェストヴァージニアの船内の貸出文庫
5. 〈ミスター・ペナンブラの二十四時間書店〉

そんなわけで、ぼくは経営立て直しに乗り出すことにした。いや、書店経営についての知識はゼロだよ。ストリップクラブから流れてくる客の実情を正確に把握してなんかいないし、経営立て直しの経験があるとも言えない。ロードアイランド・デザイン学校のフェンシング部が破産しそうになったとき、エロール・フリンの映画マラソンを企画して救ったのを数に入れてくれるなら別だけど。でも、ペナンブラのやり方には明らかに間違っていることがある——まったくやってないことが。

たとえば、マーケティング。

ぼくは計画を立てた。まず小さな成功を積み重ねて実力を証明し、広告を打つ予算をもらう。窓にビラを貼ったり、もっと大きく、最寄りのバス停に広告を出してもいい。〝バスまで時間がある？　それなら当店でお待ちください！〟とか。そうしたら、ノートPCにバスの時刻表を表示しておいて、つぎのバスが来る五分前にお客さんたちに知らせられるようにする。名案じゃないか。

でも、最初は小さく始めなければならない。お客がゼロで気を散らされることがないので、ぼくは仕事に励んだ。まず、お隣の〝ブーティネット〟という名前のプロテクトされていないWi-Fiに接続する。そのあと、地元のレビューサイトをひとつひとつ訪れて、この隠れたすばらしい店について熱烈なレポートを書く。地元住人のブログにはウィンクしている顔文字入りのフレンドリーな書きこみをする。メンバーひとりだけのフェイスブックグループを作る。

グーグルのハイパーターゲティング広告プログラム――〈ニューベーグル〉で利用していたのと同じやつ――に加入し、とんでもなく的確に獲物が見つかるようにした。グーグルの長いリストから、ぼくはつぎの特性を選んだ。

●サンフランシスコ在住
●本好き
●夜型
●現金を持ち歩く
●埃アレルギーなし
●ウェス・アンダーソンの映画が好き
●最近この店から五ブロック以内に立ち寄ったGPS記録

十ドルしか使えないから、明確に指定する必要があったんだ。

ここまでは全部、需要側の話。供給についても考えなければならないけど、ペナンブラの店の蔵書は控えめに言っても気まぐれだ――これじゃ、充分な説明になってないな。〈ミスター・ペナンブラの二十四時間書店〉は、実は二軒の店が一軒にまとまっているんだ。

店の手前のほう、デスクのまわりの書棚に本がぎっしり詰まっている区画は、それなりにふつうの書店だ。背の低い書棚に〝歴史〟や〝伝記〟〝詩〟と表示があって、アリストテレスの

『ニコマコス倫理学』やトレヴェニアンの『シブミ』が置いてある。このそれなりにふつうの書店は品ぞろえにむらがあっていらいらする。でも、図書館やインターネットで見かける作品が並んでいることだけは確かだ。

もう一軒の書店は奥のほうにある。梯子つきの高い棚に本が詰まっていて、そこにあるのはグーグルが知るかぎり存在しない作品ばかりなんだ。信じてくれ。調べてみたんだから。大半はアンティークみたいに見えるけど——ひび割れた革装、金箔で記された書名——残りは色あざやかなぱりっとした表紙の製本されて間もないものだ。だから、全部がアンティークってことはない。ただどれも……独特なんだ。

ぼくはこれを〝奥地蔵書《ウェイバックリスト》〟って呼んでる。

働きはじめたばかりのころは、どの本も小さな出版社から出されただけだろうと思っていた。デジタルで記録管理をするのを好まないアーミッシュの小さな出版社とか。もしくは自費出版の作品——米国議会図書館にもどこにも収蔵されなかった手綴じの一点もののコレクションかもしれないと。ひょっとしてペナンブラの店はある種の孤児院なんじゃないかって。

でも店員になって一カ月が過ぎると、もっと複雑な事情がある気がしてきた。二軒目の店には独自の顧客グループが存在するんだ——奇妙な衛星みたいに定期的にやってくる少人数のコミュニティが。ノースフェイスの彼女とは似ても似つかない。みんなもっと年取っていて、アルゴリズム的規則正しさでやってくる。棚を冷やかすなんてことはなし。覚醒し、完全にしらふで、いてもたってもいられないような状態で来る。たとえば——。

ドアの上のベルがチリンチリンと鳴り、それが鳴り終わらないうちにミスター・ティンダルが息を切らして叫びだす。「キングズレイクだ！　わしにキングズレイクをくれ！」彼は両手を頭からはずし（マジにここまで両手で頭を押さえたまま走ってきたのか？）、デスクにバシンと置く。そしてもう一度同じ台詞をくり返す。まるでおまえのシャツが燃えているとすでに一度教えてやったのに、どうしてすぐ行動に移らないんだ、とでも言うように。

「キングズレイクだ！　急げ！」

MacPlusのデータベースにはふつうの本と奥地蔵書が一緒に登録されている。後者は書名やテーマ（そもそもテーマなんてあるのか？）によって分類されてない。だから、コンピュータの助けが不可欠なんだ。ぼくがK・I・N・G・S・L・A・K・Eとタイプすると、Macのハードディスクがゆっくりと回転し——ティンダルはその場でぴょんぴょん跳びはね——チャイムの音と共に謎めいた検索結果が表示される。〝伝記〟や〝歴史〟あるいは〝サイエンスフィクション／ファンタジー〟ではなく、3－13と。これは奥地蔵書の通路3、棚13を指していて、ほんの高さ三メートルほどのところだ。

「ああ、よかった、ありがとう、うん、ありがたい」ティンダルは恍惚《こうこつ》として言う。「さあ、わしの本だ」大きな本をどこからか、たぶんズボンから取り出す。『KINGSLAKE』と引き換えに返却する本だ。「それとわしの会員証」正面の窓を飾っているのと同じマークが記された、ラミネート加工のしかつめらしい感じの会員証をデスクに置く。厚みのある紙に謎めいた文字が記されていて、ぼくはそれを記録する。ティンダルの場合はいつも変わらずラッキーナンバ

―６ＷＮＪＨＹだ。ぼくは二度、打ち間違える。

　いつもどおり猿みたいに梯子にのぼってから、ぼくは『KINGSLAKE』を茶色い包装紙で包む。ちょっとおしゃべりをしてみようとする。「今晩はどんな調子ですか、ミスター・ティンダル？」

「ああ、とてもいいとも。ますますよくなった」震える手で包みを受けとりながら、彼は答える。「ゆっくり、着実に、間違いなく前進しておる！　ゆっくり急げ《フェスティナ・レンテ》、ありがとう、ありがとう！」そう言うと、ドアベルをふたたびチリンチリンと鳴らして、急ぎ店をあとにする。午前三時に。


　ここはブッククラブなんだろうか？　どうやって入会するんだろう？　会費を払ってるのか？

　ティンダルやラピン、フェドロフが帰ったあと、ひとりになると、ぼくはそんなことを考える。ティンダルがいちばんの変わり者だけど、全員がかなり変わっている――全員が白髪で、ひたむきで、どこか別の時代か場所から来たような雰囲気がある。ｉＰｈｏｎｅなんて知らない。時事問題やポップカルチャーやほかの話題が出ることもなく、いや、ほんとに話題は本だけなんだ。絶対にクラブ仲間だと思うけど、彼らがおたがいに知り合いだという証拠はない。それぞれがひとりで来て、いま燃えるような情熱を抱いている対象について以外、ひと言も話さない。

ああした本に何が書かれているのか、ぼくは知らない――知らないでいるのが仕事の一部なんだ。ぼくを雇った日、梯子のぼりテストのあと、ペナンブラはデスクの後ろに立って、明るい青色の瞳でぼくを見ながらこう言った。

「この仕事には三つのきわめてきびしい条件がある。簡単に同意してはいかんよ。ここで働く店員は一世紀近くにわたってこの規則に従ってきたし、それがいまになって破られるのを許すつもりは、わたしにはない。ひとつ、きみはここに午後十時から午前六時までのあいだずっといなければならない。遅刻は許されないし、早退もできない。ふたつ、棚にはいっている本は読んだり、拾い読みしたり、そのほかどんな形でもなかを見てはならない。メンバーのために本を出してくる。やるのはそれだけだ」

きみが何を考えてるかわかってるよ。何十夜もひとりでいて、一冊もちらりとも見たことがないのかっていうんだろ？　ああ、ないとも。ことによると、ペナンブラはどこかに監視カメラを隠してるかもしれない。のぞき見をして、それがばれたら、クビになるかもしれない。ぼくのまわりでは友達がハエみたいにパタパタ落ちているんだ。さまざまな業界が、国全体が停滞しつつある。テント暮らしなんてしたくない。ぼくにはこの仕事が必要なんだ。

それに、三番目のルールが二番目の埋め合わせになった。

「きみはお客とのやりとりをすべて記録しなければならない。時刻、顧客の様子、精神状態。どのように本を請求したか。どのように受けとったか。怪我をしている様子はなかったか。帽子にローズマリーの小枝を差していた、などなど」

ふつうの状況だったら、気味の悪い条件に思えただろう。現実には――真夜中に奇妙な本をさらに奇妙な学者たちに貸し出していると――きわめて適切なことに思えた。そこで、禁断の書棚を見つめて時間を費やすのではなく、顧客について書き記すことにぼくは時間を使った。

初めての晩、ペナンブラはフロントデスクの内側にある低い棚を見せてくれた。そこには革装の大型本が並んでいて、背表紙に記された光沢のあるローマ数字以外はそっくり同じだった。「店の業務日誌だ」並んでいる日誌に指を滑らせながら、ペナンブラは言った。「一世紀近く続いている」いちばん右にあった日誌を引っぱり出し、デスクにどさっと置いた。「これからはきみもこれをつけるんだ」日誌の表紙には〝NARRATIO〟の文字が深いエンボス加工で刻まれていた。それと、正面の窓と同じマークが。本のようにひらかれた両手。

「ひらいてごらん」ペナンブラが言った。

なかの大きな灰色のページには、黒い字がびっしり書きこまれていた。スケッチもある。ひげ面の男の小さな似顔絵、ぎゅっと詰まった感じの幾何学的な落書き。ペナンブラはページをバサッとめくり、象牙色のしおりがはさまっていた真ん中あたりをひらいた。そこで記載は終わっている。「顧客の名前、来店時刻、書名を書いてくれ」そのページを叩きながら、彼は言った。「それと、いま言ったように、顧客の態度や様子もね。われわれはここのメンバーと、今後メンバーになるかもしれない顧客をひとり残らず記録している。彼らの研究をさかのぼれるように」言葉を切ってからつけ加えた。「何人かはとても一生懸命、研究をしている」

「具体的には何をしているんですか?」

「決まってるじゃないか!」ペナンブラは眉をつりあげた。

「本を読んでいるんだよ」

そんなわけで〝NARRATIO IX〟と記された日誌に、ぼくは自分のシフトのあいだに起きたことをわかりやすく、正確に記録するようベストを尽くしている。ときたま麗々しい文学的表現を加えつつ。二番目のルールはそんなに徹底的じゃないと言えるかも。ペナンブラの店でぼくが手を触れることを許されている奇妙な本が一冊だけある。いま書いている日誌だ。

朝、店に来て、夜のうちにお客が来たと知ると、ペナンブラはそのときのことをぼくに尋ねる。ぼくは日誌の一部を読みあげ、ペナンブラはうなずきながらぼくの記録に耳を傾ける。でも、そのあとで突っこんだ質問をする。「ミスター・ティンダルのことがなかなかよく描けているな。だが、彼の上着のボタンが貝ボタンだったかどうか憶えてるかね? それとも、トグルボタンだったかな? あるいは金属製だったか? 銅とか?」

オーケイ——ペナンブラがこんな細かな情報を知りたがるのは、確かに奇妙に思える。よこしまなものも含めて、目的が考えられない。でも、一定以上の年齢の人が相手だと、どうしてそんなことをするのか、理由を尋ねなくなったりするよね。だって、〝ミスター・ペナンブラ、どうしてミスター・ティンダルの上着のボタンのことが知りたいんですか?〟って訊いて、向こうが顎をかき、居心地の悪い沈黙が流れて……本人も理由を思い出せないってことがわかったらどうする?

あるいはその場でクビにされたら?

ペナンブラは目的を明かさず、そこから伝わってくるメッセージは明らかだった。自分の仕事だけして、質問はするな。前の週に失業した友人のアーロンは、いまサクラメントの両親の家に戻る準備をしている。現在の経済状況を考えると、ペナンブラの忍耐の限界は試したくない。ぼくにはこの席が必要なんだ。

ミスター・ティンダルの上着のボタンは翡翠《ひすい》でできていた。

マトロポリス

〈ミスター・ペナンブラの二十四時間書店〉を二十四時間態勢で運営するに当たっては、太陽が一周する時間をオーナー一名と店員二名で三分割し、いちばん遅い時間帯をぼくが担当している。オーナーのペナンブラが朝の担当だ——ふつうなら最も人気《プライム》のあるタイムと呼ばれる時間帯なんだろうけど、この店にはプライムタイムなんてない。つまり、お客がひとり来たらビッグイベントなんだが、そのお客ひとりが現れる可能性は真夜中も正午三十分後も同じなんだ。そんなわけで、ぼくは書店のバトンをペナンブラに渡すけど、受けとるのは午後担当の静かな男、オリヴァー・グローンからだ。

オリヴァーは背が高く、がっちりしていて、手脚が太く、足がデカい。髪は赤褐色の縮れ毛で、耳は頭から真横に突き出している。前世では、アメフトかボートの選手だったか、隣のストリップクラブから低級な紳士をほうり出す仕事をしてたんじゃないかな。いまはカリフォルニア大学バークレー校で考古学を専攻する大学院生。博物館の学芸員になるために勉強中だ。

オリヴァーは物静かだ——体の大きさからすると物静かすぎるほどに。短く簡単な文章しか話さず、いつも何かほかのこと、ものすごく昔かつ／あるいは遠くのことを考えているように見える。空想にふける対象はイオニア式円柱。

彼の知識は深い。ある晩、店のささやかな歴史コーナーのいちばん下の棚から『伝説に登場するものたち』という本を持ってきて、試験をしてみたんだ。見出しを手で隠して彼に写真だけ見せる。

「古代クレタの雄牛のトーテム、紀元前一七〇〇年」とオリヴァー。正解。

「バッセ・ユッツ出土の細口瓶、紀元前四五〇年。五〇〇年かもしれない」そのとおり。

「紀元六〇〇年の瓦。韓国のだね」これもそのとおり。

試験が終わってみると、十問中十問正解だった。オリヴァーの脳は、ぼくと時間の尺度が違うんだと思う。ぼくはきのうの昼に何を食べたかも思い出せないくらいなのに、オリヴァーは紀元前一〇〇〇年に何があったか、当時のものがどんな外観をしていたか、苦もなくわかるんだから。

嫉妬する。いまオリヴァー・グローンとぼくは同僚だ。まったく同じ仕事に就き、まったく同じ椅子に座っている。でも、近いうちに、すごく近いうちに、彼はとても重みのある学位を取ってえらくなり、ぼくを置いていく。実社会に居場所を見つける。なぜなら、彼には得意なことがあるから――人気《ひとけ》のない書店で梯子をのぼること以外にも。

毎晩、ぼくが午後十時に店に行くと、オリヴァーはフロントデスクに座り、いつも『テラコッタの手入れ』や『アローヘッド版コロンブス以前のアメリカ地図』というようなタイトルの本を読んでいる。毎晩、ぼくはダークウッドのデスクを軽く叩く。オリヴァーが顔をあげ、「よお、クレイ」と言う。毎晩、ぼくが彼に替わって席に着き、兵士みたいにうなずき合って別れのあいさつをする――相手が置かれている状況を誰よりも理解している男同士みたいに。

ぼくの勤務時間が終わるのは朝の六時で、自由時間の開始にはなんとも具合の悪い時刻だ。たいていは家に帰り、読書かゲームをする。緊張をほぐすためと言いたいところだけど、ペナンブラの店の夜勤で緊張したりはしない。だから、あくまでルームメイトが起きてくるまでの時間つぶしだ。

マシュー・ミッテルブランドはわが家の招聘芸術家《アーティスト・イン・レジデンス》だ。棒みたいにやせていて、色白で、妙な時間に寝起きする――ぼくよりも妙なくらいだ。予測がつきにくいから。ぼくは彼が起きてくるのを待たなくていい朝がしょっちゅうある――帰ってくると、マットが最新の作品とひと晩中格闘してたってことがあるんだ。

昼間（といえなくもない時間）マットはプレシディオにあるインダストリアル《I》・ライト《L》＆マジック《M》で映画の小道具やセットを作る特殊効果の仕事をしている。幽霊の出る城やレーザーライフルをデザインして給料をもらってるんだ。でも――ぼくはここがすごいと感動してるんだけど――コンピュータは使わない。マットはいまだにナイフと接着剤でものを作る、数少なくなりつつある特殊効果アーティストなんだ。

ＩＬＭにいないときは、個人の作品を制作している。ものすごい集中のしかたで、乾燥した小枝をつぎつぎと火にくべ、それをとことん燃やしつくすように何時間も働く。眠りは浅く、短く、椅子に背を伸ばして座ったまま、あるいはソファにファラオみたいに寝そべってということもたびたびある。物語に出てくる精霊、小さなジンなんかに似てるけど、彼を作っているのは空気と水ではなく想像力だ。

マットの最新作はいままでのどの作品よりも大きいので、そのうちぼくもソファも居場所や置き場所がなくなるだろう。最新作はリビングルームを占領しつつある。

彼がマトロポリスと呼ぶそれは、箱と缶、紙と発泡スチロールからできている。鉄道の走っていない鉄道模型だ。基礎となる土地はピーナツ形の発泡スチロールを金網で固定してあって、起伏が激しい。最初はカードテーブル一卓に載る大きさだったが、マットはさらに二卓分を追加し、どちらも構造プレートのように高さが異なっている。テーブル上の土地に広がるのはひとつの都市だ。

縮小された超現実的世界。身近にあるもので作られた、明るく輝くハイパーシティ。つるつるしたアルミホイルでできた、ゲーリー（フランク・ゲーリー。カナダ出身の米国の建築家。斬新な発想で知られる）風の曲線がきいた建物。乾燥マカロニでできたゴシック風のぎざぎざした狭間《はざま》。緑の葉でできたエンパイア・ステート・ビルディング。

カードテーブルの後ろの壁には参照用の写真——博物館や大聖堂、タワービルディング、低層住宅のプリントアウトが貼られている。空を背景とした写真もあるけど、クローズアップ写真が多い。マット自身が撮った建物の表面や質感がわかる拡大写真。たびたび彼はそうした写真の前に立ち、顎をこすりながら、輝く砂岩を咀嚼《そしゃく》し、分解して、特注のレゴ・ブロックで再現する。日用品がとても独創的な使われ方をするので、素材がなんであったかということは忘れ去られ、ミニチュアの建物にしか見えなくなる。

ソファに黒いプラスチックのリモコンが置いてある。ぼくはそれを手に取り、つまみのひとつをカチッと倒した。ドアのそばで眠っていたおもちゃサイズの飛行船がブーンという音と共に目を覚まし、マトロポリスに向かって動きだす。持ち主ならエンパイア・ステート・ビルディングのてっぺんにうまくそれを着地させられる。でも、ぼくは窓にぶつけてしまうだけだ。

マトロポリスから廊下を少し行ったところにあるのがぼくのベッドルームだ。この家には三人のルームメイト用に三つのベッドルームがある。天井にエドワード朝風の線細工が施されただけの、いちばん小さくて立方体みたいな白い部屋がぼくの部屋だ。マットの部屋はずっと広い、この家でいちばん大きなベッドルームだが、隙間風がはいる——狭くて急な階段をのぼった屋根裏にあるんだ。大きさと快適さの完璧なバランスがとれているのが三番目のベッドルームで、三人目のルームメイト、アシュリー・アダムズが使っている。いまは寝ているけど、まもなく起きてくるはずだ。アシュリーは毎朝きっかり六時四十五分に起きるから。

アシュリーは美しい。美しすぎるほどに――まるで3Dモデルみたいに輝いていてすっきりしている。ストレートの金髪は肩のところでまっすぐにカットされ、腕は週二回ロッククライミングをしているおかげで引き締まっている。肌は一年中きれいに陽焼けしている。アシュリーは広告代理店の取引先担当責任者で、その関係で〈ニューベーグル〉の広告を担当したときにぼくと出会った。ぼくの作成したロゴを気に入ってくれたんだ。最初、ぼくは彼女にひと目ぼれしたと思ったんだけど、そのうち彼女はアンドロイドだと気がついた。

悪い意味でじゃないよ！　だって、よく考えてみれば、アンドロイドって最高だろう？　頭がよくて、強くて、きちんとしていて、思慮深い。アシュリーはその全部に当てはまる。それに彼女はぼくたちのパトロンなんだ。このアパートメントハウスは彼女が所有している。もう何年も住んでいて、ぼくたちの家賃が安いのは、彼女がここを手に入れてから長いことたってるおかげなんだ。

個人的に、ぼくはアンドロイド専制君主の登場を歓迎するよ。

ぼくがこの家に住みはじめて九カ月がたったころ、当時のルームメイトのヴァネッサが環境関連のMBAを取るためにカナダに引っ越した。彼女の後釜にマットを見つけてきたのはぼくなんだ。美術学校時代の友達の友達がマットで、ぼくは白壁の小さなギャラリーでひらかれた彼の個展を見にいったことがあった。作品はどれもワインボトルや電球のなかにミニチュアの町並みがおさめられていた。ルームメイトを探していたとき、マットがアパートを探しているとわかると、ぼくは芸術家と同居できるかもしれないとわくわくした。でも、アシュリーが賛成するかどうか自信がなかった。

マットはぴしっと折り目のついたズボンにさっぱりした青色のブレザーという格好で訪ねてきた。ぼくたちはリビングルーム（当時は薄型テレビが幅をきかせていて、テーブルの上に都市が建設されることになるなんて、誰も夢にも思ってなかった）に腰をおろし、マットはそのときＩＬＭで担当していた仕事について話した――ブルーデニムの肌を持つ血に飢えた悪魔をデザインし、作成するという仕事。アバクロ店内に作るホラー映画セット風ディスプレイの一部だった。

「いまは縫製を勉強してるところなんだ」マットはそう言ってから、アシュリーのカフスを指差した。「それはすごくいい縫製だ」

マットが帰ってから、アシュリーは彼のきちんとしたところが気に入ったと言った。「だから、あなたがいいと思うなら、わたしは彼でかまわないわよ」

ぼくたちの同居がうまくいっている理由――それはポイントが異なるけれど、マットとアシュリーは細かい点にこだわるところが共通しているからなんだ。マットの場合は小さい地下鉄の駅に書かれた小さい落書きのスローガン。アシュリーの場合はアンサンブルニットと色を合わせた下着。

でも、本当の試金石となる出来事が、マットのこの家における初めての作品制作という形で早い段階に起きた。場所はキッチンだった。

キッチン。アシュリーにとっての神聖なる場所。ぼくはキッチンでは慎重に行動する。パスタとかペストリーとか、後片づけが簡単なものしか食べない。アシュリーの高級なフードグレーダーや複雑なにんにく絞り器を使ったりしない。こんろのオンオフはできるけど、オーヴンの熱風対流装置の使い方はわからない。きっと原子力ミサイルの発射装置さながら、鍵がふたつ要るんじゃないかな。

アシュリーはキッチンを愛してる。食通、美食家で、彼女がいちばん美しく見える、あるいはアンドロイド的な完璧さを呈するのは、週末にカラーコーディネートされたエプロンを着け、金髪を頭のてっぺんでまとめて、おいしそうなにおいのするリゾットを作っているときだ。

マットの初めての作品制作は、屋根裏で、あるいは狭苦しい裏庭でもできたはずだ。しかし彼が選んだのはキッチンだった。

これは〈ニューベーグル〉後の失業期間中の出来事だったので、ぼくはそのとき現場にいた。それどころか、ぼくがマットの手並みを身を乗り出して眺めていたときにアシュリーが現れたんだ。職場から帰宅したばかりで、まだJ・Crewのグレーブラウンとクリーム色の服を着たままだった。彼女ははっと息を呑んだ。

マットはパイレックスの巨大な鍋を火にかけていて、そのなかでは油と染料の混合物がゆっくり攪拌《かくはん》されていた。ねっとりと粘りけが強く、下からゆっくり加熱されて、スローモーションのように渦を巻き、光沢を帯びている。キッチンの照明はすべて消され、大鍋の後ろに明るいアーク灯がふたつ置かれていた——アーク灯が御影石のカウンターと鍋のなかの混合物に赤と紫の影を投げかけている。

ぼくは無言で背筋を伸ばした。こんなふうに現場を押さえられたのは、九歳のとき、学校から帰ってきたあとキッチンテーブルの上で酢と重曹の火山を作っていたとき以来だ。あのとき、ぼくの母もアシュリーみたいなパンツをはいていた。

マットがゆっくりと目をあげた。服の袖は肘までまくりあげられている。濃い色の革靴が薄暗がりのなかで輝き、油に覆われた指先も光っていた。

「馬頭《ばとう》星雲のシミュレーションをしてるんだ」と彼は言った。そうみたいだね。

アシュリーは無言で見つめていた。口がうっすらとひらき、キーホルダーが家事リストのすぐ上の、定位置である整然と並んだかけ釘に戻される途中で指からさがったままになっていた。

マットがこの家に来て三日が過ぎたころだった。

アシュリーは二歩前へ出て、まさにぼくがそうしたように身を乗り出し、宇宙の深みをのぞきこんだ。渦巻く緑がかった金色の表面に濃い黄色の泡が湧きあがってくる。

「すっごい、マット」彼女は囁くように言った。「なんてきれいなの」

そんなわけで、マットの天体物理学的シチューはぐつぐつ煮えつづけ、その後、彼のほかの作品制作はどんどん大きく、ますますまわりを汚すものになっていき、場所を占領していった。アシュリーは作業の進展に興味を持った。リビングルームにはいっていっては片手を腰に置き、鼻をかき、的を射た建設的な意見を述べる。テレビを移動させたのは彼女自身だった。

これがマットの秘密兵器、パスポート、刑務所からの釈放カードだ。彼は美しいものを作る。

そんなわけだから、ぼくはもちろんマットにぜひこの書店に来てくれと言った。そして今夜、二時半に彼は現れた。ドアの上のベルがチリンチリンと鳴ってマットの到着を告げ、彼はひと言も言わないうちに頭をのけぞらせて書棚の薄暗い高みを見あげた。ぼくのほうを見て、チェックの上着を着た腕をまっすぐ伸ばし、天井を指して言う。「あそこまでのぼりたい」

働きはじめてほんの一カ月だし、ぼくはまだ悪さをする勇気があるとは言えなかった。でも、マットの好奇心には伝染力がある。彼は奥地蔵書のところまでまっすぐ歩いていくと書棚のあいだに立ち、身を乗り出して棚の木目、本の背表紙の質感を観察した。

ぼくは譲歩した。「わかった。でも、しっかりつかまってないとだめだよ。それに、どの本にもさわらないこと」

「さわらないこと?」マットは梯子の強度を試しながら訊く。「買いたくなったらどうするんだ?」

「売りものじゃないんだよ――これは貸本なんだ。クラブのメンバーしか借りられない」

「稀《き》覯《こう》本なのか?　初版本とか?」彼は早くも宙にいる。動くのが速い。

「限定版と言ったほうが近いと思う」ＩＳＢＮがついてないから。

「なんの本なんだ?」

「わからない」ぼくは小さい声で答える。

「ええ?」

大きな声で言うと、すごく間抜けに聞こえる。「わからないんだ」

「一冊もなかを見たことないのか？」マットは梯子の途中で足を止め、信じられない、という顔でこちらを見おろした。

ぼくはそわそわしはじめる。どういう話になるかわかっているからだ。

「真面目に、一度も？」マットが書棚に手を伸ばす。

不快感を伝えるために梯子を揺らしてやろうかとも考えたが、マットに本のなかを見られるよりも厄介なことがあるとすれば、それは彼に墜落死されることだ。たぶん。マットは両手で黒い表紙の分厚い本を一冊持っていて、そのせいでバランスを失いそうだった。彼が梯子の上でふらつくのを見て、ぼくは歯を食いしばった。

「おい、マット」急に甲高く、泣き声っぽい声になる。「それはそのままにして――」

「こいつは驚きだ」

「いや、ほんとに――」

「真面目に、驚きだぜ、ジャノン。おまえ、これを一度も見たことがないのか？」マットは本を胸に抱え、梯子を一段おりた。

「待った！」なんとなく、本は元あった場所に少しでも近いところにあるほうが違反の度合いが低い気がする。「ぼくがそっちに行くよ」通路をはさんで反対側の書棚の梯子をマットの梯子の向かいまで引っぱってきて、段をのぼりだす。あっという間にマットと同じ高さにたどり着き、地上九メートルの場所でひそひそ声の協議が始まった。

本当のことを言うと、もちろん、ぼくは死ぬほど好奇心をそそられていた。マットには腹が立っていたけれど、肩の上の悪魔を演じてくれている彼に感謝もしていた。マットは分厚い本を胸の上でバランスをとってから、ぼくのほうに突き出した。このあたりは暗いので、ぼくはよく見ようと書棚のあいだの空間に身を乗り出した。

これを読むために、ティンダルやほかの客は真夜中にこの店に駆けこんでくるのか？

「暗黒の儀式の百科事典だったらと期待してたんだけどな」とマット。

広げられた二ページには文字がびっしり並んでいて、白い部分はほとんどなかった。文字は太字で大きく、鮮明なひげ飾りがついている。書体はわかる――ローマン体の活字で、それはまあノーマルだ――けれど、書いてある言葉はわからない。実のところ、そもそも言葉なんて書いてなかった。文字――一様に無秩序に見える――がずらずらと続いているだけ。

「とはいえ」マットが言う。「これが暗黒の儀式の百科事典じゃないってこともわからない」

ぼくは書棚から別の本を引っぱり出した。縦に長く、薄くて、あざやかな緑の表紙がつけられている。茶色の背表紙には〝KRESIMIR〟とある。なかは、まったく同じ。

「もしかしたらパズルかもしれないな」とマット。「数独の超進化形みたいな」

確かにペナンブラの店の客は、コーヒーショップで詰めチェス問題や土曜日のクロスワードパズルを、新聞紙に青いボールペンを危険なほどぎゅっと押しつけて解いていそうな人たちだ。

下のほうでベルがチリンチリンと鳴った。冷たい恐怖がぼくの脳みそから指先へとすばやく伝わり、また脳へと戻ってきた。店の入口から低い声が聞こえた。「ダレカイマスカ？」

ぼくはひそひそ声でマットに言った。「その本を元に戻せ」それから急いで梯子をおりはじめる。

　ゼエゼエ言いながら梯子からおりると、戸口にいたのはフェドロフだった。ぼくが会った顧客のなかでいちばんの年長者だけど――顎ひげは雪のように白く、手の皮膚は紙のように薄い――たぶんいちばん澄んだ目をしている。実を言うと、ペナンブラとよく似ているんだ。彼はデスクに一冊の本を置き――『CLOVTIER』を返却しにきたんだ――二本の指で机を叩く。

「つぎはＭｕｒａｏクダサイ」

　よしきた。ぼくはデータベースで『MVRAO（古代アルファベットにはUの文字が存在せず、代わりにVが用いられていた）』を見つけ、マットをもう一度梯子にのぼらせた。フェドロフはマットをしげしげと見る。「店員がモヒトリ？」

「友達です。ちょっと手伝ってもらってるだけです」

　フェドロフはうなずく。マットはクラブの最年少メンバーとして通りそうだとぼくは気づいた。マットもフェドロフも、今夜は茶色のコーデュロイをはいている。

「きみはここにキテ、アー、サンジューシチ日目？」

　自分では数えていなかったけど、そう、きっと三十七日目だ。この人たちはとても正確だから。「そのとおりです、ミスター・フェドロフ」ぼくは明るく言う。

「それで、ここをドウ思いマスカ？」

「気に入ってます。オフィスで働くよりもいいです」

　フェドロフはうなずいて会員証を差し出す。彼の会員番号は６ＫＺＶＣＹ。「わたしはヒューレット《H》・パッカード《P》で働いてマシタ」彼の発音だとヘイチ・ピーになる。「サンジュー年間。あそこはオフィスデシタ」ここで彼はちょっと大胆になる。「HPのケイサンキは使ったことありマスカ?」

マットが『MVRAO』を手に戻ってくる。斑紋入りの革で閉じられた縦も横も幅のある分厚い本だ。

「ああ、ええ、もちろん」ぼくは答えながら、茶色の包装紙で本を包む。「高校時代ずっとグラフ計算機を使ってました。あれはHP-38だったな」

顔をぱっと輝かせたフェドロフは得意げな祖父のように見えた。「わたしはニジューハチを開発しマシタ。あれは先駆者デシタ!」

これを聞いてぼくはほほえんだ。「あの計算機、まだどこかに取ってあるはずです」そう言って、フロントデスク越しに『MVRAO』を渡す。

フェドロフはそれを両手ですくうようにして受けとった。「アリガトウ。サンジューハチでは逆《R》ポーランド《P》記法《N》が使えマセン」自分が借りる(暗黒の儀式についての?)本を意味深長にトンと叩く。「イイデスカ、RPNはこのテの仕事に便利デス」

マットの言うとおりだ。数独。「憶えておきます」

「ヨロシイ。それじゃ、あらためてアリガトウ」ベルがチリンチリンと鳴り、フェドロフがバス停のほうへゆっくり遠ざかっていくのをぼくらは見送った。

「彼の本を見てみた」とマット。「ほかのと同じだった」

前から奇妙に思えていたことが、今度はますます奇妙に思えてきた。

「ジャノン」マットが真正面からぼくと向き合った。「おまえに訊きたいことがあるんだ」

「当てさせてくれ。どうしてぼくはいままで一度も本の中身を――」

「おまえ、アシュリーに気があるか？」

えっと、こんなことを訊かれるとは思わなかったな。「なんだって？　ないよ」

「わかった、よし。なぜなら、おれはあるんだ」

ぼくはまばたきをし、完璧な仕立てのちっちゃなスーツジャケットを着て目の前に立っているマット・ミッテルブランドをぽかんと見つめた。スーパーマンの友達のジミー・オルセンがワンダーウーマンに気があると告白したみたいだった。似合わなすぎる。とはいえ――。

「彼女を口説くぞ」マットは重々しく言った。「妙な状況になるかもしれない」真夜中の奇襲を準備する特別奇襲隊員《コマンドー》のような口ぶりだった。〝確かにこれは非常に危険な作戦だ。しかし心配するな。おれは前にも経験がある〟っていうような。

ぼくの見方が変わる。マットはジミー・オルセンじゃなくクラーク・ケントで、内にスーパーマンが隠れてるのかもしれない。身長百六十センチのスーパーマンてことになるけど。

「その、理論上はすでに一度、彼女としてるんだ」

ちょっ、いまなんて――。

「二週間前。おまえはいなかった。ここにいたから。おれたち、ワインをしこたま飲んだんだ」

ぼくは頭が少しぐるぐるした。マットとアシュリーが不似合いだからじゃなく、自分の鼻先でこういう色恋沙汰が展開していたことにまったく気づかなかったからだ。こういうのはものすごく厭だ。

何もかも解決したかのように、マットがうなずく。「オーケイ、ジャノン。この店はめちゃくちゃかっこいい。でも、おれはそろそろ行かないと」

「家に戻るのか?」

「いや、仕事場だ。徹夜だよ。ジャングルモンスターを作るんだ」

「ジャングルモンスターね」

「生きた植物から作るんだよ。作業場をすごく暑くしておかないとならないんだ。また息抜きに来るかもしれない。ここは涼しくてカラッとしてる」

マットが帰り、ぼくはあとで日誌にこう記録する。

雲ひとつない涼しい夜。当書店にここ何年かでいちばん若い(と記録者は考える)客が訪れる。コーデュロイのズボンにスーツジャケット、その下には小さなトラが縫いとられたベストという格好。この客は(強制されて)葉書を一枚購入し、その後ジャングルモンスター制作の仕事を再開するために帰っていった。

とても静かだ。ぼくは頬杖をつき、友達の数を数え、ありふれた風景のなかにほかに何が隠れているのだろうと考える。

『ドラゴンソング年代記』第一巻

つぎの夜、別の友達が店を訪れた。それも単なる友達じゃない。いちばん古い友達だ。

ニール・シャーとぼくは六年生のときからの親友だ。中等学校《ミドルスクール》（アメリカでは地域によって六年生から中等学校になる）の予測不能な流体力学によって、当時のぼくはいつの間にかスクールカーストの頂点に近いところを漂っていた。バスケットボールがそこそこうまくて、女の子を異常に怖がったりしない無害な凡人。いっぽうニールは底辺へ直行だった。運動部系《ジョック》にもオタク《ナード》にも避けられていた。カフェテリアでぼくが一緒に食事をする仲間は、あいつは見た目も変、しゃべり方も変、においも変とばかにしていた。

でも、六年生の春、ぼくらはどちらも歌うドラゴンの本が大好きだという共通点から心の絆が結ばれ、結局は親友になった。ぼくはニールを弁護し、かばい、思春期前の駆け引き能力を彼のために駆使した。ニールがピザパーティに招かれるようにしたり、バスケットボールチームの仲間を〈ロケット&ウォーロック〉のテーブルトーク・ロールプレイングゲーム《TRPG》のグループに誘いこんだり（これは長続きしなかった。いつもニールがダンジョン・マスターになり、しつこいドロイドや人食いゾンビに彼らを追いかけさせたからだ）。馬好きで藁《わら》色の髪をした美人のエイミー・トーゲンセンに、ニールはお父さんが亡命中の王子でとてつもない大金持ちだから、冬のダンスパーティのエスコート役にぴったりかもしれないと話したり。あれはニールにとって初めてのデートになった。

そんなわけで、ニールはぼくにいくつか借りがあると言えると思うけど、ぼくらのあいだでは親切のやりとりが何度もあったから、いまとなっては個々の行為が際立つということはなく、誠意がひと塊になって輝いているという感じだ。ぼくらの友情は星雲なんだ。

いま書店の戸口に立っているニール・シャーは背が高く、がっしりしていて、体にぴったりフィットした黒いトラックジャケットを着ている。彼は奥地蔵書の背が高く埃っぽい書棚は完全に無視した。熱い視線を注いだのは〝サイエンスフィクション／ファンタジー〟の低い棚のほうだ。

「すげっ、モファットが置いてあるじゃないか！」分厚いペーパーバックを掲げるように持って、ニールは言う。『ドラゴンソング年代記』の第一巻――六年生のとき、ぼくたちの心がつながるきっかけになり、いまだにおたがいのお気に入りである、まさにその本だ。ぼくはこの本を三回読んだ。ニールは六回読んでるはずだ。

「それにこれ、昔の本みたいじゃないか」ページをめくりながら言う。そのとおり。クラーク・モファットが亡くなってから出版されたいちばん新しい版で、三部作を棚に三冊並べると、カバーのくっきりした幾何学模様がつながるようになっている。表紙にエアブラシで描かれているのは、海の泡のなかでとぐろを巻く肥った青いドラゴンだ。

ぼくはニールにそれはぜひとも買うべきだと言った。コレクターズ・アイテムだし、ペナンブラがつけている値段以上の価値があるからと。それに、この六日間でぼくが売ったのは葉書一枚だけだったから。ふつうなら、友達にプレッシャーをかけて本を買わせるなんて厭だけど、現在のニール・シャーはとてつもない大金持ちとまではいかなくても、王子の端くれとは間違いなくいい勝負だ。ぼくがプロヴィデンスの〈オー・マイ・鱈《コッド》！〉というレストランで必死に最低賃金を稼いでいたころ、ニールは自分の会社を起ちあげた。五年を早送りにして、さまざまな努力が生んだ魔法のような結果を見てみよう。ぼくのかなり正確なはずの概算によれば、ニールには数十万ドルの銀行預金があり、彼の会社は少なくとも数百万ドルの企業価値がある。それに比べて、ぼくの銀行口座にあるのはきっかり二千三百五十七ドルで、勤めている会社――会社と言えればだけど――は、経済活動の中心からはずれたところにあり、隣人はマネーロンダリング屋や過激な宗教団体だ。

とにかく、ニールには古いペーパーバックを買う余裕はあると思う。もう読む時間はないにしても。ぼくがフロントデスクの暗い抽斗を開けてつり銭を捜しているあいだに、ニールはようやく、店の奥半分を占領している薄暗い書棚に目を向けた。

「あっちにあるのはなんだ？」興味があるかどうか自分でもわからないといった口調だ。概して、ニールは古くて埃っぽいものよりも、新しくてピカピカしているもののほうを好む。

「あっちが」とぼく。「この店の本業なんだ」

マットのちょっかいのせいで、奥地蔵書に関してちょっと大胆になっていた。

「実は」ニールを奥の書棚へと連れていきながら言った。「この本屋の顧客は奇妙な学者の一団なんだって言ったら、どうする？」

「めちゃくちゃクールだ」ニールはうなずきながら言う。黒魔術師《ウォーロック》のにおいを嗅ぎつけたのだろう。

「さらに」ぼくは低い棚から黒い表紙の本を一冊取り出した。「ここにある本は一冊残らず暗号で書かれてるって言ったら？」本を大きくひらいて、無秩序な文字の並んだページを見せる。

「最高じゃないか」ニールはひげ飾りの迷路に指を走らせる。「うちに暗号を解読できるベラルーシ出身のやつがいるんだ。複製防止機能《コピーガード》やなんかのさ」

この発言のなかに、ミドルスクール後のニールの人生とぼくの人生の違いが隠れてる。ニールにはやつがいる――彼のために働いてくれる人間が。ぼくにはそんなやつはいない。ノートPCがせいぜいだ。

「そいつにこれを見せてみようか」とニールは続ける。

「うーんと、暗号と決まったわけじゃないんだ」ぼくは白状する。本を閉じ、棚に戻す。「それに、たとえ暗号だったとしても、なんていうか、解くだけの価値があるかどうかわからない。ここの本を借りていく人たちはかなり変わってるんだ」

「始まりはいつもそうだろ！」ニールはぼくの肩をバシンと叩く。「『ドラゴンソング年代記』を思い出してみろよ。半純血《ハーフブラッド》のテレマクは最初のページに出てくるか？　いいや。出てくるのはファーンウェンだ」

『ドラゴンソング年代記』の主人公は学のあるこびとファーンウェンだ。ドワーフの標準から言っても小さいくらいで、若いうちに戦士失格を宣言され——というのはさておき、うん、ニールの言うことには一理ある。

「この謎は解かないとな」と彼は言う。「いくらだ？」

ぼくはここの仕組み、メンバーがみんな会員証を持っていることを説明した——が、これはもうただの無駄話ではなくなっていた。ペナンブラの貸本クラブの入会金がいくらだろうと、ニールなら払える。

「いくらかかるか調べておいてくれ」とニールは言った。「これはリアル〈ロケット&ウォーロック〉だぞ、絶対」にやにやして、ダンジョン・マスターを演じるときの低い声に切り替える。「いまさら怖じ気づくなよ、血塗られた手《レッドハンズ》のクレイモア」

うっ。ニールめ、〈ロケット&ウォーロック〉でのぼくの名前を使ったな。これは古《いにしえ》の力を持つ呪文だ。ぼくは彼の言葉に従うことにする。ペナンブラに訊いてみよう。

ぼくたちは低い書棚とエアブラシで描かれた表紙の本のところへ戻る。ニールはぼくらの昔からのお気に入り、地球にゆっくり接近しつつある巨大な円筒形の宇宙船の物語をぱらぱらめくる。ぼくはマットがアシュリーを口説くつもりだという話をし、それから会社はどんな調子かと尋ねる。ニールはトラックジャケットのファスナーをおろし、下に着ている青みがかった暗い灰色のTシャツを誇らしげに指差した。

「これを作ったんだ。3Dボディスキャナを借りて、一枚一枚特別仕立てで。完璧に体にフィットする。完璧にだぞ」

ニールはものすごくいい体をしてる。彼と会うたび、ぼくは記憶のなかのぽっちゃりした六年生の姿を重ねずにいられない。だっていまのニールはなぜか、コミックブックのスーパーヒーローみたいに不自然なV字形の体形をしているから。

「会社のブランド戦略に役立つんだ」とニール。

ぴったりしたTシャツは胸のところにニールの会社のロゴが印刷されている。エレクトリックブルーの縦長の文字で〈アナトミクス〉と。

朝になってペナンブラが出勤してくると、ぼくは友人が奥地蔵書にはいる権利を買いたいと言っている話を切り出す。ペナンブラはピーコート——真っ黒な羊の毛を使った極上品だ——を脱ぎ、フロントデスクの椅子に背筋を伸ばして座った。

「ああ、買うとか買わないとかいう話じゃないんだ」両手を合わせて言う。「どちらかというと意思の問題だな」

「その、友人はとにかく好奇心をそそられているんです。根っからの愛書家で」これは真実とは言えない。ニールは原作よりも映画化されたもののほうを好む。『ドラゴンソング年代記』が一度も映画化されていないことにずっと腹を立てている。

「ふむ」ペナンブラは考えながら言う。「ここの本は……なかなか骨が折れると思うよ。それに、あそこにある本を読むには契約書に同意しなければならんのだ」

「つまり、待ってください――会費が高いんですか？」

「いやいや。きみの友達は熟読すると約束するだけでいいんだ。特別な本でね」奥地蔵書のほうに長い手を振る。「じっくり読まれてしかるべき特別な内容が書かれている。きみの友達は驚くほどすばらしいものに出会えるだろうが、本当に一生懸命取り組む気持ちがある場合だけだ」

「哲学みたいなものですか？　それとも数学？」

「そこまで抽象的なものじゃない」ペナンブラはかぶりを振る。「難題を解かなければならんのだが」ぼくの顔を見ながら首をかしげる。「それはもう知ってるんだろう、え？」

ぼくは顔をしかめ、認めた。「ええ。見てみたので」

「よしよし」ペナンブラはすばやくうなずいた。「好奇心のない店員は最低だからな」そう言うと、目をきらきらと輝かせる。「難題は時間と集中力を使えば解ける。解けたら何が待っているかを明かすわけにはいかないが、おおぜいがそれに人生を捧げてきたと言うだけで充分だろう。きみの……友達が甲斐があったと思うかどうかはわからない。だが、思うんじゃないかな」

ペナンブラの顔に皮肉っぽい笑みが浮かんだ。ぼくの友達というのは仮の話だと思っているんだ。つまり、実際はぼくの話だと。まあ、ほんのちょっとはそうかもしれない。

「もちろん、本と読者の関係はプライベートなものだ」とペナンブラは言う。「だから、われわれは信頼に基づくことになる。きみが、友達は著者を重んじ、ここの本を熟読すると言えば、わたしはきみを信じる」

ニールが絶対にそんな読み方をしないのは確かだし、ぼくはそんな約束をしていいものかどうか確信が持てなかった。いまはまだ。興味を惹かれるのと怖じ気づいてるのがちょうど半々だ。そこで、こう答えるにとどめた。「わかりました。友達にそう言っておきます」

ペナンブラはうなずく。「きみの友達は、心の準備ができていなくても恥ずかしいと思う必要はないよ。ひょっとしたら、時と共にもっと興味を惹かれるようになるかもしれないからね」

異星の客

つぎつぎと夜がめぐってきたけど、店はますますひっそりするばかりだった。客がひとりも来ないまま一週間が過ぎていく。ノートPCでハイパーターゲティング広告プログラムのダッシュボードを呼び出しても、これまでのところ、閲覧がまったくのゼロであることがわかるだけだった。画面の隅にグーグルからの明るい黄色のメッセージが表示され、ぼくの絞りこみ条件がきびしすぎるのではないか、存在しない顧客層を設定しているのではないかとほのめかされる。

ペナンブラの受け持つ、昼間の陽が差す時間帯はどんなふうなんだろうと想像をめぐらせた。

夕方、オリヴァーが担当する時間に、会社帰りの人がどっと押し寄せたりすることはあるんだろうか。この静けさと孤独のせいで、ぼくは冗談じゃなく頭がおかしくなりつつあるんじゃないかと心配になる。誤解しないでくれ。ぼくは仕事があることに、この椅子に座って、（そんなに多くはないけど）お金を静かに稼げることに感謝しているんだ。そのお金で家賃を払ったり、ピザやｉＰｈｏｎｅアプリを買ったりできることに。でも、前はオフィスで働いていた。チームで。ここにはぼくとコウモリしかいない（いや、上のほうには絶対コウモリがいるって）。

このごろは奥地蔵書を借りにくる人さえいない。街の反対側にあるほかのブッククラブに引き抜かれてしまったのだろうか？　みんなキンドルを買っちゃったのかな？

ぼくはひとつ持ってるし、ほとんど毎晩使ってる。いつもこの店の本がこっちを見つめて、〝裏切り者！〟って囁いている気がする――でもさ、最初の章だけならただで何冊も読めるんだよ。ぼくのキンドルは父親からのおさがりで、画面が小さく、ボディが傾斜している、キーボードつきの第一世代だ。《二〇〇一年宇宙の旅》の小道具みたいに見える。いまはもっと画面が大きくて、もっと工業デザイン的にかっこいいキンドルが出てるけど、ぼくのはペナンブラの店の葉書に似てる――クールじゃなさすぎてまたクールになってきた感じ。

『キャナリー・ロウ』（ジョン・スタインベックの小説。一九四五年刊）の第一章を半分ほど読んだところで、画面が暗くなってフリーズし、そのあと電源が落ちた。たいていの晩、こうなるんだ。キンドルのバッテリーは二カ月ぐらいもつはずなんだけど、ぼくのはビーチで長時間出しっぱなしにしてしまったのがたたって、プラグを抜いた状態では一時間程度しかもたない。

そこで、ぼくはMacBookのスイッチを入れ、いつもの巡回をする。ニュースサイト、ブログ、ツイッター。昼間、ぼくが見ていないあいだに交わされた会話を読むために、画面をスクロールする。視聴するメディアがすべて後追い《タイムシフト》になっている場合、実際はぼくが後まわし《タイムシフト》にされてるのと同じだったりするんだろうか？

最後に、ぼくは最近気に入ってるサイトをクリックする――グランブルのところだ。

グランブルっていうのは一個人で、たぶん男性。文学とプログラムが交差するサイト――一部〈ハッカーニュース〉、一部〈パリレビュー〉みたいな感じ――を運営してる。マットがこの店を訪ねたあとに、URLをメールしてくれたんだ。グランブルの仕事はこの店と通じるところがあるかもしれないって。マットの言うとおりだった。

グランブルは大人気の海賊版ライブラリを管理してる。電子書籍のデジタル著作権管理《DRM》を解除する複雑なコードを書き、紙の本からデータを取りこむ複雑なマシンを作ってるんだ。アマゾンに勤めていたら、金持ちになったんじゃないかな。でも、彼が選んだのはハリー・ポッター・シリーズの解除できないはずのDRMを解除し、電子書籍版七巻をすべて自分のサイトにアップして、無料ダウンロードできるようにすることだった――何カ所か変更を加えて。ハリポタをただで読みたければ、ハリーと一緒にホグワーツで学んでいる、グランブルグリッツという若い魔法使いがたまに登場するのを我慢しなければならない。そんなに悪くないよ。グランブルグリッツの台詞にはいくつか気のきいたのがある。

でも、ぼくを魅了したのはグランブルのいちばん新しいプロジェクトだった。二十世紀に出版されたあらゆるサイエンスフィクションの舞台を地図にするというものなんだ。彼はプログラムを使って各舞台を抜き出し、3D空間に載せていった。そんなわけで、年を追うごとに、人類の集合的想像力がより遠くへと羽ばたいていったことがわかる。月へ、火星へ、木星へ、土星へ、アルファケンタウリへ、それよりさらに遠くへと。ズームしたり、宇宙全体を回転させたり、小さな多角形宇宙船に乗りこんでクルーズをしたりもできる。宇宙船ラーマとランデブーもできれば、アシモフのファウンデーションの世界を見つけることもできる。

そこで、ふたつ。

1. ニールはきっとこれを気に入る。
2. ぼくもグランブルみたいになりたい。だって、同じくらいクールなものをぼくも作れたら? それは本物のスキルになるはずだ。スタートアップ企業に就職できるかもしれない。アップルで働けるかもしれない。暖かな陽差しを浴びながら、ほかの人類と会って交流できるかもしれない。

ありがたいことに、グランブルはいかにもハッカーヒーローらしく、この地図のプログラムコードを公開していた。Ruby《ルビー》というプログラミング言語――〈ニューベーグル〉のウェブサイトで使っていたのと同じ――で書かれた3Dグラフィックシステムで、完全無料だった。

そんなわけで、いまぼくはグランブルのコードを使って、ぼく独自の何かを作ろうとしている。周囲を見まわすと、格好のプロジェクトがすぐ目の前にあることに気づいた。〈ミスター・ペナンブラの二十四時間書店〉の模型を作って3Dグラフィックスを学ぼう。だってさ、ここは縦長、細長の箱にそれより小さな箱がいくつも詰まってるだけだ――そんなにむずかしいわけがないだろう?

まず最初にペナンブラの古いMacPlusからぼくのノートPCにデータベースをコピーする必要があって、実を言うと、それはそんなに簡単じゃなかった。MacPlusはプラスチック製のフロッピーディスクを使っているんだけど、MacBookにフロッピーは入れられないからだ。〈イーベイ〉でUSB接続のフロッピードライブを買わなきゃならなかった。値段が三ドルで送料が五ドル。MacBookにそれをつなぐのは奇妙な感じがした。

でも、こうしてデータが手にはいったので、ぼくはいま店の模型を作っている。大ざっぱ――バーチャルなレゴみたいに灰色のブロックを組み合わせただけ――だけど、だんだん見憶えがある感じになってきた。ちゃんと狭い雰囲気が出てるし、書棚も全部そろってる。座標系を設定したから、プログラムが自分で通路3、書棚13を見つけられるようになっている。それっぽい光がそれっぽい窓から差しこみ、それっぽい店に鋭角の影を落としている。これを聞いてすごいと思ったら、あなたは三十歳を超えてますね。

三晩の試行錯誤が必要だったけど、ぼくはいま学習しながら長いプログラムコードを書いているところだ。何かを作ってるって感覚はいいね。ペナンブラの店のなかなか説得力のあるポリゴンモデルが画面上でゆっくりと回転しはじめ、ぼくは〈ニューベーグル〉の倒産以後としては最高に幸せな気分を味わってる。〈ムーン・スーサイド〉っていう元気な地元バンドの新しいアルバムをノートPCのスピーカーから響かせながら、データベースをアップロードしようとしたちょうどそのとき——。

ベルがチリンチリンと鳴ったので、MacBookのミュートキーを押した。〈ムーン・スーサイド〉が静かになり、ぼくが顔をあげると、見憶えのない顔がいた。いつもなら、これから相手にすることになるのが世界一妙ちきりんなブッククラブのメンバーか、ふつうの深夜の冷やかし客か瞬時にわかる。でも、今夜ぼくの第六感《スパイダーセンス》は不調だった。

客は背が低かったけど、中年肥り気味でがっしりしていた。青みがかった灰色のスーツを着て、白いボタンダウンシャツの襟元を開けている。そういうところはいかにもふつうっぽいけれど、顔が違った。幽霊のように青白く、無精ひげに似た黒い顎ひげが生えていて、目は黒い鉛筆の先みたいだ。さらに、脇の下にきれいに包装された茶色い紙包みをはさんでいる。

彼の目は奥地蔵書ではなく、手前にある低い書棚へ即座に向けられたので、もしかしたらふつうの客かもしれなかった。もしかしたら隣の〈ブーティーズ〉から流れてきたのかもしれない。「何かお探しですか?」

「これはなんだ? これにどういう意味がある?」彼は低い書棚をにらみつけつつ、口から唾を飛ばした。

「ええ、品ぞろえが少なく見えますよね」とぼくは言い、息継ぎをして、ペナンブラの店のわずかな在庫から驚くような目玉商品を紹介しようとしたが、さえぎられた。

「冗談を言ってるのか？　少ないだと？」包みを机に置き――バンッ――〝サイエンスフィクション／ファンタジー〟の棚へのしのしと歩いていく。「これはここで何をしているんだ？」店に一冊だけ置いてある『銀河ヒッチハイク・ガイド』を掲げた。「それからこれは？　わたしをからかってるのか？」今度はハインラインの『異星の客』を持ちあげる。

なんと言えばいいのかわからない。なぜなら、何がなんだかわからないからだ。

お客は二冊の本を持ったままフロントデスクまでのしのしと戻ってきた。二冊とも机にバンと置く。「ところで、おまえは何者だ？」黒っぽい瞳が挑戦的にぎらぎらと輝く。

「この店を経営している者です」ぼくはできるかぎり冷静に答えた。「この二冊をお買いあげですか」

――。

男の鼻腔がふくらむ。「おまえはこの店の経営者なんかじゃない。見習いですらないだろう」やられた。確かに。ぼくはここで働きはじめて一カ月ちょっとだ。とはいえ、そんなことは
「それに、この店の本当の経営者が誰か、知りもしないんじゃないのか？　ペナンブラから聞いてるか？」

ぼくは何も言えない。この男は絶対にふつうの客じゃない。

「聞いてないだろう」彼は鼻で笑った。「聞いてないはずだ。いいか、おまえのボスには、もう一年以上前にこのくず本を捨てるよう言ってあるんだ」『銀河ヒッチハイク・ガイド』を叩

いて一語一語強調しながら言う。ジャケットのカフスの最後のボタンがはずれている。「それも初めてじゃない」

「いいですか、ぼくにはなんの話か、本当にわからないんです」慌てないぞ。ぶしつけな態度はとらないぞ。「ですから、真面目に、その本をお買いあげになりたいですか?」

彼はズボンのポケットからくしゃくしゃの二十ドル札を引っぱり出してぼくを驚かせる。

「ああ、もちろんだとも」そう言って、金をデスクにほうった。ぼくはこういうことをやられるのが嫌いだ。「ペナンブラの不服従の証拠が欲しいからな」いったん言葉を切り、目をぎらりと光らせる。「おまえのボスは困ったことになるぞ」

サイエンスフィクションを売ってるから? この客はどうしてそんなにダグラス・アダムスが嫌いなんだ?

「それに、そいつはなんだ?」MacBookを指し、鋭い口調で言う。画面いっぱいに店の模型が映し出され、ゆっくり回転している。

「あなたには関係ないことです」ぼくはMacBookの向きを変えて見えないようにした。

「わたしには関係ないだと?」客は唾を飛ばす。「だいたい知ってるのか――知るはずがないな」有史以来最悪の顧客サービスを経験したとでもいうように天井を仰ぐ。「よく聞け。これは大事なことだ」デスクに置いた包みを二本指で押し出す。それは幅があって平らで、見憶えがある形をしていた。ぼくの目をまっすぐに見つめ、客は言葉を継いだ。「この店はくそだが、これはかならずやペナンブラに渡されなければならない。ペナンブラに手渡すんだぞ。棚に入れるな。置いておくだけでもだめだ。ペナンブラに手渡すんだ」

「わかりました」とぼく。「いいですよ。了解です」

お客はうなずいた。「よし。頼んだぞ」買った本を持ち、玄関の扉を押し開ける。出ていこうとして振り返った。「それから、ボスにコルヴィナがよろしく言っていたと伝えてくれ」


朝、ペナンブラが戸口をはいってくるやいなや、ぼくは早口すぎるうえに支離滅裂な話し方で昨夜の出来事を語りはじめた。つまり、あの男にとっては何が問題なんですか、コルヴィナって何者ですか、それにこの包みはいったいなんですか、そして真剣に、あの男にとってはいったい何が問題で――。

「落ち着くんだ、おまえさん」ペナンブラは大きな声で言い、長い手でぼくを静めようとした。

「落ち着くんだ。座りなさい」

「これです」ぼくは例の包みを動物の死骸であるかのように指差した。たぶん、これは本当に動物の死骸か、さもなければ整然と五芒星形に並べられた骨だ。

「おおお」ペナンブラが囁くように言った。長い指で包みを持ち、机から軽く持ちあげる。

「なんとすばらしい」

もちろん、それは骨のはいった箱なんかじゃない。中身が何か、ぼくには正確にわかっているし、あの青白い顔の訪問者が店にはいってきたときからわかっていた。その事実がなぜかますますぼくに怖じ気を震わせる。だって、この店で起きていることはひとりの老人の奇矯な行動にとどまらないという証《あかし》だから。

ペナンブラは茶色い包装紙を剝がした。出てきたのは一冊の本だった。

「書棚に新たに加わる本だ」とペナンブラが言った。「フェスティナ・レンテ」

その本はとても薄いがとても美しかった。光が当たると銀色に輝く、斑紋のあるグレーの素材で綴じられている。背表紙は黒く、真珠のような光沢のある文字で〝ERDOS〟と記されている。奥地蔵書が一冊増えたわけだ。

「こうした本が届くのは本当にひさしぶりだ」ペナンブラが言う。「これはお祝いをせんとな。ここで待っていなさい、ここで」

彼は書棚のあいだを通って奥の部屋へと向かった。彼の事務室へと続く階段、ぼくがまだ一度も足を踏み入れたことのない〝関係者以外立ち入り禁止〟と書かれた扉の奥にある階段をのぼる靴音が聞こえる。戻ってきたペナンブラは重ね合わせたプラスチックのカップふたつと半分空のウィスキーの壜を持っていた。壜のラベルには〝フィッツジェラルド〟と書かれていて、ペナンブラと同じくらい年季がはいっていそうに見える。彼はカップに金色の液体を一センチちょっとほど注ぎ、ひとつをぼくにくれた。

「さて、彼のことを描写してもらおうか。訪ねてきた人物だよ。日誌から読んでくれたまえ」

「何も書かなかったんです」ぼくは白状する。それどころか、何もしなかったのだ。店のなかを行ったり来たりしてフロントデスクに近づかないようにしていた。例の包みに触れたり、見たり、あるいはそれについて考えすぎてしまうのが怖くて。

「ううむ、とはいえ日誌に記さなければならないことだぞ。さあ、話しながら書きなさい。わたしに話してくれ」

ぼくは彼に話しながら書き記す。すると気分がよくなってくる。まるでペンの黒い先っぽを通してぼくの血管から日誌へと、妙ちきりんなことが流れ出していくかのように。

「無遠慮なうすのろがひとり来店し――」

「あー……その書き方は賢明ではないかもしれないな」ペナンブラが軽い口調で言う。「彼は、そうだな……特使の任を帯びていた、としたらどうかな」

いいだろう、それならこうだ。「コルヴィナという名前の特使が来店し――」

「いやいや」ペナンブラがさえぎる。目をつぶり、鼻梁をつまんだ。「待ちなさい。書く前に、わたしが説明しておこう。彼は顔色が非常に青白く、イタチのような目をした四十一歳の男だ。がっしりした体つきで、似合わない顎ひげを生やし、袖が本開き(ボタンで開閉できる仕立て)のシングルのウールスーツを着ている。靴は先がとがった黒い革靴――合ってるかな?」

そのとおりだ。ぼくは靴まで目がいかなかったけど、ペナンブラはあいつをつかまえたことがあるんだな。

「ああ、もちろんあるとも。彼の名前はエリックだ。それに彼からの贈りものは貴重品だぞ」ペナンブラはスコッチウィスキーのはいったカップをまわす。「自分の役割を演じるのに熱心すぎるにしてもな。ああなったのはコルヴィナの影響だ」

「ところでコルヴィナっていうのは何者なんですか?」なんだか変な気分だったけど、伝言を伝えた。「彼からよろしくとのことです」

「もちろんそうだろうとも」ペナンブラはそう言って目玉をまわした。「エリックはコルヴィナを崇拝している。若者たちの多くがそうだ」質問をはぐらかしている。ペナンブラはちょっと口をつぐんでから、ぼくと目を合わせた。「ここは単なる書店ではないんだ、おまえさんも気づいているにちがいないが。一種の図書館でもあり、同種のものが世界のあちこちにある。ロンドンにひとつ、パリにひとつ——全部で十二カ所あるな。同じものはふたつとないが、働きは一緒だ。それをすべてコルヴィナが監督している」

「つまり、あなたのボスってことですね」

ペナンブラの顔が険しくなった。「わたしは彼を〝われわれのパトロン〟と考えたい」一語一語切るように言う。彼が〝われわれ〟と言ったことに気づいて、ぼくは笑顔になった。「しかし、コルヴィナはきみの見方に心から賛同するだろうな」

ぼくは低い書棚の本についてエリックがなんと言ったか話す——ペナンブラの不服従について。

「ああ、ああ」ペナンブラはため息をつく。「その話は前にもしたことだ。ばかばかしい。〝図書館〟の神髄はすべてが異なるところにある。ベルリンのコスターには音楽が、サンクトペテルブルクのグリボエードフにはすばらしいサモワールがある。そしてここサンフランシスコが持っているのは、なかでもいちばん大きな特徴だ」

「なんですか?」

「決まってるじゃないか、人々が実際に読みたいと思うかもしれない本だよ！」ペナンブラはわっはっはと笑い声をあげてから、歯を見せてにっと笑った。ぼくも声をあげて笑った。

「それじゃ、たいした問題じゃないんですね？」

ペナンブラは肩をすくめる。「こととしだいによるな。どれだけ真面目に受けとめるかに。いつでもどこでも、何もかもまったく同じでなければならないと考える、厳格な年寄りの監督の言うことを」いったん言葉を切った。「たまたまわたしはまったく真面目に受けとめないものでね」

「彼がここに来ることはあるんですか？」

「ないね」ペナンブラはかぶりを振りながら、鋭い口調で言った。「もう何年も……十年以上、サンフランシスコには来ていない。ほかの仕事で忙しいんだ。ありがたいことに」

ペナンブラはぼくをデスクから追い払おうとするように両手を振った。「さあ、帰りなさい。おまえさんは思っている以上に重要でめずらしいことを目撃したんだ。それを感謝したまえ。スコッチを飲みほして！　さあ！」

ぼくはメッセンジャーバッグを斜めがけにし、ふた口でコップを空にした。

「いまのは」ペナンブラが言う。「イーヴリン・エルドスへの乾杯だ」輝くグレーの本を高く持ちあげ、彼女に話しかけるように言った。「ようこそ、わが友、そしてでかした。でかした！」

プロトタイプ

翌日の夜、ぼくはいつものように店にはいると、オリヴァー・グローンにやあと手を振った。エリックについて尋ねてみたいものの、なんと言ったらいいかわからない。オリヴァーとぼくは、この店の奇妙さについて直接話し合ったことがない。そこでこんなふうに話を切り出した。

「オリヴァー、訊きたいことがあるんだ。この店ってふつうの顧客はどれくらいいるのかな?」

「多くはないな」

「だよね。それで、本を借りていくメンバーがいるじゃないか」

「モーリス・ティンダルみたいな」

「うん」ティンダルのファーストネームがモーリスとは知らなかった。「誰かが新しい本を届けにきたのは見たことある?」

オリヴァーはしばし考えてから、ひと言答えた。「いや」

オリヴァーが帰るやいなや、ぼくの頭のなかは新たな仮説でぐちゃぐちゃになった。もしかしたら、オリヴァーも一枚嚙んでいるのかもしれない。コルヴィナに送りこまれたスパイとか。

物静かな見張り人。完璧だ。あるいは、もっと大がかりな陰謀に加担しているのかも。ぼくは表面を引っ掻いただけかもしれない。ここみたいな店――図書館？――がほかにもあるのはわかったけど、〝ここみたいな〟が何を意味するのかがわからない。奥地蔵書がなんのためにあるのかも。

何か、なんでもいいから見つからないかと、日誌を最初から最後までめくってみた。過去からのメッセージ――〝よき店員よ、コルヴィナの憤怒に気をつけるのだ〟とか。でも、何もない。前任者たちはぼくと同じようにまともなことしか書いてない。

彼らの記録は簡潔で事実のみ、店を訪れたメンバーの人相書きだけだった。何人かは誰のことかわかった。ティンダルやラピンたちだ。そのほかはぼくにとっては謎だった――昼間しか来ないメンバー、あるいはずっと昔に来るのをやめてしまったメンバーだろう。記されている日付から判断するに、この日誌は五年ちょっと前からの分みたいだ。まだ半分しか埋まっていない。あと五年はぼくが埋めていくことになるんだろうか？　何について書いているのか見当もつかないまま、何年もぼくは言われたとおりに記録をつけていくんだろうか？

ひと晩中こんなことを考えていたら、脳みそが溶けてしまう。気をそらすものが必要だ――ものすごくむずかしい何か。そこでぼくはＭａｃＢｏｏｋをひらき、３Ｄ書店の作成を再開した。

数分ごとに目をあげては正面の窓の外を見やる。影やグレーのスーツがちらっとひらめいたり、黒っぽい瞳が輝いたりしないか、警戒していたんだ。でも、何も見えない。作業をしていると落ち着かない感じが薄れていき、ついにぼくはゾーンにはいった。

この店の3Dモデルが実際に役立つとすれば、本のありかだけじゃなく、どの本がいま貸し出されているか、借り主は誰かがわかるようにする必要があるだろう。そこで、ぼくはここ数週間の日誌の記録を大ざっぱに転記し、3Dモデルに時間の認識法を教えた。

ブロックを重ねたような3D書棚のなかで本がランプのように輝きだす。借り主がティンダルなら青、ラピンなら緑、フェドロフなら黄色といった具合に色分けしてあり、かなりクールだ。でも、新しい工夫のおかげでバグが発生し、店を大きく回転させると、書棚が全部点滅を始めるようになってしまった。問題を解決しようと、背中を丸めてプログラムコードをにらんでいると、入口のベルがチリンチリンと鳴った。

ぼくは思わず驚きの声をあげてしまった。エリックがまたぼくを怒鳴りつけに戻ってきたのだろうか？　それともCEOのコルヴィナ自らがついに憤懣《ふんまん》をぶつけに——。

そこにいたのは女の子だった。店に半分体を入れてぼくを見つめている。「開いてる？」

いいや、もちろん。栗色の髪を顎のあたりで切りそろえ、マスタードイエローの字で〝BAM！〟と書かれた赤いTシャツを着た女の子——うん、驚くなかれ、開いてるんだ。

「もちろんです」ぼくは答えた。「はいってください。この店はいつでも開いてます」

「バスを待ってたら、携帯が鳴って——クーポンみたいなんだけど？」

彼女はフロントデスクまでまっすぐ歩いてきて、ぼくのほうに携帯電話を差し出した。その小さな画面には、ぼくがグーグルに載せた広告が表示されていた。ハイパーターゲティング広告プログラム——忘れてたけど、あれはまだ生きていて、お客を見つけてくれたんだ。ぼくがデザインしたデジタルクーポンがまさに、傷だらけのスマートフォンからこっちを見つめている。女の子の爪はピカピカ輝いていた。

「そのとおり！」とぼくは言った。「それはすばらしいクーポン、最高のクーポンです！」声が大きすぎる。彼女がくるっと背を向けて逃げちゃうぞ。グーグルの驚くべき広告アルゴリズムがスーパーキュートな女の子を連れてきてくれたのに、ぼくときたらどうしたらいいかわからない。彼女は頭をめぐらして、店のなかを眺めた。迷ってるみたいだ。

歴史はとても小さなことに左右される。三十度の違いで、この歴史はここで終わりになっていただろう。でも、ぼくのＭａｃＢｏｏｋはちょうどいい角度に傾いていて、画面には二本の軸を中心にぐるぐると回転し、うつろな宇宙を流されていく宇宙船みたいに見える３Ｄ書店が映し出されていた。女の子の視線が下に落ち——。

「それ、何？」眉を片方つりあげて訊く。濃い色のかわいい眉を片方。

いいか、ドジを踏むなよ。オタクっぽく響かないようにするんだ。「ええと、これはこの店の模型なんだけど、どの本がいまあるかわかるようになっていて……」

女の子の目がぱっと輝いた。「データの可視化ね！」彼女はもう迷っていなくて、急に喜びだした。

「そう」とぼくは答えた。「そのとおり。さあ、見てみて」

ぼくたちは中間地点のデスクの端で会う。相変わらず大きくまわりすぎると画面から消えてしまう3D書店を、ぼくは女の子に見せる。彼女は身を乗り出す。

「ソースコードを見せてもらえる?」

エリックの敵意に驚いたとすれば、この女の子の好奇心には仰天した。「もちろんいいとも」ぼくは黒っぽいウィンドウをいくつか切り替え、Ｒｕｂｙ《ルビー》で書いたコードが画面に表示されるようにした。すべて赤と金色、緑に色分けされている。

「こういうことがあたしの仕事なの」女の子はかがんでコードを見つめた。「データの可視化。ちょっといい?」キーボードを指し示す。いいに決まってるじゃないか、深夜のハッカー美女。ぼくの脳は情動をつかさどる辺縁系が、人間（女性）との一定の（とても低い）接触率に慣れきっていた。彼女がすぐ横に立ち、ほんのちょっと肘が当たるだけで、酔っ払ったような気分になった。つぎのステップを考えようとした。エドワード・タフテの『量的情報のビジュアル・ディスプレイ』を薦めよう。ペナンブラはあの本を一冊置いている――前に棚にはいっているのを見かけたことがある。すごく大きな本だ。

彼女が画面をすばやくスクロールしながらぼくのコードを読んでいくので、ちょっと恥ずかしくなった。ぼくのコードは〝Hell, yeah!（そうとも!）〟とか〝Now, computer, it is time for you to do my bidding（おい、コンピュータ、そろそろぼくの言うことを聞けよ）〟とかいうコメントで溢れているからだ。

「これ、すごくよくできてる」彼女は笑顔で言った。「あなたがクレイでしょ?」

それもコードに書いてあるんだ――〝clay_is_awesome（クレイはめちゃイケ）〟ってメソ

ッドがあって。プログラマは誰でも似たようなことを書いてると思うよ。

「あたしはキャット。問題がわかった気がする。見たい？」

ぼくは何時間もあがいたっていうのに、この女の子――キャット――はほんの五分でぼくの３Ｄ書店のバグを見つけてしまった。天才だ。デバッグのやり方と、そうする理由を説明してくれたけど、テキパキして自信に満ちていた。カチャカチャッとキーボードを打つと、バグは修正された。

「ごめん、見えなかったわね」彼女はぼくのほうにパソコンを向けた。髪を耳にかけ、背筋を伸ばし、落ち着いたふりをして言う。「それで、クレイ、どうしてこの書店の３Ｄモデルを作ってるの？」目が書棚を追って天井を見あげる。

この店のとても風変わりな点を、ぼくは包み隠さず打ち明けたいだろうか。〝やあ、はじめまして。ぼくは奇妙なお年寄りたちに、読めない本を貸してるんだ――食事を一緒にどう？〟（なんてことを考えてると、彼らのひとりがいまにも戸口から飛びこんでくるにちがいないという確信に突然とらわれる。頼むよ、ティンダル、フェドロフ、ほかのみんな。今晩は家にいてくれ。おとなしく本を読んでいてくれ）

別の視点を強調することにした。「ちょっと歴史に関係したことなんだよ。この店は開店以来、一世紀近くがたってるんだ。この街でいちばん古い書店なんじゃないかな――もしかしたら西海岸全体でかも」

「すごい。ここに比べたら、グーグルなんて赤ちゃんみたいなものね」そうか、彼女はグーグ《グー》ル社員《グラー》なんだ。つまり、本当の天才ってことだ。それと、歯が一本、キュートな感じに欠けている。

「こういうデータ大好き」キャットは顎でパソコンを指す。「現実世界のデータ。古いデータ」

彼女からは生気のきらめきが感じられた。それはぼくが新しい友達（女友達も、そうじゃない友達も）を選別するときの第一のフィルターで、最大の賛辞だ。それが具体的に何に火をつけるのか——どういう性格が混ざり合うと冷たく暗い宇宙で星となるのか、ぼくは突きとめようと何度も努力してきた。おもに顔に表れることはわかっている——目だけじゃなく、額、頬、口、そしてそれをつなぎ合わせる微細な筋肉に。

キャットの微細な筋肉はとても魅力的だ。

彼女は言う。「時系列可視化を試したことはある？」

「まだ正確には、試していない」それどころか、それが何か知りもしない。

「グーグルでは検索ログに使ってみてるの。クールよ——新しいアイディアがちょっとした伝染病みたいに世界を駆けめぐるのが見られて。そのあと一週間ぐらいで燃えつきるの」

ぼくにはとても興味深く聞こえたけれど、それは彼女がぼくにとってとても興味深いからだ。

スマートフォンが明るい金属的な音を発し、キャットはそれを見おろした。「ああ、バスが来た」ぼくはこの街のときどき時間に正確な公共輸送システムに悪態をつく。「時系列可視化がどういうものか、見せてあげてもいいけど」彼女が大胆に言った。「近いうちに会いたい？」

そりゃ、もちろん、実を言うと会いたいよ。タフテの本を買って彼女にプレゼントしようか。

茶色い包装紙に包んで持っていこう。それとも——とっぴかな？　高価な本だし。もう少し手ごろなペーパーバック版があるかもしれない。アマゾンで買えるだろう。ばかか。ぼくは本屋で働いてるんだぞ（アマゾンなら配送も間に合うかな？）。

キャットがぼくの返事を待っている。「いいね」声が裏返ってしまった。

彼女は店の葉書にメールアドレスをササッと書いた。katpotente@——ドメインはもちろん——gmail.com。「クーポンはまたの機会に取っておくことにする」スマートフォンを振りながら言う。「またね」

キャットが出ていくなり、ぼくはハイパーターゲティング広告プログラムを確認するためにログインした。うっかり〝美しい〟のボックスにチェックを入れていただろうか？（〝独身〟のボックスはどうだろう？）この紹介、予算内でおさまってるか？　純粋にマーケティングという観点からいくと、今回のことは失敗だった。高いのも安いのも、本は一冊も売れなかった。それどころか、一ドルの損失だ。葉書にメモ書きされたおかげで。でも、心配はなかった。当初の予算、十ドルのなかから、グーグルは十七セントしか引いていなかった。その代わりに、閲覧履歴が一件——最高の広告閲覧が一件——きっかり二十三分前に記録されていた。

深夜に一時間、ひとりぼっちで本のにおい《リグニン》を吸引しながら過ごすと、ぼくは酔いが覚め、ふたつのことをした。

ひとつ目——キャットにメールをしてあすの土曜日、ランチを一緒にどうかと訊いた。ぼくは気が弱いこともあるけど、〝鉄は熱いうちに打て〟派なんだ。

ふたつ目――〝時系列可視化〟をググって、書店の３Ｄモデルの新バージョンに取り組みはじめた。試作品《プロトタイプ》を見せたら、キャットが感動するかもしれない。ぼくはプロトタイプを見て感動するような女の子が大好きだ。

借り出された本がいっぺんにわかるようにするだけでなく、時間の流れに沿って動画で見られるようにしようと考えた。まず日誌から名前と書名、来店日時をもっとたくさんＭａｃＢｏｏｋに転記する。そのあとハッキングを始める。

プログラミングは全部が全部同じじゃない。ふつうの書き言葉にだって異なるリズムやイディオムがあるだろう？　プログラミング言語もなんだ。Ｃ言語と呼ばれるやつは、乱暴な命令調でほとんど味もそっけもない。Ｌｉｓｐ《リスプ》っていうプログラミング言語は、従属節がいっぱいくっついてぐるぐる輪を描くように長くなる。あんまり長いんで、そもそもなんのコードだったか忘れてしまうくらいだ。Ｅｒｌａｎｇ《アーラン》てプログラミング言語は音のとおり。スカンジナビア生まれでエキセントリック。いま挙げたプログラミング言語のなかにぼくが使えるものはない。みんなむずかしすぎるから。

でも、〈ニューベーグル〉時代から使ってるＲｕｂｙ《ルビー》は開発者が陽気な日本人プログラマで、親しみやすくて理解可能な詩みたいに読める。ビリー・コリンズ（ウィリアム・コリンズ。十八世紀の英国の詩人）がビル・ゲイツになったような感じだ。

とはいえ、もちろん、プログラミング言語の重要な点は読むだけじゃなく、書くためにも使うことだ。こっちの思うとおりに仕事をしてもらわなきゃならない。この点において、ルビーは輝きを放つんだよ。

料理をしているところを思い浮かべてみてくれ。レシピにきちんきちんと従うんじゃなく、食材を思うがままに足し引きできるとする。塩を加え、味見をし、気に入らなかったら、また塩を取りのけられるんだ。非の打ちどころなくカリッと焼けたパンの皮を取って脇によけておき、なかに好きなものを入れたりもできる。成功かいらいらする失敗（ぼくの場合はこっちがほとんどだけど）へと進む直線的なプロセスとはもう違う。堂々めぐりをしたり、渦を巻いたり、チャチャッと走り書きをしたり。遊べるんだ。

そんなわけで、塩と少しのバターを加えると、午前二時には新しい可視化モデルのプロトタイプができた。ぼくはすぐに奇妙なことに気づく。光点が追いかけっこをしているんだ。

画面上でティンダルが通路2のいちばん上の棚から本を借りる。そのあと、別の月にラピンが同じ棚の本を請求する。五週間後にはインバートが――まったく同じ棚から――借りていくけど、そのあいだにティンダルは本を返し、通路1のいちばん下の棚から新しい本を借りている。彼が一歩先んじているわけだ。

時間的にも空間的にもあいだが開いているので、ぼくはパターンに気づいていなかった。楽曲の一部が各音符のあいだに三時間の間隔を開けて、異なるオクターブで演奏されてるようなものだ。でも、パソコン画面上で凝縮、加速されると一目瞭然だった。みんなが同じ歌を歌っているというか、同じダンスを踊っているというか――そうだ――同じパズルを解いている感じ。

戸口のベルがチリンチリンと鳴った。インバートだ。背が低く、がっしりしていて、ごわごわした黒い顎ひげを生やし、新聞売り風のキャップをかぶっている。いま借りている本（赤い表紙の巨大な一冊）を高く掲げてから、デスクに置いてぼくのほうに押し出した。ぼくはすばやく可視化モデルを調べて、彼がパターンのどこにいるかを見つけた。オレンジの光点が跳びはねながら画面を移動していき、インバートが何か言うより先に、ぼくは彼が通路2の真ん中にある本を請求するとわかった。その本は――。

「プロコロフ」インバートは息苦しそうに言う。「つぎはプロコロフだ」

梯子を半分のぼったところで、ぼくはめまいを覚えた。ここでは何が行われてるんだ？　今回は向こう見ずな行動はしなかった。黒い表紙の薄い『PROKHOROV』を棚から抜きながら、バランスを失わずにいるにはそれが精いっぱいだった。

インバートは会員証――6MXH2I――を提示し、本を受けとる。ベルがチリンチリンと鳴り、ぼくはふたたびひとりになった。

いまの貸出業務をインバートの帽子と、息がにんにく臭かったことに触れながら日誌に記す。そのあと、将来の店員のためと、これが現実の出来事だと自分自身に証明するために、つぎのように記す。

〈ミスター・ペナンブラの二十四時間書店〉では奇妙なことが行われている。

最大幸福の想像

「……特異点《シンギュラリティ》シングルって言うの」とキャット・ポテンテは話している。昨日と同じ赤と黄色の〝BAM!〟Tシャツを着ていて、それはa.着たまま寝た、b.同じTシャツを何枚も持っている、あるいはc.彼女は漫画のキャラクターである、のどれかひとつを意味する――どれも魅力的な可能性だ。

特異点シングル。待ってくれよ。(インターネットのおかげで)特異点が将来、テクノロジーの成長曲線が垂直になり、文明がいわば自ら再起動するという仮説における一時点なのは知ってる。コンピュータが人間よりも賢くなり、人間はコンピュータにすべてをまかせるようになる。あるいはコンピュータがコンピュータに……。

キャットはうなずく。「だいたい合ってるわ」

「でも特異点シングルって……?」

「オタクのための合コン。グーグルで月に一度ひらかれるの。男女比がほんとにいいのよ。あるいはほんとに悪いか。それは人によって――」

「きみはそれに参加したんだ」

「そ。ヘッジファンドでボットのプログラムを作ってる男《ひと》と出会って、しばらくつき合ったわ。

「ロッククライミングに夢中な男で、いい肩をしてた」

ふうん。

「でも、性格が最悪だったの」

ぼくたちはサンフランシスコにある輝く六階建てのショッピングモールにはいってる〈グルメ・グロット〉にいる。ダウンタウンのケーブルカー・ターミナルのすぐ隣にあるんだけど、観光客はここがモールだとは気づかないんじゃないかな。駐車場がないから。〈グルメ・グロット〉はたぶん世界一のフードコートだ——地元でとれた食材オンリーのホウレンソウのサラダに豚の脇肉のタコス、水銀の含まれていないスシ。そのうえ、地下にあって駅と直結しているから外を歩く必要がない。ここに来るたび、ぼくは大気が放射能によって汚染され、砂埃に覆われた地表がバイオ燃料を利用したオートバイを乗りまわす荒っぽい集団によって支配されている、そんな未来に生きているつもりになる。おっと、まさに特異点の世界じゃないか？

キャットが眉をひそめる。「それは二十世紀に思い描かれた未来よ。特異点を迎えたら、そういう問題は解決できるようになるはずだもの」ファラフェル（ひよこ豆の素揚げ団子をピタパンにはさんだもの）をふたつに割り、半分をぼくにくれた。「そしてあたしたちはいつまでも生きるのよ」

「待ってくれよ。そんなの昔ながらの不死の夢——」

「確かに不死の夢よ。だから？」彼女は言葉を切って、ファラフェルを嚙んだ。「言い方を変えさせて。あたしたちが会ったばかりってことを考えると、とりわけ奇妙に聞こえると思うけど。でも、あたしって頭がいいのよ」

それは間違いなく本当だけど――。

「それにあなたも頭がいいわ。だったら、どうして人生を終わらせなきゃいけないの？　もっと時間さえあれば、あたしたちはすごくたくさんのことを成し遂げられる。でしょ？」

ぼくはもらったファラフェルを嚙み、うなずいた。おもしろい娘《こ》だ。極端なほど率直なところを見ると、在宅教育《ホームスクーリング》で育てられたらしいけど、非の打ちどころなくチャーミングでもある。美人で得しているだろうな。彼女のTシャツに視線を落とす。同じTシャツを何枚も持ってる、が正解な気がしてきた。

「特異点を信じるには楽観的でなきゃだめなんだけど」キャットは言う。「それって意外とむずかしいのよね。最大幸福の想像《マキシマム・ハッピー・イマジネーション》ってやってみたことある？」

「日本のクイズ番組みたいに聞こえるね」

キャットは胸を張った。「それじゃ、やってみましょ。初めに、未来を想像して。いい未来を。原子爆弾はなし。サイエンスフィクションの作家になったつもりで」

オーケイ。「世界政府……ガン撲滅……ホバーボード」

「もっと遠い未来。そのあとはどんないい未来が待ってる？」

「宇宙船。火星でパーティ」

「もっと先」

「《スター・トレック》。瞬間移動装置。どこへでも行ける」

「もっと先」

ぼくはちょっと口をつぐんでから気がついた。「もう想像できないよ」

キャットが首を横に振った。「本当にむずかしいのよね。いまのでだいたい……千年ぐらい？　そのあとに何が来るのか。そのあとにどんなことが起こりうるのか。想像が限界に達しちゃうわけ。でも、わかるわよね？　あたしたちって、すでに知っていることに基づいて想像してるだけだから、三十一世紀のことになると類推できなくなっちゃうのよ」

三〇一二年の平均的な一日を想像しようと必死に努力してみる。そこそこありえそうな場面を思い浮かべることすらできない。人は建物のなかで暮らしているだろうか？　服は着ているだろうか？　ぼくの想像力は物理的に限界まで引き伸ばされたような状態で、迷子のアイディアを求め、思考の手でクッションの後ろを探っても何も出てこないといった感じだった。

「あたしはね、大きな変化は人間の脳に起きるんじゃないかって考えてるの」キャットは耳のちょっと上をトントンと叩きながら言う。彼女の耳はピンクでキュートだ。「コンピュータのおかげで、思考の新しい手段が見つかるんじゃないかしら。あなた、あたしがそう言うと思ってるでしょ」うん。「でも、それはもう起きたことよ。あたしたちの脳は千年前の人間と同じじゃないもの」

待った。「同じだよ」

「ハードウェアは一緒だけど、ソフトウェアは違うわ。プライバシーっていう概念が、ごく最近のものだって知ってた？　ロマンスっていう考えもだけど、もちろん」

うん、実のところ、ロマンスっていう考えは、ぼくの場合、きのうの夜芽生えたばかりだ

(これは声に出して言わなかったけどね)。

「そういう大きな概念の誕生はオペレーティングシステムのアップグレードに相当するわ」キャットはにこにこして言う。彼女の得意分野だ。「一部は作家のおかげよ。内面的な独白はシェイクスピアが考案したって言われてるし」

ああ、内面的な独白ならよく知ってるよ。

「でも、作家の出番はもう終わったと思う」とキャット。「今度、人間のオペレーティングシステムをアップグレードするのはプログラマよ」

ぼくが話してるのは間違いなくグーグルの社員だ。「で、つぎはどういうアップグレードになるのかな?」

「もう始まってるわ。いろんなことができるようになってるし、あたしたち、同時にいくつもの場所にいられるでしょ。だって、まわりを見て」

頭をめぐらすと、彼女が見せたいと思ったものが見える。何十人もの人が小さなテーブルに座って、実際には存在しないけれど、〈グルメ・グロット〉よりもおもしろい場所を映し出しているスマートフォンに向かって身を乗り出している。

「でも、奇妙でもないし、サイエンスフィクションでもぜんぜんない。ただ……」キャットの話し方が少し遅くなって、目がうつろになった。ちょっと興奮しすぎたと思ったんじゃないかな(どうしてそんなことがわかるんだろう? ぼくの脳にはそのためのアプリがはいってるんだろうか?)。頬が紅潮し、肌の表面に血が集まった彼女は、最高に魅力的だ。

「ええと」ようやく口をひらく。「とにかく、特異点を想像するのは一〇〇パーセント筋の通ったことだと思うのよ」

キャットの真剣さにぼくはほほえんでしまう。こんなに頭がよくて楽観的な女の子が、地下に深くもぐった場所で輝く未来を前に一緒にいてくれる。ぼくはなんて幸運なんだ。

バージョンアップして、新たに時系列機能が加わった3D書店を見せるのはいまだと判断した。プロトタイプにすぎないけどさ。

「きのうの夜作ったの?」キャットはそう言って片方の眉をつりあげた。「すごいわ」

午前中までかかったことは黙っておいた。キャットだったら、ものの十五分でできてしまうはずだ。

色つきの光点が追いかけっこするのをふたりで見守った。巻き戻してもう一度見る。インバートが来たときのこと——プロトタイプに予言力があったことを、ぼくは説明する。

「たまたまってこともあるわ」キャットは首を横に振る。「本当にパターンがあるかどうかは、データがもっと多くないとわからない。だって、あなたの想像にすぎないかもしれないでしょ。火星の表面に顔が見えるっていうのと同じで」

あるいはある女の子に好かれてると絶対的な確信を持ってたのに、実は違ったとわかるときみたいに(これも声に出しては言わなかった)。

「可視化につけ加えられるデータはもっとある? これはほんの数カ月分しかカバーしてないみたいだけど?」

「日誌はほかにもあるけど」とぼく。「データとは言えない代物なんだ——単なる人相書きで。それに、コンピュータに打ちこむには果てしなく時間がかかるはずだよ。すべて手書きで、自分の記録を読むのがやっと……」

キャットの目がぱっと輝く。「自然言語コーパス！　あたし、ブックスキャナを使う口実を探してたの」彼女は満面に笑みを浮かべてテーブルをぴしゃりと叩いた。「それをグーグルに持ってきて。ちょうどいいマシンがあるの。絶対に持ってこなきゃだめよ」

椅子に座ったまま小さく飛び跳ね、〝コーパス〟と言うとき、彼女の唇はとてもかわいい形になった。

本のにおい

課題——書店から日誌を持ち出す。成功すれば、この店とこの店の趣旨について興味深いことがわかるかもしれない。もっと重要な点——キャットにすごいと思ってもらえるかもしれない。

ただ単に持ち出すわけにはいかない。ペナンブラとオリヴァーも使っているものだから。日誌は店の一部だ。家に持ち帰らせてくれと頼むなら、納得のいく理由が必要だけど、納得のいく理由なんてまったく思いつかない。〝ねえ、ミスター・ペナンブラ、ティンダルの人相書きを水彩画に描いてみたいんですけど〟とか？　やれやれ。

別の可能性。いまのとは違う日誌、古いやつを持ち出す——Ⅸではなく、Ⅷや、ⅡもしくはⅠでもいい。これはリスクが大きい気がする。日誌のなかにはペナンブラよりも年季のはいっているものがある。さわったら、ばらばらになってしまうかもしれない。となると、最近引退した日誌、Ⅷがいちばん安全で頑丈な候補だ……でも、いちばん手近でもある。いまの日誌を棚に戻すたび、目に触れる。なくなったら、ペナンブラがかならず気づくだろう。となると、ⅦかⅥが……。

フロントデスクの奥にしゃがみこみ、日誌の構造的統合性を試すために指で背表紙をつついていると、入口のベルがチリンチリンと鳴った。ぼくは慌てて立ちあがった……ペナンブラだ。

彼は首に巻いていたグレーの薄いスカーフをほどき、フロントデスクをこぶしで軽く叩きながら、店の前のほうを妙な感じでぐるりとまわった。低い棚を見てから、奥地蔵書に目をやる。静かにため息。何かあるぞ。

「きょうなんだよ、おまえさん」ようやくペナンブラが口をひらいた。「三十一年前にわたしがこの店を引き継いだのが」

三十一年前。ペナンブラはぼくが生まれる前から、この机に座ってきたんだ。ぼくはこの店に来てなんと間もないんだろう——まだ加わったばっかりだ——と気づかされた。

「しかし、それから十一年たつまで」ペナンブラが言い足した。「入口の名前は変えなかった」

「前はなんていう名前が書かれていたんですか？」

「アル＝アズマリだ。わたしの指導者《メンター》であり、長年の雇い主でもあった。モハンマド・アル＝アズマリ。彼の名前のほうが扉に映《は》えるとずっと思っていた。いまも思っている」

「ペナンブラ（半陰影という意味）もいいですよ」とぼくは言った。「謎めいていて」

　これを聞いて、ペナンブラはほほえんだ。「名前を変えたとき、店自体も変えようと思ったんだ。だが、結局たいして変わっていないな」

「どうしてです？」

「そりゃ、いろいろな理由からさ。いい理由もあれば、よくない理由もある。資金と少し関係があるな……それに、わたしは怠け者なんだ。最初のころはいまよりも本を読んでいた。新しい本を探して。しかしいまは、気に入った本に落ち着いてしまっている」

　おっと、いまこそ例の話を出すチャンスじゃ……。「もっとはやりの本を置くことを考えてもいいんじゃないでしょうかね」ぼくは思いきって言ってみる。「独立系書店のマーケットが存在します。それに、この店の存在を知らない人はおおぜいいる。でも、そうした人がここを見つけても、商品の種類が少ない。というのもですね、友達が何人か、ここがどんなところか見にきたんですけど……買いたいと思う本が一冊もなくて」

「おまえさんの年齢の若者がまだ本を読むとは知らなかった」ペナンブラは眉を片方つりあげる。「なんでも携帯電話で読むものとばかり思っていたよ」

「みんながみんなじゃありません。いまだに、その……本のにおいが好きな人はたくさんいます」

「においー!」ペナンブラがオウム返しに言った。「人がにおいについて話しだしたらおしまいだよ」そう言ってにやりとして——からすぐ、何か思いついたらしく、目をすがめた。「おまえさんは……キンドルを持っていないだろうね?」

おっと。バックパックのなかにマリファナを入れてないか、校長先生に訊かれたような気分だった。まるで自分も吸ってみたいというような親しげな口調でだけど。あいにく、ぼくはキンドルを持ってきていたので、メッセンジャーバッグから取り出した。裏に大きな引っ掻き傷ができ、画面の下近くにペンの痕がついていて、少しくたびれて見える。

ペナンブラはそれを高く掲げて顔をしかめた。何も映っていない。ぼくが手を伸ばして角を押すと電源がはいった。ペナンブラがはっと息を呑み、彼の明るい青色の瞳に淡いグレーの長方形が映った。

「すばらしい」と彼は言う。「わたしはまだこの種の」MacPlusを顎で指す。「マジックミラーに感動していたんだが」

ぼくはキンドルの設定画面をひらき、ペナンブラのために少し文字を大きくする。

「植字も美しい」眼鏡をつまみ、顔をキンドルの画面にぐっと近づけて、ペナンブラは言った。「この書体は知っているぞ」

「ええ、それが初期設定なんです」ぼくが好きな書体でもある。

「昔からある書体だ。ゲリッツズーン」ペナンブラはいったん言葉を切った。「店名の表記に使っているのもこの書体だ。この機械は電気が切れたりするのかね?」キンドルを軽く揺する。

「バッテリーは二カ月もつことになってます。ぼくのはもたないですけど」

「それは少し安心だ」ペナンブラはため息をついてキンドルをぼくに返した。「われわれの本はバッテリーを必要としないからな。しかし、わたしもばかじゃない。それがほんのわずかな強みでしかないのはわかっている。だから、われわれに」ここでぼくにウィンクした。「とても気前のいいパトロンがいるのは喜ぶべきことだろう」

　ぼくはキンドルをバッグに戻した。まだあきらめてはいない。「真剣に、ミスター・ペナンブラ、はやりの本をもう少し置くだけで、お客さんはこの店が気に入りますよ。そうなれば……」ぼくは口ごもり、それから本当のことを言おうと決める。「いまよりも楽しいと思います」

　ペナンブラは顎をこすり、遠い目になった。「ひょっとしたら」ようやく口をひらいた。「ひょっとしたら、わたしは三十一年前のエネルギーを少し取り戻すべきかもしれないな。考えてみるよ、おまえさん」

　古い日誌をグーグルに持っていくことを、ぼくはあきらめていなかった。アパートメントに戻ると、マトロポリスの陰になっているソファに横たわり、朝の七時だけどアンカースティーム（ビールの銘柄）をちびちび飲みながら、マットに話した。彼は淡い大理石模様のスキンを貼った要塞みたいな建物の壁に、小さな弾痕を開けているところだったが、すぐさまプランを立ててくれた。これを期待していたんだ。

「完璧なレプリカを作れる」とマット。「問題なしだ、ジャノン。参照するための画像を持ってきてくれ」

「でも、すべてのページを複製するわけにはいかないだろう?」

「外側だけさ。カバーと背表紙」

「完璧なレプリカをペナンブラがひらいたらどうなる?」

「ひらかないって。それは、言うなれば、書庫にしまいこまれてるようなもんだって言ったよな?」

「そうだけど――」

「なら、大事なのは表面だ。人は本物が好きなんだ。口実を与えれば、信じるもんだって」特殊効果の天才に言われると、説得力がなくはなかった。

「わかった。それじゃ、必要なのは写真だけ?」

「よく撮れた写真だ」マットはうなずく。「それをいっぱい。あらゆる角度から。明るく、むらのない照明。明るく、むらのない照明ってどういう意味かわかるか?」

「影がないってこと?」

「影がないってことだ」マットは同意する。「それはもちろん、あの店じゃ不可能だろう。あそこは二十四時間影書店って言ってもいいからな」

「うん。影と本のにおいならたっぷりある」

「おれが照明をいくつか持ちこんでもいいぞ」

「そうすると、ぼくのやってることがばれるかも」

「そうだな。少しぐらい影があっても大丈夫かもしれない」

こうして計画は決まった。「秘密のたくらみつながりで」とぼくは言った。「アシュリーとのことはどうなってる？」

マットは鼻を鳴らす。「古めかしいやり方で口説いてるんだ。それに、この話はこの家でしちゃいけないことになってる。でも、金曜日に彼女と食事に出かけるんだ」

「みごとな線引きだな」

「おれたちのルームメイトは歩く線引きだからな」

「彼女は……っていうか……ふたりでなんの話をするんだ？」

「あらゆることについてだよ、ジャノン。それに、知ってたか？」マットは淡い大理石模様の要塞を指差す。「この箱は彼女が見つけてきたんだ。職場のくずかごから拾ってきたんだよ」

驚きだ。ロッククライミングが趣味でリゾットを作る広告業界人のアシュリー・アダムズが、マトロポリスの建設に貢献しているとは。実はそんなにばりばりのアンドロイドってわけじゃないのかも。

「それは進展だね」ぼくはビールをあおる。

マットはうなずく。「進展だ」

孔雀の羽根

ぼく自身にも進展があった。キャットがホームパーティに招待してくれたんだ。残念ながら行けないけど。ぼくはどんなパーティにも行けないんだ。なぜなら、勤務時間がちょうどパーティ時間に始まるから。落胆のあまり、胸が締めつけられた。ボールが彼女のコートに行き、すごく打ちやすいボールを返してもらえたのに、こっちは両手が縛られてる状態とはな。

〝残念〟とキャットがタイプする。ぼくたちはＧｍａｉｌでチャットしていた。

うん、残念だ。でも、待てよ。〝キャット、きみはぼくたち人間がいつの日か肉体を超越して、ある種の無限なデジタルの極致に存在するようになる、そう信じてるよね？〟

〝信じてる！〟

〝それを実際に試してみる気はないだろうなあ〟

〝どういう意味？〟

こういう意味だ。〝ぼくはパーティに出席する。でも、ノートＰＣを通じて――ビデオチャットを通じてだ。きみにぼくのつきそい《シャペロン》役になってもらわなきゃならない。ぼくを連れて歩いて、みんなに紹介してくれよ〟こんなこと、やるとは言わないだろうな。

〝やだ《OMG》、名案じゃない！　やりましょ！　でも、あなた、ドレスアップしなきゃだめよ。それにお酒も飲まなきゃ〟

やるのか。でも。〝待って、ぼくは仕事中になるから、お酒は飲めな――〟

〝飲まなきゃだめよ。さもないとパーティしてることにならないでしょ？〟

将来、人間が肉体を超越すると信じることと、アルコールを消費しなければだめだと言い張ることには矛盾を感じたけど、そこは気にしないと決めた。なんと言っても、ぼくはパーティに行けることになったんだから。


午後十時、ぼくは店のフロントデスクに青いストライプのシャツと薄いグレーのセーターを重ね着して座っている。それと、あとでジョークとして華々しく披露できるよう、いかれた紫のペイズリー柄のパンツをはいて。意味わかる？　つまり、誰もぼくのウエストから下は見えないから――うん、そう、そういうこと。

十時十三分にキャットがオンラインになったので、ぼくはカメラの形をした緑のボタンを押す。画面に現れた彼女はいつもどおり、赤い〝BAM！〟Tシャツを着てる。「魅力的よ、クレイ」

「きみはドレスアップしてないじゃないか」ほかは誰もドレスアップしていない。

「ええ、でもあなたは頭部がみんなのあいだを漂っていくだけだから」とキャット。「特別かっこよく見えないと」

店は眼中から消え去り、ぼくはキャットのアパートメントの景色に夢中になった――言っておくけど、直接は一度も訪れたことのない場所だよ。左に広い空間があり、キャットは室内の様子が見えるようノートPCをカメラのようにぐるりと動かした。「ここがキッチン」前面がガラス張りの輝く食器棚。プロ仕様のガスこんろ。冷蔵庫には棒人間漫画『xkcd』が貼ってある。「こっちはリビングルーム」ぼくをさっと引きまわしながら言う。ぼくの視界は画素《ピクセル》に分解されて黒っぽいぼやけた筋になったかと思うと、再構成されてワイド画面テレビと低く長いソファの置かれただだっ広い部屋になった。細いシンプルな額にはいった映画ポスターが飾られている。《ブレードランナー》《猿の惑星》《ウォーリー》人が丸くなって座り——半分はソファに、半分はカーペットに——ゲームをしている。

「それ、誰？」甲高い声が聞こえた。視界がぐるっと動いて、ぼくの前に黒っぽい巻き毛で太い黒縁の眼鏡をかけた丸顔の女の子が現れた。

「人工知能のプロトタイプなの」キャットが答える。「パーティ用の愛想のいい冗談を言うようにデザインされた。さあ、試してみて」ノートPCを御影石のカウンタートップに置く。

黒っぽい巻き毛の子がぐっと身を乗り出し——うわっ、ほんとに近くまで——目をすがめた。

「ちょっと、本当？　あなた、本物なの？」

キャットはぼくを見捨てなかった。ノートPCを置いたまま誰かに呼ばれていなくなり、戻ってこなければ簡単だったはずだ。でも、彼女は丸一時間ぼくを連れてまわり、ルームメイト（黒っぽい巻き毛の子もそのひとりだ）やグーグルの同僚に紹介してくれた。

ぼくはリビングルームに連れていかれ、みんなと輪になってゲームをした。〈裏切り者〉っていうゲームで、まばらな口ひげを生やしたやせっぽちの男がぼくのほうに身を乗り出し、これはKGBで考案されたゲームで、六〇年代はあらゆるスパイがやっていたんだと説明してくれた。参加者は嘘をつく。それぞれがある役を与えられるが、ほかの参加者にはまったく違う人物だと信じさせなければならない。役はカードで割り当てられ、キャットがぼくのカードをカメラに向けてくれた。

「不公平よ」輪の反対側に座ってる女の子が言う。髪の色が薄くてほとんど白に近い。「彼は有利だわ。こっちは彼がぼろを出しても見えないもの」

「あなたの言うとおりね」キャットは顔をしかめる。「あたしが間違いなく知ってるのは、嘘をつくとき、彼はペイズリー柄のパンツをはくってこと」

合図を受けて、ぼくがノートPCを傾け、みんなにズボンが見えるようにすると、大きな笑いが起き、スピーカーを通して聞こえる音がひび割れた。ぼくも笑って、ビールをもう一杯注ぐ。書店にいながら、赤いパーティカップを使って飲んでるんだ。数分ごとに入口に目をやっては不安で心臓が締めつけられたけど、アドレナリンとアルコールのおかげでそんなに強い不安でもなかった。お客なんて来ないさ。いないも同然なんだから。

キャットの友達で、やっぱりグーグルで働いているトレヴァーが会話に加わると、ぼくは防衛本能から違った種類の締めつけを心臓に感じた。トレヴァーは南極旅行に行った話（南極旅行なんてふつう行かないよな）を延々としていて、キャットは身を乗り出して聞いている。引力で引き寄せられているみたいに見えるけど、PCの角度のせいかもしれない。徐々にほかの参加者がいなくなり、トレヴァーの視線はキャットだけに注がれた。彼女は目をきらきらと輝かせて見つめ返し、さかんにうなずいている。

おいおい、気にするな。なんでもないさ。話がおもしろいだけで。キャットはちょっと酔ってる。ぼくもちょっと酔ってる。でも、トレヴァーが酔ってるかどうかは——。

ベルがチリンチリンと鳴った。ぼくははっと視線をあげる。くそ。深夜の孤独な冷やかし客や無視して平気な相手じゃない。クラブの会員のひとりだ。ミズ・ラピン。（ぼくが知るかぎり）奥地蔵書を借りにくるなかで唯一の女性だ。その彼女がいま、大きなバッグを盾のようにしっかり持って、じりじりと店にはいってくる。帽子に孔雀の羽根飾りがついている。いつもと違う点だ。

ぼくは両眼の焦点を別個に合わせようとする。片方はノートPCに、片方はラピンに。うまくいかない。

「こんばんは」と彼女は言う。ラピンの声は伸びきった古いテープみたいにいつも震えていて、高さがころころ変わる。黒い手袋をはめた手で孔雀の羽根の位置を直す。あるいは羽根がまだそこにあることを確認しているだけか。つぎに、彼女はバッグから本を一冊静かに引っぱり出す。『BVRNES』を返却にきたんだ。

「こんばんは、ミズ・ラピン！」大きすぎる声、速すぎるしゃべり方になってしまった。「きょうは何を借りていかれますか？」返事を待たずに、つぎの本の書名を例の気味の悪いプロトタイプに予測させようかと思ったけど、ぼくのPCの画面には現在——。

「なんですって？」キャットの早口の声が響く。ぼくはPCの音を消した。

ラピンは気づかない。「ええとね」フロントデスクへと滑るように近づいてきた。「発音が定かじゃないんだけど、もしかしたらパー・ジー・ビー、あるいはひょっとしたらプラ・ジンキー・ブリンク――」

勘弁してくれよ。ぼくは彼女の発音をなんとか文字で表そうとがんばったけど、データベースに該当する本はなかった。違うスペルを考えてもう一度試してみる。だめ、ヒットゼロ。

「ミズ・ラピン、スペルを教えていただけませんか？」

「あら、ええと、P、B、いまのはBですからね、Z、B、やだ、ごめんなさい、Y……」

か・ん・べ・ん――して――くれ――よ。

「もうひとつB。あ、Bはひとつでy、いいえ、というかそう、Y……」

データベースによるとPrzybylowiczらしい。ふざけるにもほどがある。

ぼくは大急ぎで梯子をのぼり、『PRZYBYLOWICZ』をあんまり乱暴に引き抜いたので、隣の『PRYOR』が棚から飛び出して下に落ちそうになった。むっとした冷たい表情でラピンのところへ戻った。キャットが画面上で音を立てずに動きまわり、誰かに手を振っている。

ぼくが本を包装すると、ラピンは会員証――6YTP5T――を取り出したものの、店の手前のほうにある、ふつうの本が並べられている低い棚へとそろそろと歩いていった。ああ、嘘だろ。

長い時間が過ぎた。ラピンは〝ロマンス〟の棚を検分していき、背表紙の書名を読むために頭を動かすたび、孔雀の羽根が飛び跳ねた。

「ええと、これもいただくわ」ようやくそう言うと、彼女は明るい赤色のダニエル・スティールの単行本を持って戻ってきた。それから小切手帳を見つけるのに約三日かかった。

「さて」震え声で言う。「お代は十三ドルと、えーと、十三ドルと何セントだったかしら?」

「三十七セントです」

「十三……ドル……」彼女は狂おしいほどゆっくりと小切手を書いたが、筆跡は美しかった。弧を描いた濃い字がカリグラフィのようだ。小切手を平らにし、ゆっくりサインする――ローズマリー・ラピン。

書き終えると、小切手をぼくに渡した。いちばん下に、彼女は――うわ――一九五一年からテレグラフヒル・クレジットユニオン銀行の顧客であることが小さな文字で印刷されている。

すごいな。ぼくときたら、なんで妙なやり方でこのおばあさんを個人的に懲らしめたりしてるんだ? ぼくのなかで何かがやわらいだ。冷たい表情を崩し、ぼくはラピンにほほえみかける――心からのほほえみだ。

「よい夜を、ミズ・ラピン。また近いうちにいらしてください」

「あら、できるだけ急いでいるのよ」そう言って、彼女は白いプラムみたいに頬がぷっくりふくらむ愛らしい笑みを浮かべる。「フェスティナ・レンテ」奥地蔵書の宝物《トレジャー》と罪深き楽しみ《プレジャー》を一緒にバッグにしまった。両方ともバッグの上の縁から飛び出した――つや消しの茶色の紙と輝く赤色の本が。チリンチリンという音と共にドアが開け閉めされ、ラピンと孔雀の羽根は姿を消した。

ここのお客はいまの言葉をときどき口にする――フェスティナ・レンテ。

ぼくはふたたび画面に向かって身を乗り出す。消音設定を解除すると、キャットとトレヴァーが相変わらず仲よくおしゃべりしていた。トレヴァーはさっきまでと違う話、今度は鬱のペンギンたちに元気を出させるための遠征の話をしていた。どうやらとても滑稽な話らしい。キャットは声をあげて笑っている。ノートPCのスピーカーからはしゃいだ笑い声がしょっちゅう聞こえてくる。トレヴァーはサンフランシスコ中で最高に頭がよくて最高におもしろい男のようだ。どっちも画面に映っていないので、キャットがトレヴァーの腕に手を置いているものとぼくは決めつける。

「よう、おふたりさん」ぼくは言う。「ようってば」

向こうも消音にしてるんだ。

たちまちばかばかしくなる。こんなの、そもそもが最低の思いつきだったんだ。キャットのアパートメントでのパーティに参加する意義はぼくが笑える話をして、キャットがぼくの腕にさわることにある。いっぽう、こういうテレプレゼンスだとなんの意義もないし、たぶんみんなはぼくのことを笑っていて、カメラに映らないところではPCに向かって顔をしかめてるにちがいない。顔が燃えるように熱くなる。ふたりにわかるだろうか？ 画面のぼくは妙に顔が赤くなってるだろうか？

立ちあがってカメラの注視から遠ざかる。疲労がどっと脳に流れこんできた。この二時間、必死にがんばってきたけど――ぼくはアルミニウムの額縁舞台《プロセニウム》でにこにこ笑う操り人形だった。こんなこと、やめときゃよかった。

店の大きな窓に手のひらをくっつけ、柵みたいな縦長、金色の文字のあいだから外を見る。確かにゲリッツズーン体だ。この寂しい店にぼくの見慣れた優美さがほんの少し。Pの曲線部分が美しい。ぼくの息でガラスが曇る。ふつうにしてろ、と自分に言い聞かせた。デスクに戻ってふつうにしてろ。

「クレイ?」ノートPCから大きな声が聞こえた。キャットだ。

ぼくはデスクに戻って椅子に腰をおろす。「やあ」

トレヴァーはいなくなってる。キャットはひとりだ。それどころか、さっきまでとはぜんぜん違う場所にいる。

「ここ、あたしの部屋よ」柔らかな声で言う。「気に入った?」

簡素な部屋だ。ベッドと机、重そうな黒いトランクがひとつ置いてあるだけ。遠洋定期船の船室《キャビン》みたいだ。いや、宇宙船に載せられた格納容器《ポッド》だな。部屋の隅に白いプラスチックの洗濯かごが見え、そのまわりに――至近弾だ――そっくり同じ赤いTシャツが一ダースほど落ちている。

「思ったとおりだ」ぼくは言う。

「そうなの」とキャット。「あたし、脳波を無駄遣いしないって決めたのよ」あくび。「毎朝、何を着るか考えることに」

ノートPCが揺れて視界がぼやけたかと思うと、ぼくらは彼女のベッドの上にいて、キャットは肘をついて頭を支えていた。彼女の胸の曲線が見える。まるでベッドの上に一緒に寝そべり、期待に胸ふくらませているみたいに心臓がどきどきしはじめた――ペイズリーのパンツをはいたまま、この薄暗い本屋にひとりでいるんじゃないみたいに。

「きょうはとっても楽しかった」キャットが静かに言う。「でも、あなたがリアルに来られたらよかったのに」

彼女は猫みたいに伸びをして目をつぶった。ぼくは言うべきことをひとつも思いつけなかったので、手に顎を載せてカメラをのぞきこんだ。

「ここにあなたがいてくれたらいいのに」彼女はつぶやくように言い、それから眠りに落ちた。ぼくは書店にひとりでいて、ノートPCのグレーの明かりだけに照らされたキャットの寝姿を、街の反対側から眺めている。しばらくすると、PCもスリープし、画面が暗くなった。

パーティが終わってから、店でひとりになったぼくは、宿題をした。選択はすんでいた。日誌Ⅶ（古いけれど、古すぎはしない）を棚からそっと引き出し、マットのために参照用の画像を撮る。広角写真とクローズアップをスマホのカメラで十種類前後の角度から。どれも映っているのは茶色のくたびれた横に長い平らな長方形だ。しおり、表紙、淡いグレーのページ、そして書店のシンボルマークの上に深いエンボス加工で記された〝NARRATIO〟の文字の詳細ショット。朝になってペナンブラが来る時間には、スマホはポケットに戻され、画像はマットのメール受信トレイへと向かっていた。一枚送られるごとに小さなシュッという音を立てながら。

いま使っている日誌はデスクの上に広げたままにしておいた。今後はこうしよう。だってさ、どうしてずっと棚に置いておく必要がある？　ぎっくり腰になるための処方箋みたいじゃないか。運がよければ、このやり方が定着して、ぼくの隠れみのになる常態の影ができるかもしれない。スパイがやるのってそういうことだろ？　毎日パン屋へ行ってパンを買う――きわめて日常的な習慣だ――買うものがウランの塊に変わるまでは。

製造元と型

その後、ぼくがキャットと過ごす時間は増えた。画面を介さずにキャットの部屋を見て、一緒にゲームをして、セックスした。

ある晩、キャットの家のプロ仕様のガスこんろで夕食を作ろうとしたんだけど、湯気をあげてるドロドロのケールは失敗作だと途中で判断した。そこでキャットはスパイシーなクスクスサラダがたっぷりはいった、かっこいいプラスチックの容器を冷蔵庫から出してきた。スプーンが見つからなかったので、アイスクリームサーバーを添えてテーブルに出してくれた。

「これ、きみが作ったの？」と尋ねたのは、彼女が作ったとは思えなかったからだ。申し分なくおいしい。

キャットはかぶりを振る。「職場から持ち帰ったの。ほとんど毎日、食べるものを持って帰ってくるのよ。ただなんだもの」

キャットはほとんどの時間をグーグルで過ごす。友達のほとんどはグーグルの社員だ。話すのもほとんどはグーグルのこと。今度は彼女が摂取しているカロリーのほとんどがグーグルから調達されているとわかった。すごいと思う――キャットは賢くて仕事に燃えている。でも、このことは脅威にも感じた。だって、ぼくの職場はにこにこ顔の学者《サヴァン》で溢れたクリスタルの城じゃないから（ぼくの想像ではグーグルはそんな場所だった。それと、おかしな帽子をかぶった人もいっぱいいるはず）。

グーグル時間外のキャットとのあいだに築ける関係には、克服しがたい限界がある。グーグル時間外が短いという単純な理由で。でも、ぼくはもっと時間が欲しい。キャットの世界に足を踏み入れたい。お城にいるプリンセスを見たかった。

グーグルへのぼくの入場券になるのは日誌Ⅶだ。


その後の三週間、マットとぼくは丹精を込めて日誌の替え玉《ボディダブル》を製作した。表面作りはマットの専門だった。まずは新品の革のシートにコーヒーでしみをつける。つぎに屋根裏の彼の巣から年代もののゴルフ用スパイクシューズを持ってきた。ぼくがそれに足を押しこみ、革の上を二時間行ったり来たりした。

日誌の中身のほうはもう少し調査が必要だった。夜遅く、リビングルームで、マットがミニチュアの街に取り組んでいるかたわらで、ぼくがノートPCを持ってソファに座り、広範囲にググって製本に関する詳細な説明記事を音読した。ぼくたちは装丁について学び、皮紙の卸売業者を見つけ、黒っぽい象牙色の布と太い黒糸を入手した。〈イーベイ〉で製本用紙《ブックブロック》も買った。

「おまえはこういうことが得意だな、ジャノン」何も書いてないページに接着剤をつけながら、マットが言った。

「え、製本のこと？」（ぼくたちはこの作業をキッチンテーブルでやっている）

「いや、やりながら学習するってことがさ。おれたちの仕事もそうなんだけど。コンピュータ使いのやつらとは違うんだよ。あいつらは毎回同じことをする。なんでもかんでもピクセルだ。おれたちの場合はすべてのプロジェクトが異なる。新しい道具、新しい素材。何もかもが毎回新しいんだ」

「ジャングルモンスターみたいに」

「そのとおり。おれは四十八時間で盆栽の達人になる必要があった」

マット・ミッテルブランドとキャット・ポテンテはまだ会ったことがないけど、ふたりは気が合いそうな気がする。人間の脳の潜在能力を強く信じるキャットと、なんでも一日で身につけられるマット。そんなことを考えていると、突然キャットの考え方に賛成したくなった。マットを千年間生かすことができたら、彼はぼくらにまったく新しい世界を創ってくれるだろう。

偽の日誌でずば抜けてみごとだった点は、いちばんの難題でもあったんだけど、表紙のエンボス加工だ。本物には〝NARRATIO〟の文字が革に深く刻みこまれている。参照用の画像を拡大して精査したところ、ここでも懐かしのゲリッツズーン体が使われていることがわかった。悪いニュースだ。

「どうして?」とマット。「その書体なら、おれのコンピュータにはいってると思うぞ」

「ゲリッツズーン体はね」ぼくは舌打ちするように言う。「メールや読書感想文、履歴書なんかに向いてるやつ。これは」ノートPCの画面に引き伸ばされた〝NARRATIO〟の画像を指差す。「ゲリッツズーン・ディスプレイ体で、広告板《ビルボード》や雑誌の見ひらき広告なんかに向いてる。それと、どうやら秘密の日誌の表紙にも。ほら、ふつうの字よりもひげ飾りがとがってるだろ」

マットが重々しくうなずく。「確かにとがったひげ飾りだな」

〈ニューベーグル〉でメニューやポスター、それに(思い出してもらってもいいかな)賞をもらったロゴをデザインしていたとき、ぼくはデジタルフォント市場について余すところなく学んだ。一バイト当たりの価格がこんなに高い分野はほかにない。どういうことかっていうと、電子書籍は一冊、十ドルくらいだろう? それで、たいていは文章が何メガバイトあるかで値段が決まる(ちなみに、フェイスブックを読むときは毎回、もっと大きなデータがダウンロードされてるんだよ)。電子書籍を買うと、支払った料金だけのものが読めるようになる。単語、段落、退屈かもしれないデジタル市場の解説。さて、デジタルフォントの値段もメガバイトで決まるんだけど、デジタルフォントは十ドルやそこらじゃなく、百ドル単位、ときには千ドル単位の金がかかる。それに抽象的で、基本、目に見えない――ちっちゃな書体を表す数字が薄っぺらい封筒にはいってるようなものだし。そもそもの取り決めがたいていの人の消費者本能と合わない。

　となると、当然ながら、人はフォントを盗用しようとする。ぼくはそういうタイプの人間じゃない。学校で活字学の授業を取ったし、そのときの最後の課題は各自、書体をデザインすることだった。ぼくは意欲満々で自作に取り組んだけど――テレマクっていう名前をつけてね――とにかく描かなきゃいけない文字が多すぎた。期限までに終わらせることができず、派手にスローガンを叫ぶポスターや石碑に向いてる大文字しかしあげられなかった。だから、信じてくれ、ああいう文字にどれだけの労力が投じられているか、ぼくはよく知ってる。活字書体《タイポ》の考案者《グラファー》はデザイナーで――デザイナーはぼくの仲間だ。ぼくは彼らをサポートすると心に誓っている。でも、フォントショップ・コムに行くと、ニューヨークのＦＬＣ活字製作所が販売してるゲリッツズーン・ディスプレイ体は三千九百八十九ドルするんだ。

　となると、当然ながら、この書体の盗用を試みることになる。

　頭のなかで関連サイトをあちこち思い浮かべた。ぼくはフォントショップのタブを閉じて、グランブルのライブラリに行ってみた。ここに置いてあるのは電子書籍だけじゃない。書体もあるんだ――ありとあらゆる形、大きさの違法な文字が。一覧を見ていく。メトロ、ゴッサム、ソーホーがすべて無料。ミリアド、ミニオン、ミセス・イーヴスも。そして、ここにもゲリッツズーン・ディスプレイ体はあった。

ダウンロードしながら、かすかな良心の呵責を覚えたけど、本当にかすかな呵責だった。FLC活字製作所はきっとタイム・ワーナーの子会社にちがいない。ゲリッツズーンは古い書体だ。その名の由来になってる考案者はずっと昔に死んでる。自分の書体が誰にどう使われようと気にしないさ。

注意深く描かれた店のシンボルマーク——本みたいにひらかれた両手——の上にマットが文字を置いていき、こうして下図ができた。翌日ＩＬＭで、マットはプラズマカッターを使って——マットの世界ではプラズマカッターははさみと同じくらい日常的な代物だ——金属スクラップから型を作った。そしてとうとう、ぼくたちはわざとくたびれさせた革に大きなＣクランプで型を押しつけた。革は三日三晩キッチンテーブルに放置され、マットがクランプをはずすと、完璧な表紙ができていた。

というわけで、とうとうその時が来た。ぼくはオリヴァー・グローンと交替してフロントデスクに座り、シフトに就いた。今夜、ぼくはキャットの世界で冒険するための入場券を手に入れる。今夜、すり替えを実行に移す。

ところが、ぼくはスパイにひどく不向きであることが判明した——どうにも落ち着くことができないんだ。ありとあらゆることを試してみた。長い調査記事を読み、〈ロケット&ウォーロック〉のパソコンゲームをし、奥地蔵書を行ったり来たりした。何をしても三分以上、集中することができない。

いまはあきらめてフロントデスクに座ってるけど、もぞもぞするのをやめられない。もしもぞもぞした回数分、ウィキペディアの編集をしていたら、いまごろぼくは罪悪感に関する記事を完全改訂して、さらに五カ国語に翻訳し終えているだろう。

ついに六時十五分前になった。東から夜明けがじわじわと広がってくる。ニューヨークの住人が静かにつぶやきはじめる。ぼくはひと晩中そわそわしていたせいで、疲れきっている。

本物の日誌Ⅶはメッセンジャーバッグに突っこんだけど、大きすぎて、ぼくの目にはこの世でいちばんバレバレな悪事の証拠に見える。アフリカに棲息する大蛇が動物を丸呑みし、なかでもがく動物が外からも見えるのにそっくりだ。

偽の日誌は継《まま》きょうだいたちと一緒に棚に並んでいる。偽日誌を置いたとき、ぼくは棚の端にひと目でわかる埃の筋ができているのに気がついた。最初は慌てた。すぐに、奥地蔵書に分け入り、棚から埃をすくってきて、埃の深さと等級が完璧にマッチするまで偽日誌の前にまき散らした。

ペナンブラが違いに気づいても、言い訳を一ダースほど（脇筋も含めて）考えてある。でも、正直に言おう。偽日誌はごく自然に見えた。しあげの埃はＩＬＭ級の出来だ。本物に見えるし、ぼくだったら、目が素通りすると思う。なんて言ってたら、入口のベルがチリンチリンと鳴って――。

「おはよう」とペナンブラが言う。「昨夜はどうだったね？」

「問題なくよかった最高でした」早口すぎる。落ち着け。忘れるな。隠れみのになる常態の影。

そろそろこいつに引退願おうかとね」ペナンブラはピーコートを脱ぎながら言った。「考えていたんだ。そろそろこいつに引退願おうかとね」MacPlusの頭を二本の指でやさしくトントンと叩く。「そしてもっと新しいものを手に入れる。そんなに高くないものを。ひょっとして、お薦めの製造元と型を教えてくれないかね?」

製造元と型。コンピュータについてそういう言い方をする人には初めて会った。MacBookはソフトなしでよければ、好きな色のものが手にはいる。「ああそりゃいいですね」とぼくは答える。「ちょっと調べてみますよミスター・ペナンブラ修理再生品のiMacとかなら新品と同じくらいいいと思いますよ」早くも戸口へと向かいながら、ひと息にそう言った。気分が悪い。

「そうしたら」ペナンブラがためらいがちに言った。「それできみにウェブサイトを作ってもらえるかもしれんな」

ぼくは心臓が爆発しそうになる。

「この店もそろそろウェブサイトを作らないとな。遅すぎるくらいだ」

だめだ。ぼくの心臓は爆発した。ほかにも小さな臓器がいくつか破裂したかもしれない。でも、ぼくはこの道を突き進むと決めたんだ——キャット・ポテンテのデータ収集に協力すると。

「ワオそれはすごい絶対やりましょうぼくウェブサイトは大好きなんですでもいまはもう本当に帰らなきゃミスター・ペナンブラまたあした」

ペナンブラはちょっと間を置いてからゆがんだ笑みを浮かべた。「頼んだよ。いい一日を」

二十分後、ぼくは大きくふくらんだメッセンジャーバッグを胸に抱えて、マウンテンヴューへ向かう列車に乗っていた。不思議だった――ぼくの違反行為なんてささやかなものだ。目立たない古書店の古い日誌が、たった十六時間行方不明になったところで誰が気にするだろう。でも、そんなふうには感じられなかった。ぼくはペナンブラがこの世で信頼していいはずのたったふたりの人間のひとりなのに、実は信頼できないということが自分にもわかってしまったというか。

それもこれも、目的はひとりの女の子の気を惹くためだけだ。列車のゴトンゴトンという音と揺れのせいで、ぼくは眠りに落ちた。

蜘《く》蛛《も》

グーグルキャンパスへの道を示す駅横の虹色の看板は、シリコンヴァレーの陽を浴びてちょっと色あせていた。ぼくは薄い色の矢印に従い、ユーカリの木と自転車置き場のあいだのカーブした歩道を歩きはじめた。曲がり角に近づくと、広い芝生、低い建物が見え、木々のあいだからグーグルのブランドカラー――赤、緑、黄色、青――がちらちらとのぞいた。

このごろグーグルについてさかんに言われてるのは、アメリカという国そのものと似てるということだ。この街でいちばん大きなビジネスである事実に変わりはないけど、衰退は避けられないし、後戻りもできない。どちらも無類の資産を有する巨大勢力だが、どちらも成長著しいライバルがいて、最終的には打ち負かされるだろう。アメリカにとってのライバルは中国だ。グーグルにとってはフェイスブック（これは全部、テクノロジー関係のゴシップブログから拾ってきた話だから割り引いて聞いてくれよ。その手のブログによると、来年は〈モンキーマネー〉っていうベンチャー企業がデカくなるらしい）。でも、両者のあいだには違いがある。避けられない事態を見据えて、アメリカは軍需産業に航空母艦を造らせている。グーグルはすぐれたプログラマになんでも好きなことをやらせている。

青色の検問所までキャットが迎えにきてくれて、ぼくの名前と所属が赤い字で記されたビジター用名札を請求して受けとり、自分の縄張りをぼくの前に立って歩きはじめた。アスファルトが陽に焼かれて熱くなっている広い駐車場を通る。ここに車は駐まってない。代わりに低い脚柱に載せられた白い運送用コンテナで満杯になっている。

「ビッグボックスの一部よ」キャットが指差して言う。駐車場の端にトレーラートラックが轟《ごう》音《おん》を立てながらはいってきた。運転席は明るい赤と緑と青に塗られ、これまた白いコンテナを引っぱっている。

「レゴのブロックみたいなもの」彼女は続ける。「ただ、それぞれのなかには大量のディスクスペースやCPUやその他もろもろがはいっていたり、水と電力の供給、インターネット接続ができるようになってたりするの。ヴェトナムで組み立ててどこへでも輸送できる。みんなどこに行っても自動で接続するわ。それが全体で、ビッグボックスになるの」

「その役割は……？」

「何もかもよ。グーグルで行われていることは何もかもビッグボックスのなかで行われているの」彼女は陽に焼けた腕で、横にwwwという縦長の緑の文字がステンシルで刷り出されたコンテナを指した。「あそこにはウェブのコピーがはいってるわ」YT――「ユーチューブのビデオがすべて」MX――「メールが全部。あらゆる人のメールよ」

ペナンブラの店の書棚がそれほど高く感じられなくなった。

メインキャンパスを幅の広い歩行用通路が横切っている。自転車用車線もあって、グーグラーがカーボンファイバーの競技用自転車やバッテリーパックを積んだ固定ギア自転車で飛ぶように通り過ぎていく。リカンベント自転車（サドルの代わりとなる背もたれつきのシートにもたれるように座ってこぐ自転車）に乗っている灰色の顎ひげを生やした男がふたりと、一輪車をこいでる青いドレッドヘアの長身の男がひとり。

「十二時半からブックスキャナを予約しておいたわ」キャットが言う。「まずランチにする？」

グーグルの社員食堂が見えてきた。横に広くて背が低く、白い大型テントが突き出していて、まるでガーデンパーティ会場みたいだ。入口の防水布がまくりあげられていて、グーグラーの短い列が芝生の上へとはみ出している。

キャットが目をすがめて立ち止まった。計算しているんだ。「この列」少ししてそう言うと、いちばん左の列にぼくを引っぱっていった。「あたし、列戦略家としてはかなりいい線いってるのよ。でも、ここでは簡単にいかなくて――」

「なぜなら、グーグルではみんなが列戦略家だから」ぼくは言ってみた。

「そのとおり。だからときどきはったりをかけたりするのよね。この人ははったり屋」キャットは前に並んでいるグーグラーを肘でつついた。長身に砂色の髪をしていて、サーファーみたいな雰囲気だ。

「やあ、フィンだ」そう言って、彼は指の長いがっしりした手を差し出した。「グーグルに来るのは初めてかい？」真ん中でちょっとだけ切って、グー・グルと発音する。

そのとおりだよ、なんとなくヨーロッパ人風のきみ。雑談をしてみる。「ここの食事はどう？」

「ああ、すばらしいよ。シェフは有名な……」彼は途中で言葉を切った。何か思い出したらしい。「キャット、彼は違う列に並ばないと」

「そうだった。いつも忘れちゃうのよね」キャットはそう言って説明してくれた。「あたしたちの食事は個人仕様になってるの。ビタミンや天然興奮剤が加えてあるのよ」

フィンが勢いよくうなずく。「ぼくはカリウムレベルを試しているところなんだ。いまは毎日バナナを十一本食べてる。ボディシステムのハッキングさ！」満面に笑みを浮かべた。ちょっと待った。あのクスクスサラダには興奮剤がはいっていたのか？

「ごめんね」キャットが顔をしかめて言う。「ビジター用の列は向こう」彼女は芝生の向こうを指し示し、ぼくはボディハッキングのヨーロッパ人サーファーと彼女を残してそっちへ行く。

そんなわけで、ぼくはいま〝外部関係者〟と書かれた札の横に、チノパンにブルーのボタンダウンシャツ、革の携帯ホルダーという格好の三人と一緒に並んでいる。芝生の向こうにいるグーグラーはみんな、はきこんだジーンズに明るい色のTシャツだ。

キャットはいま、すぐ後ろに並んだばかりの褐色の肌をした細身の少年と話している。スケートボーダーみたいな格好をしてるところを見ると、きっと人工知能の博士号を持ってるにちがいない。目の奥が嫉妬の槍で刺されたけど、それについては心の準備ができていた。キャットがみんなを知っていて、みんなもキャットを知ってるこのクリスタルの城に来たら、こうなることはわかっていた。だからその痛みはスルーして、ぼくをここに連れてきてくれたのはキャットだと自分に思い出させた。こういう場合の切り札だ。確かにぼく以外はみんな頭がよくて、みんなかっこよくて、みんな健康で魅力的だ——でも、ぼくは彼女に招待されたんだ。そのことをバッジみたいに、ピンバッジみたいに、見えるところにつけておくべきだな。

目線をさげると、自分のビジター用名札にはつぎのように書いてあった。

名前　クレイ・ジャノン
所属先　〈ミスター・ペナンブラの二十四時間書店〉
招待者　キャット・ポテンテ

そこで、ぼくはそれをいったん剝がして、シャツのもうちょっと上のほうに貼りつけた。

食事は言われたとおり、おいしそうだった。レンズ豆のサラダをふた盛りと分厚いピンクの魚の切り身、太いアスパラガス七本、サクサク感が最高に調整されたチョコチップクッキー一枚。

キャットがテントの端に近いテーブルから手を振っていた。少し強めの風が白い防水布をはためかせ、細い陽差しがテーブルの上で踊っている。テーブルには薄い青色の格子が描かれた紙のカバーがかけてある。グーグルでは方眼紙の上でランチを食べるのか。

「ラジよ」キャットはレンズ豆サラダ（ぼくのとそっくりに見える）を載せたフォークでスタンフォード博士を指して言った。「あたしと同じ学校出身なの」キャットはスタンフォード大学で記号システムを学んだ。ここで働いているのは、スタンフォード出身者だけなんだろうか？　彼らは卒業すると自動的にグーグルにはいれるのか？

しゃべりだすと、ラジは十歳ぐらい大人びた。歯切れがよく、率直なもの言いをする。「で、きみはどういう仕事をしてるの？」

その質問、ここでは禁止にして、代わりにグーグル流の奇抜な質問をしてくれればいいのに。たとえば〝きみの好きな素数は何？〟とか。ぼくは名札を指差し、グーグルとは対極の場所で働いていることを明かした。

「ああ、本か」ラジは嚙みながら、ちょっとのあいだ口をつぐんだ。そのあと彼の脳みそは高速で回転しはじめる。「古い本はわれわれにとって大きな問題だ。古い知識全般と言うべきかな。われわれはそれをOKと呼ぶ。オールド・ナリッジ、だからOK。インターネットの九五パーセントはここ五年で作られたって知ってるかい？　でも、人類の知識全体となると、この割合が正反対になるんだ――それどころか、ＯＫは大半の人がこれまでに得た知識の大半を占める」

　ラジはまばたきをしない。きっと息もしていないんじゃないかな。

「それならそれはどこにあるか、が問題になるだろ？　ＯＫはどこにあるか？　ひとつには古い本のなかだ」細字マーカー（いったいどこから出てきたんだ？）のキャップを取り、方眼紙テーブルクロスに図を描きはじめる。「それから人間の頭のなかにも。伝統的知識《トラディショナル・ナリッジ》の多くがそうだ。われわれはそれをＴＫと呼ぶ。ＯＫとＴＫ」ラジは少し重なった円をふたつ描き、それぞれの上に頭文字を書く。「そういうＯＫとＴＫを、いつでも誰でも利用できたらどうなるか、想像してみてくれ。ウェブで、スマホで。答えられない疑問なんて永久になくなる」

　ラジのランチには何がはいってるんだろう。

「ビタミンＤ、オメガ３脂肪酸、発酵茶葉だよ」相変わらず落書きをしながら、彼は答える。さっきの円の横に点をひとつ打ち、ペン先をぎゅっと押しつけて、黒いインクがにじみ出るようにする。「われわれがいまビッグボックスのなかに保存しているのはこれぐらいだ」点を指差す。「どんなに価値があるか考えてみてくれ。われわれがこれを全部加えることができたら」征服計画を立てている将軍みたいに、彼はＯＫ／ＴＫ円に向かってさっと手を振った。「そうしたらそこからが本当の始まりだ」

「ラジはグーグルに入社して長いのよ」とキャットが言う。ぼくたちは食堂をあとにしたところだ。ぼくは出るときにクッキーをもう一枚もらって、それをかじっている。「新規株式公開《IPO》以前からの社員で、ＰＭを何年も務めたんだから」

ここは略語が多いな！　でも、これはわかるぞ。「待ってくれ」ぼくは混乱していた。「グーグルには総理大臣《プライム・ミニスター》がいるの？」

「やだ、違うわよ」とキャット。「プロダクト・マネジメント。委員会なの。最初はふたりだったんだけど、それが四人になって、いまはさらに増えて六十四人。会社の運営はＰＭがしてるの。新しいプロジェクトを承認したり、エンジニアを任命したり、資産を配分したり」

「それじゃ、メンバーはみんな最高幹部なんだね」

「いいえ、そこが肝心なとこなのよ。くじ引きで決まるの。名前が引かれたら十二カ月間、ＰＭの仕事をするわけ。誰でも選ばれる可能性があるのよ。ラジ、フィン、あたし。ペッパーだって」

「ペッパー？」

「ここのシェフ」

ワオ——民主主義以上に平等だな。そうか。「陪審員を務めるのと一緒だね」

「入社して一年がたたないと資格は与えられないの。それと、超、超重要なプロジェクトに携わってるときははずれることもできるわ。でも、みんなこの仕事をすごく真剣にとらえてる」

キャット・ポテンテはメンバーになったことがあるのかな。

彼女はかぶりを振った。「ううん、まだ。でも、なれたらすごく嬉しい。だって、確率はあんまり高くないのよ。ここでは三万人が働いてるのに、ＰＭにはいれるのは六十四人だもの。計算してみて。でも、人数はたびたび増やされてる。また増やすかもしれないって噂もあるし」

国全体の運営をこんなふうにやったらどうなるかな。

「それこそまさにラジがやりたいことなのよ！」キャットは声をあげて笑った。「ＯＫとＴＫをひとつ残らず見つけてからだけど、もちろん」やれやれと言うように首を振る。彼女はラジを軽い冗談のタネにしている。「彼、憲法修正案を通過させる計画も立ててるの。それをできる人がいるとしても……」唇をとがらせる。「実のところ、それはたぶんラジじゃないわね」彼女が声をあげて笑ったので、ぼくも声をあげて笑った。うん、ラジは平均的アメリカ人からするとアツすぎる。

そこで。「誰ならできる？」

「あたしならできるかも」キャットが胸を張って言う。

かもしれない。

キャットの縄張り、データ可視化部門の横を通った。小さな円形劇場を囲む形でプレハブの四角い建物がいくつも建っている。円形劇場は真ん中に巨大スクリーンが並んでいて、石造りの階段でおりていけるようになってる。下をのぞいてみた。エンジニアがふたり、膝にノート

ＰＣを載せて階段に腰かけ、波打つ線でつながったいくつもの丸がスクリーン上で飛び跳ねるのを見つめている。数秒ごとに丸はフリーズし、線は首の後ろの産毛が逆立つみたいにぴんと張る。続いてスクリーンが一面真っ赤になる。エンジニアのひとりが小さく悪態をつき、自分のノートＰＣをのぞきこんだ。

キャットが肩をすくめる。「何かプロジェクトが進行中みたいね」

「なんのためのプロジェクトかな？」

「さあ。たぶん社内的なものだと思うけど。あたしたちの仕事の大半は社内的なものなの」ため息をつく。「グーグルってものすごく大きいから、それ自体がオーディエンスなのよね。あたしが可視化したデータを使うのは、ほとんどがエンジニアか広告営業、あるいはＰＭ……」キャットの声が途切れた。「正直言って、あたし、みんなに観てもらえるものが作りたい！」そう声に出して言ったことでほっとしたみたいに、キャットは声をあげて笑った。

キャンパスの端に立つ背の高いイトスギ――歩道に気持ちのいい金色の木漏れ日を落としている――のあいだを抜け、レンガの低い建物まで来たけど、そこは黒っぽいガラスの扉に手書きの標示がテープで貼られているだけだった。

ブックスキャナ

なかにはいると、まるで野戦病院みたいだった。暗くて生暖かい。接続部がいくつもある長い金属のアームが作業台につながっていて、強烈な投光照明に照らされている。漂白剤のようなにおいが鼻を衝いた。作業台のまわりには本が置かれている。金属のカートにいくつものうずたかい山となって。大型本もあれば小さな本もある。ベストセラーもあれば、ペナンブラの店に似合いそうな古い本も。ダシール・ハメットの作品が見える。

ジャドという名前の背の高いグーグラーがブックスキャナの担当だった。綿毛みたいな茶色の顎ひげを生やし、その上の鼻は完璧な三角形をしている。ギリシアの哲学者みたいだ。サンダルを履いてるからそう見えるだけかもしれないけど。

「やあ、ようこそ」にこにこしながらまずキャットと、つぎにぼくと握手をする。「データ可視化部門の人が訪ねてくれて嬉しいよ。それできみは……？」眉をつりあげてぼくを見る。

「グーグラーじゃないんだ」ぼくは白状する。「古い本屋で働いてる」

「へえ、それはクールだ」ジャドはそう言ってから、表情を曇らせた。「ただし、その、悪いな」

「悪いなって、何が？」

「なんていうか。きみたちを失業させちゃってさ」とても淡々とした口調だった。

「待ってくれ、きみたちって？」

「本屋の……人たち？」

そうだった。ぼくは自分が書籍ビジネスに携わっているという自覚があまりない。ペナンブラの店はまったく別物に感じられるから。でも……ぼくは確かに本を売ってる。潜在的な顧客を開拓するために、ハイパーターゲティング広告プログラムのマネージャーを務めてもいる。いつの間にかそういうことになっていた。ぼくは本屋だ。

　ジャドが言葉を継いだ。「つまり、ぼくたちがいったんすべてをスキャンしてしまえば、そしてみんなが安い読書端末を持つようになれば……誰も本屋に行く必要はなくなる、そうだろう？」

「そういうビジネスモデルがあって、こういうことをしてるのかい？」ぼくはスキャナのほうに頭を振る。「電子書籍を売るっていう？」

「この会社にはビジネスモデルってものがあんまりないんだよね」ジャドは肩をすくめる。「必要ないんだ。広告でものすごく稼げるから、それですべてまかなえちゃう感じで」キャットのほうを向く。「だよね？　これで、たとえば五……百万……ドル稼いだとしても」（それが大金に聞こえるかどうか確信が持てないという様子だった。念のために言っておくと、大金に聞こえるよ）「うん、誰も気づきもしないよ。あっちで」長い腕をキャンパスの中央の方角に振る。「それぐらいの金額は、そうだな、二十分ごとに稼いでるから」

　スーパー落ちこむ話だった。もしぼくが本を売って五百万ドルも稼げたら、『ドラゴンソング年代記』の初版本で輿《こし》を作ってそれに乗せてもらいたいよ。

「うん、だいたいそんなところね」キャットがうなずく。「でも、それっていいことよ。おかげで自由に仕事ができるもの。長期的な考え方ができる。こういう機械に投資できるし」長い金属のアームがついたスキャナの、明るく照らされたテーブルに何歩か近づく。大きく見ひらかれた目が光を受けてきらめいている。「これを見てよ」

「何はともあれ、すまない」ジャドがぼくに向かって静かに言った。

「ぼくらなら平気だよ。人はまだ本のにおいが好きだからね」それに、財源の問題を抱えてないのはジャドのブックスキャナだけじゃない。ペナンブラの店にもパトロンがいる。

メッセンジャーバッグから日誌を取り出して渡した。「患者だ」

ジャドはそれを投光照明に当てた。「美しい」エンボス加工が施された表紙に長い指を滑らせる。「これはなんだい?」

「私的な日記だよ」ぼくはいったん言葉を切った。「とても私的な」

ジャドは日誌をそっとひらき、適度な角度に傾けられた金属のフレームに表表紙と裏表紙をクリップで留めた。ここでは背表紙が折れることはない。つぎにフレームをテーブルに載せ、四つの留め金をカチッと鳴らして固定した。最後にちょっと揺すってみる。フレームとその乗客はしっかり固定されている。拘束された日誌はテストパイロットか安全テストのダミー人形みたいに見えた。

ジャドがぼくらをスキャナから遠ざけた。「これより前に出ないようにね」床の黄色い線を指して言う。「あのアームは先がとがってるから」

いくつものフラットモニタが並んでいる向こうにまわり、長い指でキーボードをカチャカチャ叩く。おなかに響くような低い唸り、つぎに高い警告音が響いたかと思うと、ブックスキャナが急に作業を開始した。投光照明がストロボのように点滅しはじめ、部屋のなかのありとあらゆるものがストップモーションみたいに見えはじめる。蜘蛛の脚のようなアームが伸びてはページの角をつかみ、めくっていく。魅了される光景だった。こんなに高速でいながら、こんなに繊細な動きを見るのは初めてだ。アームはページを撫で、愛撫し、平らにする。この機械は本を愛してる。

照明が光るたび、テーブルの上に設置された巨大なカメラふたつが旋回し、相前後して画像を保存する。そろそろとジャドに近寄ると、モニタに日誌の画像がつぎつぎ積み重なっていくのが見えた。ふたつのカメラがふたつの目のような働きをしているので、画像は３Ｄだった。コンピュータが薄いグレーのページから単語をすくいとっていく。なんだか悪魔払いを見ているみたいだ。

ぼくはキャットのところへ戻った。彼女は黄色い線ぎりぎりに立ち、ブックスキャナのほうにぐっと身を乗り出している。目を突かれやしないかと心配になる。

「すごいわ」囁くような声で言う。

確かにすごい。日誌に同情して、ぼくはちょっと胸が痛くなった。このめまぐるしい光の点滅と金属の動作により、日誌の秘密がすべてものの数分で抜き出されてしまうのだから。昔、本はとてもハイテクな存在だった。いまはもう違う。

創始者の謎

　その日の八時ごろ、ぼくらはキャットの宇宙船用ポッドみたいなベッドルームで、白い宇宙船用コンソールみたいな机の前に座っていた。彼女はぼくの膝の上で、ＭａｃＢｏｏｋに向かって身を乗り出している。光学式文字読み取り装置《ＯＣＲ》、すなわち、コンピュータがインクや黒鉛筆の走り書きやのたくった字を、ＫとＡとＴみたいな判読可能な文字に変換するプロセスについて説明してくれている。

「簡単じゃないのよ。あれは大きな本だったでしょ」それに前任者たちの手書きはぼくに劣らず読みにくかった。でも、キャットには計画があった。「これだけのページを処理するには、あたしのコンピュータだとひと晩かかっちゃう。でも、ふたりともそんなに待っていられないわよね？」ぼくには理解できない長いコマンドを作成しながら、ワープ・テンの速度で打っていく。うん、ふたりとも待っていられないのは確かだ。

「だから、同時に何百台ものマシンにその作業をさせるのよ。ハドゥープを使うわけ」

「ハドゥープ」

「みんなが使ってるわ。グーグル、フェイスブック、ＮＡＳＡ。ソフトウェアなんだけど、大きな作業をいくつもの小さな断片に分けて、同時に何台ものコンピュータに分担させるの」

ハドゥープ！　ぼくはその響きが気に入った。キャット・ポテンテ、きみとぼくに息子ができたら、ハドゥープと名づけよう。きっと偉大な戦士、王になるぞ！

　キャットは机に両手を置いて前かがみになる。「あたし、これが大好きなの」彼女がじっと見つめる画面上に図形が現れつつある。またたく中心と幾十もの——いや、幾百ものだ——花弁を持つ花の線画。デイジーからタンポポへ、巨大なヒマワリへと急速に大きくなっていく。「いまこの瞬間、千台のコンピュータがあたしの希望するとおりの作業を行ってるのよ。あたしの頭はここにあるだけじゃない」自分の頭をトントンと叩く。「いろんなところにある。その感覚が好きなの」

　彼女の体がぼくにこすれる。急にあらゆるにおいが強さを増した。キャットのシャンプーしたての髪がぼくの鼻先にある。丸いピンクの耳たぶがちょっと横向きに突き出していて、背中はグーグルでフリークライミングをしているせいで鍛えられている。ぼくは親指で彼女の肩甲骨を、ブラのストラップの出っ張りをたどる。彼女の体が揺れ、もう一度ぼくにこすれた。ぼくがTシャツを押しあげると、つぶれた文字がノートPCの画面に映った——BAM！

　ややあって、キャットのPCが低くピンという音を立てた。彼女はぼくから体を離し、ベッドからひょいとおりて、黒いデスクチェアに戻った。腰をおろしてつま先だけ床につけ、画面に向かって背骨を曲げた彼女は、怪物の形をした吐水口《ガーゴイル》みたいに見える。裸の美女の形をしたガーゴイルに。

「うまくいった」上気した顔で、ぼくを振り返る。乱れた栗色の髪、満面の笑み。「うまくいった！」

真夜中をとっくに過ぎ、ぼくは書店に戻っている。本物の日誌は無事、棚に返してある。偽の日誌はメッセンジャーバッグのなかだ。何もかも計画どおりにいった。ぼくは頭が冴えわたり、気分がよく、可視化する準備ができている。スキャンしたデータをビッグボックスから取り出した。〝ブーティネット〟を使えば一分もかからない。あの日誌に書きこまれた短いエピソードはひとつ残らず、完璧に処理された状態でぼくのノートPCへと流れこむ。

さあ、コンピュータ、今度はぼくの命令を聞く番だぞ。

こういうことは最初から完璧にうまくいったりしない。未加工のテキストファイルを可視化プログラムに流しこむと、ぼくのプロトタイプはジャクソン・ポロック（二十世紀のアメリカを代表する抽象画家）の作品みたいになった。あちこちにデータの斑点ができ、ピンクや緑、黄色といったゲームセンターにあるゲーム機みたいなどぎつい色の円が広がる。

ぼくが最初にしたのは、カラーパレットを変えることだった。アースカラーにしてくれ。つぎ。情報量が多すぎる。ぼくが見たいのは誰が何を借りたのかということだけ。キャットの分析はテキスト内の名前と書名、時間にタグをつけてくれるだけ気がきいていたし、可視化プログラムはそれをどう表したらいいか知っていたので、ぼくはデータのリンクづけをした。するとと見慣れた光景が現れた。色つきの光の群れが棚のあいだを飛び跳ねていく。色ごとに異なる顧客を表している。でも、いま飛び跳ねているのは何年も前の顧客だ。たいして意味があることには見えなかった――カラフルで雑多な光が奥地蔵書のあいだを移動していくだけ。とそのとき、直感的に点を星座のようにつなげることを思いついた。各顧客が棚のあいだに酔っ払ったようなジグザグの足跡を残す。いちばん移動距離が短い赤茶色の点は、小さなZ字を描き、四カ所を移動しただけで終わった。いちばん移動距離が長い、黒っぽい点をつないだ線は長いデコボコした楕円を店いっぱいに描いた。

これでもまだたいした意味はないように見える。ぼくはトラックパッド上で3D書店をひと押しし、軸を中心に回転させた。立ちあがって脚を伸ばした。机の反対側にまわり、ダシール・ハメットの作品を一冊、手に取ってみる。この店に来た最初の晩気がついて以来、誰にも一度も触れられていない本だ。情けないよな。いや、真剣にさ。わけのわからない本の並んだ棚ばかりが注目されて、『マルタの鷹』に埃が積もってるなんて。情けないを通り越して、ばかげてる。違う仕事を探しはじめたほうがいい。ここにいると、頭がおかしくなる。

デスクに戻ると、3D書店は相変わらず回転木馬みたいにぐるぐるまわっていて……そして奇妙なことが起きつつあった。一回転するごとに、黒っぽい点をつないだ線がくっきりと浮かびあがる。ほんの一瞬、絵が現れて――いや、ありえない。ぼくはトラックパッドに勢いよく手を置き、3Dモデルの回転速度を落として止まらせた。それから巻き戻してみた。黒っぽい点をつないだ線ははっきりとした絵になっていた。ほかの点をつないだ線もくっきり浮かびあがっている。どれも黒っぽい線ほど完璧じゃないけど、顎の曲線、傾斜した目の線を描いている。３Ｄモデルがまっすぐになり、入口から――ぼくがいま座っている場所のすぐそばから――なかをのぞいているみたいに見えるようになると、何本もの線が生命を持った。人の顔になったのだ。

ペナンブラの。

ベルがチリンチリンと鳴り、彼がたなびく霧を伴って店にはいってきた。ぼくは話の口火をどう切ったらいいかわからず、何も言えなかった。目の前に同時にふたりのペナンブラがいる――ひとりはノートＰＣの画面から無言でこちらを見つめるワイヤーフレーム（コンピュータ上で立体図形を輪郭線のみで表現する手法）の絵、もうひとりは店の入口で笑顔を浮かべようとしている老人。

「おはよう、おまえさん」彼は明るく言う。「夜のうちに何か変わったことはあったかね？」

一瞬だけど、ノートＰＣのふたを閉じ、これについてはひと言も口にしないでおこうかと真剣に考えた。でも、だめだ。好奇心にあらがえない。この店の奇妙な蜘蛛の巣に取り巻かれながら、ただ座っているなんてできない（ほとんどの仕事に奇妙なことはつきものだろうけど、でも、いまここで話しているのは超弩級《ちょうどきゅう》の奇妙さだ）。

「ＰＣで何をしていたのかな？　店のウェブサイトに取り組んでくれているのかね？」

ぼくはＰＣをくるりとまわして彼に見せた。「とは言えないんですけど」

半分笑顔のまま、ペナンブラは眼鏡を少し傾け、画面をのぞきこんだ。ぽかんとした顔になったかと思うと、そっと言った。「創始者だ」ぼくの顔を見る。「解いたのか」片手でぴしゃりと額を打ち、酔っ払ったような笑顔になった。「もう解いたのか！　彼を見てみろ！　この画面上にいるじゃないか！」

彼だって？　でも、これは——ああ。こうしてペナンブラがそばまで身を乗り出していると、ぼくは老人の顔はみんな同じだって、ありがちな間違った決めつけをしていたことに気がついた。画面に映し出されているワイヤーフレームの肖像画は、鼻はペナンブラと似ているけれど、口は小さな弧を描いている。ペナンブラの口はまっすぐで大きく、いまにも笑いだしそうだ。

「どうやったんだね？」彼は言葉を継いだ。まるで孫がホームランを打ったか、ガンを克服したみたいに誇らしげだ。「おまえさんのノートをぜひ見せてくれ！　オイラー（十八世紀スイスの数学者）のやり方を使ったのか？　それともブリトーの反転か？　使っても恥ずかしがることはない。初期の混乱の大半がそれで解決……」

「ミスター・ペナンブラ」ぼくは得意げに言った。「ぼくは古い日誌をスキャンして——」とそこまで言ったところで、この話は言外の含みが大きいことに気づいて口ごもり、そして告白した。「その、古い日誌を持ち出したんです。借りました。一時的に」

ペナンブラの目尻にしわが寄った。「ああ、知っているよ、おまえさん」意地悪な口調じゃなかった。ちょっとのあいだ口をつぐむ。「おまえさんが作った偽物はコーヒーのにおいをぷんぷんさせていたからね」

なるほど。「ぼくは古い日誌を借りて、それをスキャンしたんです」ペナンブラの表情が急に変わって心配そうになった。まるでぼくがガンを克服したんじゃなく、かかったみたいに。

「グーグルには特別なマシンがあって、ものすごく速いんです、それにハドゥープを使えば、いとも簡単に——その、千台のコンピュータであっという間に！」強調するために指をパチンと鳴らした。ペナンブラにはぼくがなんの話をしているか見当もつかないだろう。「とにかく、重要なのはデータを引き出せたってことです。自動的に」

ペナンブラの顔の微細な筋肉に震えが走った。これだけ近くにいると、彼は実際とても年を取っているのだとあらためて感じた。

「グーグルか」ペナンブラは囁き声で言った。長い間があった。「なんとも好奇心をそそられる話だ」彼は身を起こした。すごく奇妙な表情を浮かべている——〝404 ページが見つかりません〟というエラーメッセージを顔で表現したらこんな感じだろう。ほとんどひとり言のように言う。「報告をしないと」

ちょっと待った、報告ってどんな？　警察への通報ってことか？　冊子の重窃盗？　「ミスター・ペナンブラ、何か問題ですか？　どうして——」

「ああ、そうだ、そういうことか」彼は鋭い口調で言うと、目をきらりと光らせてぼくを見た。「わかったぞ。おまえさんはずるをした——という表現はフェアかな？　その結果、自分でも思いもしないことを成し遂げた」

ぼくは机を見おろした。その表現、フェアだと思います。

もう一度ペナンブラの顔を見ると、視線がやわらいでいた。「とはいえ……おまえさんが成し遂げたことに変わりはない」彼はくるりと背を向け、奥地蔵書へと足を踏み入れた。「なんと好奇心をそそられる話だ」

「これは誰ですか?」ぼくは唐突に尋ねた。「誰の顔なんですか?」

「創始者だよ」ペナンブラは長い手を棚に滑らせながら言った。「隠れて待っているんだ。見習いを何年もじらす。何年もだ! それなのに、おまえさんは彼を――どれくらいだ? 一カ月であぶり出した」

いや、違う。「たった一日です」

ペナンブラははっと息を吸った。目がふたたびきらりと光る。大きく見ひらかれた目は窓からの陽差しを反射し、ぼくが見たこともないようなエレクトリックブルーに輝いていた。彼はあえぐように言った。「信じられない」深く息を吸う。興奮し、わくわくしているように見える。というより、ちょっと頭がおかしくなったみたいに。「わたしにはやらなければならないことがある。計画を立てなければ。おまえさんは帰りなさい」

「でも――」

「帰りなさい。理解していようがいまいが、おまえさんはきょう重大なことを成し遂げたんだ」

くるりと向きを変えると、ペナンブラはひとり言をつぶやきながら、暗く埃っぽい棚のあいだを奥へと歩いていった。ぼくはノートPCとメッセンジャーバッグを持って玄関から外へするりと出た。ベルはかすかにチリンと鳴っただけだ。振り返り、大きな窓の向こうを見ると、弧を描く金色の文字の向こうにペナンブラの姿はなかった。

どうしてそんなに本が好きなのかね？

その日の夜、ぼくが店に戻ると、これまで見たことがなかったもの、はっとして足が止まる光景が待っていた。

〈ミスター・ペナンブラの二十四時間書店〉が暗くなっていたんだ。

ものすごく違和感があった。この店はいつも開いていた。いつも目を覚ましていた。ブロードウェイのいかがわしい界隈に建つ小さな灯台のように。でもいま、照明はすべて消され、正面扉の内側に四角い紙がまっすぐ貼ってある。そこにはペナンブラの蜘蛛の脚みたいに細長い字でこう書いてあった。

閉店（アド・リブリス）

ぼくは店の鍵を持っていない。一度も必要になったことがなかったから。店番はいつもじかに引き継がれてきた――ペナンブラからオリヴァーへ、オリヴァーからぼくへ、ぼくからペナンブラへ。つかの間、ぼくは自己中心的な怒りでカンカンになった。いったいどうしたんだよ。いつになったら再開するんだ？　こういうときはメールか何かで知らせてくれないのか？　こんなやり方、雇い主としてひどく無責任じゃないか？

でも、すぐに心配になった。けさの邂逅《かいこう》は度外れた衝撃だったはずだ。興奮しすぎて、ペナンブラが軽い心臓発作でも起こしていたらどうする？　あるいは重い心臓発作を起こしていたら？　死んでいたら？　どこかのアパートメントでひとり寂しく泣いていたら？　ペナンブラおじいちゃんは変わり者だし、本のにおいがするから厭だって理由で、身内が誰も訪ねてこない場所で。恥ずかしさが血管をどっと流れていき、怒りと混ざり合い、一緒に渦巻いてどろりとした液体になり、ぼくに吐き気をもよおさせた。

ぼくは角の酒屋までスナックを買いにいった。


それから二十分間、ぼくは道路の縁石の上に立ち、黙々とフリトスを食べてはパンツで手を拭いていた。つぎにどうしたらいいかわからずに。家に帰って、あしたまた来るべきだろうか？　電話帳でペナンブラを捜して、電話をかけてみるか？　これは却下だな。確認してみなくても、ペナンブラの番号は電話帳に載ってないに決まってる。それにぼくは、どこに行けば電話帳があるか、実は知らないんだ。

何か賢い策を考えようとしながら突っ立っていると、見たことのある人影が通りを滑るように歩いてくるのが見えた。ペナンブラじゃない。彼は滑るようには歩かない。あれは――ミズ・ラピンだ。ぼくはゴミ容器の後ろに飛びこみ（どうしてゴミ容器の後ろに飛びこんだりするんだ？）、ミズ・ラピンが足早に店へと歩いていき、誰もいないのがわかる距離まで近づいたところで息を呑み、正面扉に駆け寄り、つま先立ってガラスに鼻を押しつけ、〝閉店（アド・リブリス）〟という貼り紙を検《あらた》めるのを見守った。貼り紙に書かれた二語の深い意味を占おうとしているにちがいない。

そのあと、彼女はこそこそと通りの左右を見渡した。白い卵形の顔がこちらを向いたとき、そこには引きつった恐怖の表情が浮かんでいた。くるりと向きを変えると、いま来た道を滑るように戻っていく。

ぼくはフリトスをゴミ容器に捨て、彼女のあとを追った。

ラピンはブロードウェイをはずれ、テレグラフヒルに向かう道を歩きはじめた。のぼり坂になっても歩く速さは変わらない。彼女はそういうことができる、ちょっと変わった人なのだ。ぼくは一ブロック後ろを速歩きでついていきながら、ゼイゼイハアハア言っていた。ずっと上の丘のてっぺんに建つコイトタワーのノズル形の先端が、夜空にひょろりと灰色の切り絵のように浮かびあがっている。丘の外周をぐるぐるめぐる細い坂道を半分ほどのぼったところで、ラピンの姿が消えた。

最後に彼女の姿が見えた場所まで走っていくと、家々のあいだ、木々の枝が紗幕《しゃまく》みたいに腕を伸ばしている下に、路地のような細い急なのぼり階段があった。ラピンはすでに半分ほどのぼっている。

ぼくは声を張りあげて彼女を呼ぼうと――〝ミズ・ラピン！〟――したけど、息切れがひどくてゼイゼイという音が出ただけだった。そこで咳払いをし、悪態をついてから前のめりになって彼女を追った。

階段は静かだった。あたりを照らしているのは、両側に建つ家の上のほうに切られた窓から漏れる明かりだけ——濃い色のプラムがたわわに実った枝が垂れているのが見える。前方でバサバサという音と鳥の合唱が聞こえた。つぎの瞬間、野生のオウムの群れが枝から飛び立ち、木々にはさまれた筒のような空間を騒々しく通り抜けていった。ぼくの頭のてっぺんを羽がかすめた。

前方からカチャッ、ギギーッという音が聞こえて、光の帯が太くなりながら広場に漏れた。ぼくが追跡している人物がその前を横切ったあと、ドアは固く閉ざされた。あそこがローズマリー・ラピンの家だ。

ぼくは階段のてっぺんまでのぼり、腰をおろして息を整えた。あのご婦人はすごいスタミナの持ち主だ。ひょっとしたら骨が鳥みたいになっていて軽いのかも。ひょっとしたら少し浮力があるのかも。いま来た道を見おろすと、黒い枝のレースを通して、街の灯がはるか下に見えた。

家のなかから、食器のカチャカチャいう音が聞こえてきた。ぼくはミズ・ラピンの家のドアをノックした。

長くはっきりした沈黙が続いた。「ミズ・ラピン?」ぼくは大きな声で言った。「クレイです、ええと、書店の。店員の。お訊きしたいことがひとつあって」あるいは、山ほどかもしれないけど。

沈黙がさらに続いた。「ミズ・ラピン?」ドアの下から漏れる光の筋を影が横切った。影はそこをうろつき——錠がガチャガチャと音を立てたかと思うと、ミズ・ラピンが顔をのぞかせた。「こんばんは」と彼女はかわいらしい声で言った。

ラピンの家は愛書家のホビットが住む穴蔵のようだった——天井が低く、部屋が小さく、本で溢れている。狭くても居心地は悪くない。シナモンの強い香りとマリファナの弱い香りがする。きれいに掃除された暖炉の前に背もたれの高い椅子が一脚置かれている。いま、ラピンはその椅子には座っていない。船の調理室みたいなキッチンの隅っこに引っこんでいる。同じ部屋にいながらも、ぼくからできるだけ離れた場所に。届きさえすれば、窓から逃げ出そうとするんじゃないかな。

「ミズ・ラピン」とぼくは言った。「ぼくはミスター・ペナンブラと連絡を取りたいんです」

「お茶をいかが？」と彼女は訊いた。「そうよ、お茶をいただきましょう。それからお帰りなさい」真鍮《しんちゅう》の重そうなやかんに手を伸ばす。「若い人は夜、忙しいはずですものね、やること、会う人がたくさん——」

「実のところ、ぼくはいまごろ仕事をしているはずなんですが」

こんろの前に置いた彼女の手が震える。「そうそう、そうだったわね。まあ、世の中に仕事はいっぱいあるわ、くよくよしないで――」

「仕事が欲しいわけじゃないんです！」もう少し口調を柔らかくして、ぼくは続けた。「ミズ・ラピン、本当です。ぼくはミスター・ペナンブラと連絡を取りたいだけなんです」

ラピンは口をつぐんだけど、それはほんの少しのあいだだった。「専門職がたくさんあるわ。パン職人に剥製師、フェリーの船長……」そこで彼女は振り向いたが、ぼくの顔をまっすぐ見るのはこれが初めてだったと思う。瞳の色は灰色がかった緑。「ミスター・ペナンブラはいなくなってしまったのよ」

「それなら、いつ戻ってくるんです？」

ラピンは何も言わずにただぼくの顔を見つめていたが、ゆっくり後ろを向くと、小さなこんろ台の上でシューシューいって震えだしたやかんからお湯を注ぎはじめた。強烈な好奇心と恐怖心が入り混じり、ぼくの脳みそのなかにしみこんでくる。一か八かやってみるときだ。

ぼくはノートPCを引っぱり出した。これはたぶん、ラピンの住処《すみか》の敷居を越えたもののなかで、最も進んだテクノロジー製品だろう。奥地蔵書から借りてきた分厚い本ばかりの山の上に置くと、ピカピカのMacBookは声高に主張はしないものの、頑迷なる人類に溶けこもうとする不運なエイリアンのように見えた。Macを開けて――白熱するエイリアンの内臓があらわに！――3Dモデルを作動させたところで、ラピンがカップとソーサーを二客持ってこちらに歩いてきた。

画面に目が行き、3D書店に気がつくと、彼女はガチャンという音と共にテーブルにソーサーを強行着陸させた。顎の下で両手を固く組み合わせ、身をかがめて、ワイヤーフレームの顔が形を成すのを見守る。

彼女は悲鳴をあげた。「彼を見つけたのね！」


本をすっかり片づけたテーブルに、ラピンは半透明に近い幅広の薄い紙を広げた。今度はぼくが口をぽかんと開ける番だった。それは灰色の鉛筆で描かれた書店の景色で、ここにも棚の上のある場所とある場所をつなぐ蜘蛛の巣のような線が描かれていた。でも、まだ未完成だ。それどころか、着手したばかりと言ったほうがいい。顎の曲線、鼻が突き出ているところはわかるけど、それだけだ。はっきりと確信を持って描かれた線のまわりには消しゴムの跡がぼんやりといくつも残っている――描いては消しをくり返した幻の線の歴史。

いつからラピンはこれに取り組んでいたんだろう？

彼女の顔が物語っていた。頬がぶるぶると震え、いまにも泣きだしそうだ。「だから」ぼくのノートPCにちらりと目を戻して言う。「だから、ミスター・ペナンブラはいなくなったのね。ああ、あなたは何をしたの？　どうやって彼を見つけたの？」

「コンピュータです。大きなコンピュータ」

ラピンはため息をつき、ようやく椅子に腰をおろした。「最悪だわ。これだけがんばったあとで」

「ミズ・ラピン、あなたはどういうことに取り組んでいたんですか？　これはいったいなんなんですか?」

ラピンは目を閉じて言った。「それを話すことは禁じられているの」片目をちらっと開けて様子をうかがう。ぼくは無言で包み隠しのない表情を浮かべ、できるだけ無害に見えるよう努力した。ラピンはもう一度ため息をついた。「でも、ミスター・ペナンブラは間違いなくあなたを気に入っていたわ。かなり気に入っていた」

ここで過去形を使われるのは気に入らなかった。ラピンはお茶に手を伸ばしたが届かなかったので、ぼくがカップとソーサーを取りあげ、渡した。

「それに、この話をするのは気分がいい」ラピンは先を続けた。「何年も読んで、読んで、読んでが続いたあとだと」言葉を切って紅茶をひと口飲む。「誰にも話さない?」

ぼくはうなずいた。誰にも話さない。

「結構」ラピンは深く息を吸う。「わたしは〈折れざりし背表紙《アンブロークン・スパイン》〉という協会《フェローシップ》の見習いなの。五百年以上続いている協会なのよ」しかつめらしい顔で続ける。「本そのものと同じくらい歴史があるの」

ワオ。ラピンがまだ見習いだって? 八十歳は超えてるにちがいないのに。

「どうやって入会したんですか?」ぼくは思いきって訊いた。

「最初はお客だったの。それまでに六年か七年、お店に通ってたわ。ある日、本の代金を払っていると——あのときのことはとてもはっきり記憶に残ってるわ——ミスター・ペナンブラがわたしの目を見てこう言ったの。〝ローズマリー〟」ラピンはペナンブラの真似がうまかった。

「〝ローズマリー、どうしてそんなに本が好きなのかね？〟」

「わたしはこう答えたわ、〝さあ、なぜかしら〟」彼女は少女のようと言ってもいいほど生き生きしだしていた。「〝きっと、本はうるさくしゃべらないし、公園へも持っていけるからじゃないかしら〟」目をすがめる。「彼はわたしを見つめたまま、何も言わなかった。そこで、わたしはこう言ったの。〝でも、本当のことを言うと、わたしがこんなに本を好きなのは、本がいちばんの友達だからだと思うわ〟すると、彼はにっこりほほえんで――彼の笑顔はすてきなのよ――梯子のところまで歩いていって、わたしが見たこともないほど高いところまでのぼったの」

なるほど。わかったぞ。「あなたに奥地蔵書の本を渡したんですね」

「いま、なんて？」

「奥地――その、店の奥のほうの棚のことです。暗号書」

「あれはコデックス・ヴィ、、、、ータイというのよ」正確な発音で、ラピンは言った。「ええ、ミスター・ペナンブラは一冊わたしに手渡して、暗号を解読するための鍵もくれたわ。でも、鍵をくれるのはそのときだけだと言った。つぎは、それからそのつぎも、自力で見つけなければならないと」ラピンは少し顔をしかめた。「彼は未製本会員になるのに時間はかからないと言ったけど、わたしにとってはとてもむずかしかったわ」

ちょっと待った。「未製本会員？」

「三段階の序列があるのよ」細い指を折りながら数えていく。「見習い、未製本会員、そして製本会員。未製本会員になるには、創始者の謎を解かなければならないの。あのお店のことよ。つぎつぎと本を読んでは、暗号を解いて、つぎの本の鍵を見つけていくの。コデックス・ヴィータイはみんなある特別な法則に従って書棚に並べられているのよ。もつれた糸みたいに」

そういうことか。「それがぼくの解いた謎だったんですね」

ラピンは一度うなずき、顔をしかめ、お茶を飲んだ。それから突然思い出したように言った。「ねえ、わたしは昔、コンピュータ・プログラマだったのよ」

まさか。

「まだコンピュータがゾウみたいに大きくて灰色をしていたころ。ああ、たいへんな仕事だったわ。わたしたちが先駆者だったの」

すごい。「どこでです?」

「パシフィック・ベル（カリフォルニアの電話会社。二〇〇四年にSBCと社名変更）で。サッター・ストリートをちょっと行ったところにあったのよ」人差し指をダウンタウンのほうに振る。「まだ電話がとてもハイテクだった時代」にっこり笑って、わざとらしくまつげをパチパチさせた。「若いころ、わたしはとってもモダンな娘だったんだから」

ええ、信じますとも。

「でも、そういうマシンを使っていたのはものすごく昔のことだから、あなたがやったようなことをしてみようとは、ちらりとも思い浮かばなかったわ。ああ、これは」本と紙の山に向かって手を振る。「ひどく退屈な仕事だったのにねえ。つぎからつぎへと本と格闘して。なかにはおもしろい本もあったけれど、そのほかは……」ため息をつく。

外からカッカッという足音、にぎやかな鳴き声の合唱が聞こえたかと思うと、ドアをすばやくノックする音が続いた。ラピンの目が大きく見ひらかれた。ノックはやまない。ドアが振動している。

ラピンが椅子から立ちあがり、把手をまわすとティンダルが立っていた。目が大きく見ひらかれ、髪はぼさぼさで、片手は頭に置かれ、片手はノックをしようと持ちあげられたままだった。

「彼がいなくなった！」ティンダルはよろよろとなかにはいってきた。「図書館まで呼び出されたんだ！　どうしてだ？」同じところをぐるぐるまわりながら、神経エネルギーを放出しながら、くり返す。目はぼくのほうをちらりと見たが、足は止まりも速度を緩めもしない。「彼はいなくなった！　ペナンブラはいなくなった！」

「モーリス、モーリス、落ち着いて」ラピンが言い、ティンダルを自分の椅子まで連れていった。彼は崩れるように腰をおろし、落ち着かない様子で身をよじった。

「どうする？　わしらに何ができる？　何をすべきなんだ？　ペナンブラがいなくなったら……」声が消え入るように小さくなったあと、ティンダルは顔をぼくのほうに向けた。「あんた、店をやれるか？」

「ちょっと、待ってください」ぼくは言った。「ミスター・ペナンブラは死んだわけじゃありません。ただ——たったいま、彼は図書館に行ったと言いませんでしたか？」

ティンダルの顔に浮かんだ表情は違うと言っていた。「ペナンブラは戻ってこない」首を横に振る。「戻ってこない、戻ってこない」

例の入り混じった感情――いまは好奇心よりも恐怖心がまさってる――が腹に広がりだした。厭な感じだ。

「インバートから聞いた。インバートはモンセフから。コルヴィナは怒ってる。ペナンブラは焼かれるだろう。焼かれるんだ！　これでわしはおしまいだ！　おまえさんもおしまいだよ！」ローズマリー・ラピンに向かって指を振る。ラピンの頬がぷるぷると震えだす。

ぼくには何がなんだかわからない。「どういう意味ですか、ミスター・ペナンブラが焼かれるっていうのは？」

ティンダルは言う。「彼がじゃない、本がだ――彼の本が！　負けず劣らず悪いことだ、いっそう悪いかもしれん。肉体が焼かれるほうがページが焼かれるよりもましだ。ペナンブラの本は焼かれる。ソーンダーズやモファットやドン・アレハンドロといったアンブロークン・スパインの敵と同じように。彼が、彼を、グレンコーだ、最悪だ――ペナンブラは一ダースの見習いを抱えていたんだぞ！　その全員が見捨てられ、道に迷うことになる」ぼくを潤んだ絶望の目で見てから、唐突に言う。「わしはもう少しで完成するところだったのに！」

ぼくは冗談じゃなくカルト集団に巻きこまれてしまったらしい。

「ミスター・ティンダル」きっぱりした口調で言った。「それはどこにあるんですか？　その図書館というのは？」

ティンダルは首を横に振った。「知らない。まだ見習いだからな。それにもう、昇格は、昇格は……可能性はひとつ」彼は顔をあげた。目に希望の光を宿してもう一度尋ねる。「あんたが店をやれるか？」

店をやることはできないけど、使うことはできる。ティンダルのおかげで、ペナンブラがどこかで困ったことになっているのはわかったし、それがぼくのせいだということもわかってる。なぜ、何がどうなってかはわからないけど、ペナンブラが店からいなくなったのはぼくのせいだ。それは否定できない。いま、ぼくは本気で彼の心配をしている。このカルト集団は本好きの老人に的を絞っている——学のある高齢者向けサイエントロジー（一九五〇年ごろにL・ロン・ハバードにより創設された新宗教）——みたいに見える。もしそうなら、ペナンブラはすでにどっぷり深みにはまっているはずだ。だから、もう聞きこみや穏便な推理をしている場合じゃない。ぼくは必要な答えを求めて〈ミスター・ペナンブラの二十四時間書店〉の捜索をすることにした。

でも、まずはなかにはいらなきゃ。

翌日の真っ昼間、ぼくが震えながらブロードウェイに立ち、板ガラスのはまった窓を見つめていると、オリヴァー・グローンがいつの間にか隣にいた。びっくりするじゃないか。オリヴァーは大柄な男にしては音を立てない。

「どうした？」彼が尋ねる。

ぼくは注意深く彼を見た。オリヴァーがすでにこのカルトの一員になっていたらどうする？

ない。

「どうしてこんなところに突っ立ってるんだ？」とオリヴァー。「寒いだろ」

違う。オリヴァーはぼくと同じ、部外者だ。でも、もしかしたら鍵を持った部外者かもしれ

彼はかぶりを振った。「ドアに鍵がかかってたことは一度もなかった。おれはいつもまっすぐなかにはいって、ミスター・ペナンブラと交替するだけだ。知ってるだろ？」

そうだ。そしてぼくはオリヴァーと交替する。でも、いまはペナンブラが行方不明だ。「じゃ、なかにはいれないね」

「そうだな。非常口を試してみるって手はあるぞ」

二十分後、オリヴァーとぼくはペナンブラの店の薄暗い書架で鍛えた登山筋肉を活用していた。五ブロック先の金物屋で梯子を買ってきて、書店とストリップクラブのあいだの細い路地に立てかけた。

〈ブーティーズ〉のやせたバーテンダーも路地にいて、逆さまにしたプラスチックのバケツに腰かけ、たばこを吸っている。ぼくらを一度ちらりと見てからスマートフォンに目を戻した。〈フルーツニンジャ〉のゲームをやってるようだ。

まず、ぼくが梯子を支えているあいだにオリヴァーがのぼり、つぎにぼくがひとりでのぼった。何もかもが未知の領域だ。この路地の存在、ここに非常口があることはなんとなく理解していた。でも、店のどこに非常口がつながっているのかはわかってない。ペナンブラの店の奥

まった場所に、ぼくはほとんど足を踏み入れたことがない。手前の明るい書棚と薄暗い奥地蔵書の先には、小さなテーブルと小さなトイレのある小さな休憩室があって、その向こうにはペナンブラの事務室に通じる〝関係者以外立ち入り禁止〟と書かれたドアがある。ぼくはこの禁止命令を真面目に守っていた。ルールナンバー2（奥地蔵書の神聖さに関するルール）を真面目に守っていた――少なくともマットを巻きこむまでは――のと同じように。

「うん、ドアは階段に続いている」とオリヴァーが言った。「のぼり階段だ」ぼくらは非常口に立っていて、そのためどちらかが体重を移動させると、金属がキキーッときしった。横長の窓は傷だらけの木枠に古ぼけたガラスがはまっている。引いてみたけど、びくともしない。オリヴァーがかがんで、物静かな大学院生らしくうめくと、はじけるような音ときしるような音がして窓が勢いよく開いた。路地のバーテンダーをちらりと見おろした。仕事上そうすることがたびたび必要になる彼は、見えないふりをしていた。

ぼくらは窓枠を通り抜け、書店の二階にある暗い事務室に足を踏み入れた。

うめき声、すり足で歩く音、囁くようなイテッという声が聞こえたあと、オリヴァーがスイッチを見つけた。細長い机の上に置かれたランプからオレンジ色の光が放たれ、ぼくらのまわりの空間が照らし出された。

おくびにも出さなかったけれど、ペナンブラはかなりのコンピュータ・オタクだった。机には何台ものコンピュータが載っていた。どれも一九八七年より前に製造されたものばかりだ。ずんぐりした茶色のテレビに接続された古いTRS－80がある。長方形のアタリ、明るい青色のプラスチックケースがついたIBMのPCも。フロッピーディスクでいっぱいの長い箱がいくつも。それに分厚いマニュアルの山。マニュアルには角張った文字でつぎのようにタイトルが印刷されている。

アップルをひとかじり
楽しく実になるBASIC
VisiCalcマスタークラス

PCの隣には、上にゴムのカップのようなものがふたつついた細長い金属の箱が置いてある。その横には受話器が細長くて弓形をしている古いダイヤル式の電話。細長い箱は、この世で最古のモデムじゃないかと思う。オンラインになる準備ができたら、受話器をゴムのカップに差しこむんだ。まるでコンピュータが本当に自分で電話するみたいに。実際に見るのはこれが初めてだった。〝昔はこんなだったんだぜ、信じられるか？〟っていうタイプの意地悪なブログ記事で見たことがあっただけだから。ぼくは呆然とした。何しろ、これはペナンブラが過去に一度は、ためらいがちにサイバースペースへと足を踏み入れてみたことがあった証拠だ。

机の前の壁にはとても大きくてとても古い世界地図が貼ってある。ケニアもジンバブエもインドも描かれてない。アラスカには空白が広がっているだけ。輝く画鋲が刺さっているところがある。ロンドン、パリ、ベルリン。サンクトペテルブルク、カイロ、テヘラン。それからほかの都市にも——きっとここみたいな書店が、小さな図書館がある場所にちがいない。

　オリヴァーが書類を検めはじめたので、ぼくはPCの電源を入れた。スイッチはパチンと大きな音を立てたかと思うと反対側が飛び出し、コンピュータが轟音と共に生き返った。まるで飛行機が離陸するときみたいだ。大きな唸りに続いてギギギという音、つぎに断続的なビープ音。オリヴァーが跳びあがって振り向いた。

「何してるんだ?」囁き声で訊く。

「手がかりを探すんだよ、きみと同じさ」オリヴァーがどうして囁き声で話すのかわからない。「でも、そこに変なものがはいってたらどうするんだ?」彼はまだ囁き声だった。「ポルノとか」

　コンピュータの画面にコマンドプロンプトが現れた。問題なしだ——どうすればいいかわかってる。ウェブサイトを作るときは、遠くにあるサーバと、一九八七年からたいして変わっていない方法で交信しなければならない。そんなわけで、ぼくは〈ニューベーグル〉時代を思い出して、試しにいくつかの指示を打ってみた。

「オリヴァー」上の空で声をかける。「デジタル考古学を試してみたことはある?」

「ないね」オリヴァーは体をふたつに折って抽斗をのぞいている。「おれ、十二世紀よりも新しいものにはほとんど手を出さないんだ」

　PCのちっちゃなハードディスクは謎めいた名前のテキストファイルで溢れていた。そのうちのひとつを調べてみると、意味を成さない文字が並んでいるだけだった。つまり、これは未加工データか、暗号化されたものか、あるいは……そうだ。奥地蔵書の一冊、ラピンが〝コデックス・ヴィータイ〟と呼んでいた本の一冊だ。ペナンブラがPCに打ちこんだのだろう。

〝オイラーメソッド〟という名前のプログラムがあった。ぼくはその名前を入力し、深く息を吸いこんでからリターンキーを押した……すると、ＰＣがビープ音をあげて抗議した。明るい緑の文字で、コードにエラーが——いくつも——あると警告された。プログラムは起ちあがらない。もしかしたら、一度も起ちあがったことがないのかもしれない。

「これを見ろよ」オリヴァーが部屋の反対側から言った。

　ファイルキャビネットの上に置かれた、分厚い帳面の上に身を乗り出している。表紙は革、日誌そっくりにエンボス加工が施してあり、〝PECUNIA（ペキュニア。ラテン語で「マネー」の意味）〟と記されている。ひょっとして書籍ビジネスの超きわどい裏話を記録した秘密の日誌だろうか。でも、違った。オリヴァーが表紙をひらくと、この帳面の目的が明らかになった。帳簿だ。どのページも幅広の縦列が二列、横は狭い行が何十行も並んでいる。各行にはペナンブラの蜘蛛の脚みたいな字で記入がなされている。

フェスティナ・レンテ社	$10,847.00
フェスティナ・レンテ社	$10,853.00
フェスティナ・レンテ社	$10,859.00

オリヴァーは帳簿をぱらぱらとめくっていく。記帳は月ごと、何十年も昔までさかのぼれる。やっぱり、この店にはパトロンがいたんだ。フェスティナ・レンテ社はコルヴィナとなんらかの関係があるのだろう。

オリヴァー・グローンは訓練された発掘人だ。ぼくがハッカーの真似ごとをしているあいだに、有益なものを見つけた。ぼくも彼を真似て、部屋のなかを一歩ずつ移動しながら手がかりを探すことにした。

低いキャビネットがもうひとつあった。その上に載っていたのは——辞書、類語辞典、しわしわになった一九九三年の〈パブリッシャーズ・ウィークリー〉、ミャンマー料理店のメニュー。キャビネットのなかにはいっていたのは——紙と鉛筆、輪ゴム、ホチキス。コートラックがあるけれど、グレーの薄いスカーフがかかっているだけだ。ペナンブラがしているのを前に見たことがある。

階下へおりる階段の横の壁に、黒い額縁にはいった写真が飾られていた。一枚は店の写真だけど、数十年前のものにちがいない。白黒で、通りの様子がいまとは違う。隣は〈ブーティーズ〉ではなく〈アリゴーニズ〉というレストランで、ろうそくとチェックのテーブルクロスが写っている。別の写真はコダックのカラー写真で、金髪ボブカットのきれいな中年女性がアカスギの幹に腕をまわし、片足を蹴りあげてカメラに笑顔を向けている。

最後の写真にはゴールデンゲイトブリッジを背景にポーズをとる三人の男が写っていた。ひとりが年長で教授のような風貌をしている。鷲鼻、人を惹きつける皮肉っぽい感じの笑顔。あとのふたりはずっと年下で、ひとりは胸板が厚く、腕が太く、昔のボディビルダーといった感じだ。黒い口ひげを生やし、髪の生え際が大きく後退していて、カメラに向かい、片手の親指を立ててみせている。もういっぽうの手は三人目の男の肩にまわされている。三人目の男は背が高く、やせていて——待った。これはペナンブラじゃないか。そうだ、茶色の髪に光沢があり、頬に肉がついている、ずっと昔のペナンブラ。なんて若いんだ。

ぼくは額縁を開けて写真を取り出した。後ろにペナンブラの字で説明書きがあった。

見習いふたりと偉大なる師。

ペナンブラ、コルヴィナ、アル＝アズマリ

びっくりだ。この年の離れた男がアル＝アズマリにちがいない。となると口ひげを生やしているのが、いまやペナンブラのボスで〝世界的奇妙書店〟のCEOであるコルヴィナだ。こいつがペナンブラを図書館に召喚し、罰するか、解雇するか、燃やすか、もっとひどい目に遭わせるかしようとしているんだ。きっと残酷で骸骨みたいな男にちがいない。

「これを見ろ！」オリヴァーがまた部屋の反対側から叫んだ。彼は絶対にぼくよりも探偵仕事に向いている。最初は帳簿、そして今度はこれ――オリヴァーが掲げているのは印刷したばかりのアムトラックの時刻表だった。彼がそれを机に広げると、シャープな四本の線で囲まれていたのは――ぼくらの雇い主の行き先だ。

ペンシルヴェニア駅。

ペナンブラはニューヨークに向かったんだ。

ぼくの考える筋書きはこんなふうだ。

店は閉められた。ペナンブラはボスのコルヴィナに秘密の図書館へ召喚されて姿を消した。その図書館は、実は〈アンブロークン・スパイン〉という愛書家カルト集団の本部で、何かが焼かれる。図書館はニューヨークにあるが、その場所は誰も知らない——いまはまだ。オリヴァー・グローンが非常口から出入りして、毎日数時間は店を開け、ティンダルたちを満足させておくことになった。そうすれば、そのうち〈アンブロークン・スパイン〉についてもう少し情報を得られるかもしれない。

ぼくのほうは——別の課題《クエスト》がある。ペナンブラの列車が——もちろん、ペナンブラが使うのは鉄道だ——終着駅に着くのはふつか後だ。いまごろはまだこの国の真ん中あたりをガタンゴトンと走っているところだろう。もしぼくが迅速に行動すれば、彼の前進を食い止められる。そうとも。途中でペナンブラをつかまえて、助け出せる。問題を解決して、自分の仕事を取り戻せる。いったい何がどうなっているのか、本当のところを突きとめられる。

ぼくはキャットに一部始終を話した。そうするのが当たり前になりつつあるから。これはすごくむずかしい数学の問題をコンピュータにまかせるのに似てる。すべての変数を打ちこみ、リターンキーを押すと——。

「うまくいきっこないわ」とキャット。「ペナンブラは年取ってるもの。そのカルトって長いあいだ彼の生活の一部だったんでしょ。ていうか、いまも彼の人生そのものと言っていいんじゃないの、違う？」

「違わない、だから——」

「だから、無理だと思うのよ、あなたが彼を……やめさせるなんてことは。たとえば、あたしはグーグルに、えっと、三年？　勤めてるけど、それって一生にはほど遠いわよね。でも、いまだってあたしを駅で待ち伏せして、出勤するなって命令することはできないわ。この会社はあたしの生活のなかでいちばん重要な位置を占めてる。あたしのいちばん重要な一部なのよ。あたしはあなたを無視して通り過ぎると思う」

彼女の言うとおりなので、ぼくはまごついた。ひとつには、ぼくには新しい計画が必要になるからで、ひとつには、キャットの言うことの正しさはわかるものの、実を言うとぼくにとっては理解できないことだからだ。ぼくは仕事（あるいはカルト）について、そんなふうに感じたことが一度もない。駅で待ち伏せされたら、どんなことでも説得されてしまう可能性がある。

「でも、ニューヨークへは絶対に行くべきだと思う」キャットは言った。

「なるほど、なんか混乱してきたんだけど」

「ほうっておくにはおもしろすぎるもの。ほかにどんな選択肢があるって言うの？　ほかの勤め先を見つけて、前のボスはどうなったんだろうと思いながら一生を過ごすわけ？」

「まあ、プランBは間違いなくそれ——」

「あなたの直感は正しかったのよ。ただもっと」彼女は言葉を切り、口をとがらせる。「戦略的にならないとね。それに、あたしも一緒に連れていかなきゃだめよ」にっこり笑う。どうやらそうらしいね。ノーなんて言えるわけがない。

「ニューヨークにはグーグルの大きな支社があるんだけど」とキャットは続けた。「あたし、まだ一度も行ったことがないの。だから、向こうのチームに会いにいきたいって言うわ。部長はいいって言ってくれるはず。あなたは？」

ぼくは？　ぼくにはクエストがあり、ぼくには味方がいる。あと必要なのはパトロンだ。


ひとつアドバイスをさせてくれ——億万長者とは彼が友達のいない六年生だったときに仲よくなっておくこと。ニール・シャーにはたくさんの友達——投資家、従業員、起業家仲間——がいるけど、彼らはある程度、CEOであるニール・シャーの友達だってことを、彼らも、ニールも知ってる。いっぽうぼくは、いまもこれからも、ダンジョン・マスター、ニール・シャーの友達だ。

ぼくのパトロンになってくれるのはニールだ。

彼の家は会社の本部という役割も担っている。サンフランシスコがまだできたばかりのころ、ニールの家はレンガ造りの大きな消防署だった。いまはレンガ造りの大きなテクノロフトと化し、高級スピーカーが置かれ、超高速インターネット回線が引かれている。ニールの会社は十九世紀の消防士が十九世紀のチリコンカンを食べ、十九世紀の冗談を飛ばしていた階にある。いまそこにいるのは消防士の対極とも言える、やせた若者の一団だ。黒い重いブーツではなく、華奢で派手な色のスニーカーを履き、握手をするときは相手を押しつぶしそうな力強い握り方ではなく、弱々しくずるっと滑るような握り方をする。大半が訛りのあるしゃべり方で――これは変わってない点かな?

ニールはプログラミングの天才を見つけては、サンフランシスコに連れてきて彼らを同化させる。これがニールの言うやつらで、なかでもいちばん優秀なのが、ベラルーシ出身で十九歳のイゴールだ。ニールによると、イゴールはパワーショベルに乗りながら行列《マトリクス》を独学で学んだという。十六歳でミンスクのハッカー界の頂点に立ち、ユーチューブにアップした3D作品のデモビデオをニールに見い出されなければ、ソフトウェア盗用の危ない道に直進していたはずだそうだ。ニールはイゴールのためにビザを取り、航空券を買い、元消防署のオフィスに机を用意した。机の横には寝袋も準備して。

イゴールはぼくに彼の椅子に座ってくれと言い、ボスを捜しにいった。

ここの壁はいたるところ木かむき出しのレンガで、昔活躍した女優の巨大なポスターが何枚も貼られている。リタ・ヘイワース、ジェイン・ラッセル、ラナ・ターナー。すべて光沢のある白黒印刷だ。モニタのテーマも同じ。女性が引き伸ばされ、ピクセル化されている画面もあれば、同じ画像が一ダース映っている画面もある。イゴールのモニタはクレオパトラを演じたときのエリザベス・テイラーだ。ただし、半分は３Ｄモデルの素描になっている。映画と同期して、緑のワイヤーフレームが画面上をしゃなりしゃなりと歩いていく。

ニールはミドルウェアを作って数百万ドルを稼いだ。つまり、ソフトウェアを作る同業者、特にゲーム制作者が使うソフトウェアを作ってるんだ。画家がパレットを、映画制作者がカメラを必要とするように、同業者が必要とするツール、なしではすませられないツール——最高額を払うツールを。

ずばり言おう。ニール・シャーは世界一のオッパイ物理学エキスパートなんだ。

ニールが画期的オッパイ・シミュレーション・ソフトウェアの最初のバージョンを開発したのは、まだバークレー校の二年生だったときだ。その後まもなく、３Ｄのビーチバレー・ゲームを開発している韓国の会社とライセンス契約を交わした。ゲームの出来はひどかったが、オッパイの出来は驚異的にすばらしかった。

現在、そのソフトウェア——いまは〈アナトミクス〉という名前がついている——はデジタル媒体で乳房のシミュレーション・描写をする際、事実上の業界標準規格となっている。この無秩序に拡大したソフトを使えば、人類のありとあらゆるオッパイを息を呑むほどリアルに形作れる。ひとつのモジュールには大きさ、形、本物らしさの変数が含まれている（ニールによれば、乳房は球体じゃないし、水風船でもない。建築学の原則にかなっていると言ってもいいほど複雑な構造をしているそうだ）。別のモジュールが乳房を描き——ピクセルで彩色する。そうすると、ほかではなかなか出せない光沢を持った特別な種類の肌になる。表面下散《サブサーフェイス・スキャタ》乱《リング》とかいう技術が関係しているらしい。

ビジネスでオッパイのモデルを作ることになったら、本格的なソフトはニールが開発したものだけだ。ニールのソフトでできることはそれだけにとどまらない――イゴールの努力のおかげで、〈アナトミクス〉はいまや人体全体を再現できる。完璧に計算された細かな動きと、ぼくたちが自分では気づいてもいない光沢をつけて。でも、オッパイがニールの会社の屋台骨であることに変わりはない。

本当のところ、イゴールをはじめ、ニールの部下がやっているのは変換の仕事だと思う。インプットするデータは――壁に貼られたり、画面に映し出されている――世界的歴史的美人映画女優。アウトプットされるのは一般化されたモデルとアルゴリズム。彼らの仕事はめぐりめぐって出発点に戻ったらしい。ニールが極秘情報として教えてくれると思うけど、〈アナトミクス〉は映画の仕上げ作業《ポストプロダクション》で使われているそうなんだ。

ニールが笑顔で手を振りながら、らせん階段を足早におりてきた。分子レベルで体にフィットするグレーのTシャツの下は、クールとかけ離れたストーンウォッシュのジーンズと、分厚くて白い泥よけ《タン》がついた派手な色のニューバランスだ。六年生のころの自分と完全におさらばするってできないんだよな。

「ニール」彼が椅子を引っぱってくるとぼくは説明した。「ぼくはあしたニューヨークに行かなきゃならないんだ」

「どうした？　仕事か？」

いいや。仕事の反対だよ。「高齢の雇い主が姿を消したんで、彼を追跡してるんだ」

「そりゃまたぜーんぜん驚かないな」ニールは目をすがめた。

「おまえの言うとおりだったよ」とぼく。リアル〈ロケット&ウォーロック〉の件。

「話を聞こうじゃないか」ニールは腰を落ち着ける。

イゴールが戻ってきたので、ぼくは彼の椅子を明け渡し、立って説明を始める。何が起きたのか、〈ロケット&ウォーロック〉の冒険設定のように話す。過去の出来事、登場人物、ぼくたちの前にあるクエスト。一行《パーティ》のメンバーは決まりつつある。すでにならず者《ローグ》（ぼく）と魔法使い《ウィザード》（キャット）は決まってる。いま必要なのは戦士《ウォリアー》だ（それにしても、どうして典型的な冒険グループはウィザードとウォリアー、それにローグから形成されるんだろう？　ウィザード、ウォリアー、それに金持ちにするべきじゃないかな。そうじゃなかったら、誰が刀剣やら呪文やらホテルの代金を払うんだ？）。

ニールの目がぱっと輝いた。この修辞的戦略が当たりなのはわかっていた。つぎにぼくは3D書店を見せた。しわの寄ったミステリアスな創始者の顔が傾きながら現れる。

ニールは眉をつりあげ、感動した顔になった。「おまえがプログラムを書けるとは知らなかった」目がすがめられ、上腕二頭筋がぴくぴくと震える。思案しているんだ。ややあって、彼は言った。「これをここにいるやつらのひとりにまかせたいか？　イゴール、ちょっとこれを――」

「いや、ニール。グラフィックスはどうでもいいんだ」

それでも、イゴールは身を乗り出した。「いいんじゃないかと思いマスよ」愛想よく言う。彼の後ろの画面上では、クレオパトラがワイヤーフレームのまつげをパチパチさせた。

「ニール、ぼくはニューヨークに飛ばなきゃならないんだ。あした」友人同士の抜け目のない目つきでニールを見る。「それに……ウォリアーが必要なんだよ」

ニールは顔をしかめる。「無理だな……おれはこっちで仕事が山ほどある」

「でも、これは〈ロケット&ウォーロック〉のシナリオみたいな話なんだぞ。おまえが名づけ親だろ。ぼくらは何回、こういう話を創作した？　今度は本物だぞ」

「わかってるよ、でも、もうすぐ新製品を大々的に発売するし――」

ぼくは声を低くした。「ニルリック・クォーターブラッド」

そのひと言はローグが毒を塗った短剣で腹をひと突きしたのに等しく、ふたりともそれを知っていた。

「ニール……リーク？」イゴールがいぶかしそうにくり返した。ニールがぼくをにらみつける。

「飛行機にもＷｉ－Ｆｉがある」ぼくは言った。「ここの従業員はきみがいなくても大丈夫だよ」イゴールのほうを向く。「そうだろ？」

ベラルーシ出身のバベッジ（「コンピュータの父」とも言われる数学者）はにっと笑ってうなずいた。

ファンタジー小説を読んでいた子供のころ、ぼくはセクシーな女の子のウィザードを夢想した。そんなウィザードにまさか実際に会える日が来るなんて思いもしなかったけど、それはぼくらのあいだにウィザードが現れ、グーグラーと呼ばれることになるとは知らなかったからだ。いまぼくはセクシーな女の子のウィザードの部屋にいて、彼女と一緒にベッドに座り、不可能な問題を解こうとしている。

　キャットに言われて、ペンシルヴェニア駅でペナンブラをつかまえるのは無理だと悟った。面積が広すぎる――ペナンブラが列車を降りて通りに出る方法がいくつもありすぎる。彼女はそれを証明するために計算をした。ぼくらがペナンブラを見つけられる可能性は一パーセント。そして失敗したら、彼の行方は永遠にわからなくなってしまう。必要なのは狭い入口《ボトルネック》を作ることだ。

　いちばんいいボトルネックは、もちろん図書館そのものだ。でも、〈アンブロークン・スパイン〉の本部はどこにあるのか？　ティンダルは知らない。ラピンも知らない。誰も知らない。徹底的にググっても、フェスティナ・レンテ社のウェブサイトも住所も見つからなかった。新聞、雑誌、広告を一世紀さかのぼっても、なんの記述もない。彼らはレーダーに引っかからないよう、単に低空飛行しているわけじゃない――地下に潜行しているんだ。

　でも、リアルな場所にあるはず。だよね？――玄関のある場所に。目印は出してるだろうか？　ぼくはペナンブラの店のことを考えた。表の窓にはペナンブラの名前と一緒に、日誌や帳簿と同じロゴマークが記されている。本のようにひらかれた両手。あれの写真をぼくはスマホに保存している。

「名案ね」とキャット。「そのロゴマークが建物のどこかに――窓とか石壁とかに――記されてれば、見つけられる」

「えっ、マンハッタンの歩道を端から端まで調べてまわるのかい？　そんなの、五年ぐらいかかるよ」

「二十三年ね、実のところ」とキャットは言った。「古いやり方でやったら」

ベッドに置いたノートPCを引き寄せ、スリープを解除する。「でも、グーグル・ストリートビューを使ったら、何が見える？　マンハッタンのありとあらゆる建物の画像が見られるわ」

「つまり、歩く時間を引いて、必要な時間は――十三年？」

「考え方を変えなきゃ」キャットが首を横に振りながら舌打ちをした。「これもグーグルにいると学ぶことのひとつ。以前はむずかしかったことが、いまはもうぜんぜんむずかしくないの」

この種の問題で、コンピュータがどういう助けになるのか、相変わらずぼくにはわからない。「ニ・ン・ゲ・ン・ト・コ・ン・ピュー・タ・ガ」キャットはアニメに出てくるコンピュータを真似た声で言った。「キョ・ウ・リョ・ク・シ・タ・ラ？」彼女の指がキーボードをすばやく打つと、ぼくにもわかるコマンドが見えた。ふたたびハドゥープ王の軍勢の登場だ。キャットはふつうの話し方に戻った。「本のページを読みこむのに、ハドゥープが利用できたでしょ？　だったら、建物の目印を調べるのにも利用すればいいじゃない」

そうか。

「でも、間違いは生じる」とキャット。「ハドゥープはたぶん、十万軒の建物を、そうね五千軒までは絞りこんでくれるだろうけど」

「つまり、かかる時間が五年から五日に減るわけだ」

「はずれ！　だって、いい？——あたしたちには一万人の友達がいるのよ。名前は」勝ち誇った顔でタブキーを押すと、画面に黄色い文字が現れた。「機械仕掛け《メカニカル・タ－ク》のトルコ人。ハドゥープみたいなコンピュータ群に仕事を割り振る代わりに、生身の人間に仕事をしてもらうのよ。おおぜいの人に。大半はエストニア人」

キャットはハドゥープ王に加えて一万人のエストニア人従僕にも指令を出す。もう彼女を止めることはできない。

「何度も言ってるでしょ？　いまやあたしたちには新しい可能性がある——誰もそれをわかってない」キャットはかぶりを振り、もう一度言った。「誰もそれをわかってない」

ぼくもアニメのロボットの声真似をする。「ト・ク・イ・テ・ン・ハ・モ・ウ・ス・グ！」

キャットは声をあげて笑い、画面のあちこちにロゴマークを動かした。隅に標示された大きな赤い数字によれば、三万三百四十七人がぼくらの命令を待っている。

「ニ・ン・ゲ・ン・ノ・オ・ン・ナ・ノ・コ、ト・テ・モ・ウ・ツ・ク・シ・イ！」ぼくはキャットの脇腹をくすぐり、間違ったキーを押させた。彼女はぼくを肘でつつき、作業を続ける。

見ていると、彼女はマンハッタンの写真を数千枚並べた。ブラウンストーンの建物、高層ビル、立体駐車場、公立学校、店舗——どれもグーグル・ストリートビュー・トラックによって撮影された画像で、どれもコンピュータがもしかしたら、本みたいにひらかれた両手が映っているかもしれないとチェックしたものだった。たいていの場合は（それどころか、一枚を除いてすべてが）コンピュータが何かを〈アンブロークン・スパイン〉のロゴマークと間違えただけだったんだけどね——祈りを捧げている手や装飾的なゴシック体の文字、茶色いプレッツェルのイラストとか。

つぎにキャットは画像をメカニカルターク——世界のあちこちでノートPCの前に陣取っているやる気満々の軍団——へと送信した。ぼくが保存していた参考のための写真と簡単な質問と一緒に。〝これってマッチする？　イエス、ノーで答えて〟

PC画面の小さな黄色いタイマーは、この処理《タスク》に二十三分かかると言っている。

キャットの言う意味がぼくにはわかる。これには本当にわくわくさせられる。確かにハドゥープ王のコンピュータ軍団もすごいけど、こっちは本物の人間だ。それもおおぜい。大半がエストニア人。

「ああそうだ、聞いて」興奮に顔を輝かせて、キャットが唐突に言った。「もうすぐ新しいプロダクト・マネジメントが発表されるの」

「ワオ。幸運を祈ればいいかな？」

「あのね、これって一〇〇パーセント無作為ってわけじゃないの。つまり、無作為なのは一部なのよ。なんて言うか——アルゴリズムも関係していて。だから、あたしに有利な言葉を入れてくれるよう、ラジに頼んだの。アルゴリズムに」

なるほど。つまり、こういうことだ。①実のところ、シェフのペッパーが会社を運営する役割を担うことはない。②もしグーグルがキャットをPMに選ばなければ、ぼくはほかの検索エンジンに乗り換える。

ぼくらは宇宙船用みたいなキャットの乱れたベッドに並んで横になっている。脚を絡め合い、ぼくの生まれた町の人口よりも多くの人に命令を下している。キャットは即席の帝国を支配するキャット・ポテンテ女王、ぼくは彼女の忠実な夫君。ぼくらの支配は長くは続かない。でもさ、何ごとも長くは続かないよね。人は生まれ、味方を集め、帝国を築き、死んでいく。何もかもが一瞬のうちだ——どこかにある巨大なプロセッサにとってはほんの一拍かもしれない。

ノートPCから低いチャイムが聞こえ、キャットが寝返りを打ってキーボードを叩いた。まだ荒い息をしながら、満面に笑みを浮かべて、彼女はPCをおなかに載せ、人間とコンピュータのすばらしき協調の結果をぼくに見せてくれる。千台のマシンとその十倍の人間と、ひとりのとても頭のいい女の子による共同作業。

それは大きな家と言ってもよさそうな低い石造りの建物の色あせた写真だった。前の歩道をぼやけた人影が横切っていて、ひとりはピンクのウェストポーチをつけていた。その建物は小さな窓に鉄のバーが渡してあり、黒い雨よけの下に暗く影が差した入口が見える。そして灰色の石壁に灰色で、あれが刻まれていた。本のようにひらかれた両手。

とても小さい——実際の手とちょうど同じぐらいの大きさだ。歩道をただ歩いていても気がつかないだろう。その建物はセントラルパークに面した五番街、グッゲンハイム美術館の近くにあった。

〈アンブロークン・スパイン〉はありふれた風景のなかに隠れていた。

図書館

五百年の歴史で最も変わり者の店員

ぼくは《スター・ウォーズ》でストームトルーパーが持っていたのにそっくりな双眼鏡をのぞいている。見ているのは灰色の石壁にもう少し薄い灰色で刻まれた、例の本のようにひらかれた両手のロゴマーク。セントラルパークに背を向けて五番街のベンチに座り、新聞の自動販売機とファラフェルの屋台にはさまれている。ぼくらはニューヨークに来た。双眼鏡はマットから借りてきたものだ。なくすなよ、と警告された。

「何が見える？」とキャット。

「まだ何も」壁の上のほうに小さな窓が複数あるけど、どれも頑丈なバーで守られている。退屈な小型要塞だ。

〈折れざりし背表紙《アンブロークン・スパイン》〉。本好きの集団じゃなく、殺し屋の一団みたいな名前だよな。あの建物のなかでは何が行われているんだろう？　本を性的倒錯《フェティッシュ》の対象にしているんだろうか？　きっとそうだ。どんなふうにかは想像しないようにする。〈アンブロークン・スパイン〉の会員になるには入会金を払うんだろうか？　きっといっぱい払わされるはずだ。高額のクルーズが計画されたりするんじゃないかな。ペナンブラのことが心配になった。きっと深みにはまりすぎて、何もかもが変だってことに気づけなくなっているにちがいない。

時刻は早朝。ぼくらは空港からまっすぐここへ来た。ニールは仕事でしょっちゅうマンハッタンに来ているし、ぼくは昔、プロヴィデンスからよく電車に乗ってきた。でも、キャットはニューヨーク初体験だった。飛行機がJFK空港に向かって下降を始めると、プラスチックの窓に指先を置き、夜明け前の街のきらめきに口をぽかんと開けた。そして囁くように言った。

「こんなにスキニーな街だとは知らなかった」

いまぼくらはスキニーな街のベンチに静かに座っている。空は白みはじめているけど、まだ薄暗いなか、完璧に欠点だらけのベーグルとブラックコーヒーの朝食をとりながら、おかしなところは何もなさそうにしている。雨が降りだしそうな湿っぽいにおいがして、冷たい風が吹いてる。ニールは小さなノートに曲線美の刀を持った曲線美のかわいこちゃんの絵を描いている。キャットは〈ニューヨーク・タイムズ〉を買ったけど、どうやって読んだらいいかわからず、いまはスマートフォンをいじってる。

「正式発表があるの」顔をあげずに言う。「新しいプロダクト・マネジメントがきょう発表されるのよ」彼女は何度も何度もスマートフォンの再読み込みをくり返している。午前中にバッテリーが切れちゃいそうな勢いだ。

ぼくは『セントラルパークの鳥たち』というガイド本（JFK空港の書店で買った）を見るのと、マットの双眼鏡でこっそり見張るのとを交互にしている。

ぼくに見えたのは――。

街が活動を開始し、五番街の交通量が増えてきたころ、長身の人影が通りの反対側の歩道を早足で歩いてきた。中年の男性で、ぼさぼさの茶色い髪が風に吹かれている。ぼくは双眼鏡の焦点を合わせた。丸い鼻をしていて、肉づきのいい頬が寒さでピンクに光っている。濃い色のズボンに体にぴったり合ったツイードのジャケットという格好。なで肩でおなかが出た体形に合わせて仕立てられている。ちょっと跳ねるような歩き方だ。

ぼくの第六感《スパイダーセンス》はちゃんと機能していた。というのも、丸い鼻の男は〈アンブロークン・スパイン〉の入口で立ち止まり、鍵を鍵穴に差しこむと、慎重な足取りでなかにはいっていったからだ。ドアの両脇にはめられた壁つき燭台の形のランプに明かりがともった。

ぼくはキャットの肩を叩き、輝くランプを指差した。ニールが目をすがめた。ペナンブラを乗せた列車はペンシルヴェニア駅に十二時一分に着く。それまではひたすら見張りを続け、待つ時間だ。

丸い鼻の男に続いて、信じられないほどふつうの外見をしたニューヨーカーの、数は多くないけれど安定した流れが暗い戸口をはいっていった。白いブラウスに黒いペンシルスカートの若い女性。冴えない緑色のセーターを着た中年男性。〈アナトミクス〉のソフトのなかにいるほうが似合っていそうな頭を剃りあげた男。みんな〈アンブロークン・スパイン〉のメンバーなんだろうか？　なんか違う気がするけど。

ニールが囁き声で言った。「こっちじゃターゲットにしている層が違うのかもしれないぞ。もっと若いやつ、もっとこそこそしている人間とか」

もちろん、暗い戸口を素通りするニューヨーカーのほうが多かった。五番街の歩道は両側とも人で溢れている。背が高い人も低い人も、若い人も年取っている人も、クールな人もクールじゃない人も、人類が絶え間なく流れていく。前を通りかかった歩行者の集団に視界をふさがれた。キャットが口をあんぐり開けている。

「ちっちゃな街なのに、なんて人がいっぱいいるの」通行人の流れを見つめながら、彼女は言った。「まるで……魚みたい。じゃなかったら、鳥か蟻。超個体（蟻などの昆虫の階級が生体器官の各機能を分担して、全体があたかもひとつの個体のようになること）って感じ」

ニールが口をはさむ。「きみ、育ったのはどこ?」

「パロアルトよ」そこからスタンフォード大学に進学し、グーグルに就職した。人類が持つ潜在性の限界に夢中になっているにしては、キャットは生まれ育った場所から離れたことがほとんどない。

ニールが心得顔でうなずく。「ニューヨークの歩道の複雑性が出現すると、郊外育ちの人間には理解できないんだ」

「そうかしら」キャットは目をすがめる。「あたし、複雑性についてはかなり得意なんだけど」

「きみがどう考えているかはわかってる」ニールは首を横に振りながら言った。「これはエージェントベースシミュレーション（自律的な個体や集合体の行為と相互作用を、システム全体に与える影響を評価するためにシミュレートすること）にすぎない、ここにいる人たちはみんな、ものすごく単純なルールに従って行動している、そう考えてるだろ」キャットはうなずく。「そして、そのルールを突きとめられれば、モデル化できると。まずは通りを、つぎに一部の地域を、つぎに街全体をシミュレートできると。違うか？」

「そのとおりよ。だって、そうでしょ。ルールがどういうものかはまだわからないけど、実験を通して突きとめられるし、そうしたら簡単に――」

「だめだね」ニールはそう言って、クイズ番組のブブーッという音を真似た。「できない。たとえルールがわかってもね――ところで、ルールなんて存在しないんだ――でも、たとえルールが存在したとしても、モデル化はできない。どうしてかわかるかい？」

シミュレーションをめぐってぼくの親友とガールフレンドが火花を散らしている。ぼくはただ傍観することしかできない。

キャットが眉をひそめる。「どうして？」

「記憶力《メモリ》が足りないからさ」

「何言ってる――」

「いいや。すべてをメモリにとどめておくのは無理だ。どんなコンピュータもそこまで大きくない。きみたちのいわゆる――」

「ビッグボックス」

「そう、それでもだ。大きさが足りない。この箱のほうが」ニールは両手を広げ、歩道、公園、もっと先の通りを囲むように動かした。「大きい」

うねるような通行人の波がどっと押し寄せてきた。

退屈したニールは参考資料用に、大昔に作られた大理石像の乳房の写真を撮ろうとメトロポリタン美術館へと歩いていった。キャットはグーグラーたちに至急のショートメールを親指で打ち、新PMに関する噂を追いかけた。

午前十一時三分、長いコートを着た猫背の人物がよろよろと歩いてきた。ぼくのスパイダーセンスがふたたび反応する。ぼくはある種の奇矯さを研究室級の精度で感知できるようになったみたいだ。猫背のよろよろ男は年取ったメンフクロウのような顔をしていて、黒い毛皮のコサック帽を前に突き出た強《こわ》い眉毛まで深く引きおろしている。やっぱりだ。男は暗い戸口をくぐっていった。

午後十二時十七分、とうとう雨が降りだした。ぼくらは背の高い木の下にいたので濡れずにすんだけど、五番街は急速に暗くなりつつあった。

午後十二時二十九分、〈アンブロークン・スパイン〉の前で一台のタクシーが停まり、ピーコートを着た男性が歩道に降り立つと、運転手に料金を払うために身をかがめながら襟をかき合わせた。ペナンブラだ。黒っぽい木と薄い色の石造りの建物を背景に、彼がここにいるのはシュールだった。ペナンブラが彼の書店以外の場所にいるところなんて、想像すらしたことがなかった。セット販売のようなもの——片方なしではもう片方を手に入れることができない——だから。でも、彼はいまここにいる。財布を片手にマンハッタンの通りの真ん中に立っている。

ぼくは勢いよく立ちあがり、のろのろ走る車をかわして五番街を駆け足で横断した。タクシーが走り去ると、黄色いカーテンが開いたみたいに、ジャジャーン！　ぼくの登場だ。最初、ペナンブラの顔は無表情だった。つぎに目がすがめられ、つぎに笑顔が浮かび、つぎに頭がのけぞったかと思うと、彼は大きな声をあげて笑いだした。ペナンブラが笑いつづけているので、ぼくもつられて笑いだした。しばし、ぼくらはただおたがいを笑っていた。ぼくはちょっと息切れもしていた。

「おまえさんか！」ペナンブラが言った。「おまえさんは協会《フェローシップ》の五百年の歴史で最も変わり者の店員かもしれないぞ。さあ、こっちに来なさい」相変わらず笑いながら、歩道にあがるようぼくをうながした。「ここで何をしているんだね？」

「あなたを止めにきたんです」不思議なほど真剣な声になった。「あそこに――」ぼくは息を切らせて力説する。「はいっていく必要はありません。自分の本を燃やされるんだかなんだかされる必要はないんです」

「本を燃やされるなんて、誰から聞いたんだ？」ペナンブラが片方の眉をつりあげて静かに訊いた。

「ええと、ティンダルがインバートから聞いて」間。「インバートは、うーんと、モンセフから」

「彼らの勘違いだ」ペナンブラは鋭い口調になった。「わたしは懲罰について話すためにきたわけじゃない」懲罰という言葉を吐き捨てるように言う。ひどくけがらわしい言葉だと言わんばかりに。「わたしは意見陳述をしにきたんだ」

「意見陳述?」

「コンピュータだよ、おまえさん。コンピュータが鍵を握っている。かなり前からそうじゃないかと思っていたんだが、コンピュータがわれわれの仕事に大きな恵みをもたらしてくれるという証拠を見つけられなかったんだ。それをおまえさんが見つけてくれた！　創始者の謎を解く助けになったなら、コンピュータはこの協会にずっと大きな貢献をしてくれるかもしれない」ペナンブラは華奢なこぶしを作って振った。「わたしは第一の読み手《ファーストリーダー》に進言するつもりで来たんだ、われわれはコンピュータを利用しなければならないと。絶対に！」

　自社の売りこみをする起業家みたいな口調だった。

「コルヴィナのことですよね」とぼく。「第一の読み手っていうのは」

　ペナンブラはうなずく。「おまえさんは一緒に来るわけにいかない」背後の暗い戸口に向かって手を振った。「しかし、終わったら、話をしよう。どの装置を購入すべきか検討しなければならない……どの会社と仕事をするか。わたしにはおまえさんの助けが必要になる」ぼくの肩の後ろへと視線を移す。「それに、おまえさんはひとりで来たんじゃないんだろう?」

　反対側の歩道を見ると、キャットとニールが立ちあがり、ぼくらを見つめながら待っていた。キャットが手を振った。

「彼女はグーグルで働いてるんです。彼女が力になってくれました」

「それはいい」ペナンブラはうなずきながら言った。「それは非常にいい。だが、教えてくれんかね。この場所はどうやって突きとめたんだ?」

ぼくはにやりと笑って答えた。「コンピュータです」

ペナンブラはやれやれと言うように首を振った。それからピーコートに手を突っこみ、黒色の薄いキンドルを引っぱり出した。電源がはいったままで、白っぽい背景に黒い文字がくっきりと映し出されている。

「ひとつ手に入れたんですね」ぼくはにこにこして言った。

「ひとつどころじゃないよ」ペナンブラは電子書籍リーダーをもう一台取り出した――ヌークだ。さらにもう一台、ソニーのを。さらにもう一台――Ｋｏｂｏって書いてある。マジで？ふつうコボを持ってる人なんていないよ。それに、ペナンブラは電書リーダーを四台も持ってアメリカ大陸を横断してきたのか？

「少しばかり遅れを取り戻す必要があったが」彼は四台を重ねて持った。「しかし、これが最後にもう一台、デバイスを取り出した。これは超薄型で青色をしている。「わたしのいちばん気に入ったものだ」

これにはロゴがついてない。「それはいったいなんですか？」

「これかね？」ペナンブラは謎の電書リーダーを上に向けたり下に向けたりした。「わたしの弟子のグレッグ――おまえさんの知らない男だ、まだね。彼がこの旅のために貸してくれたんだ」共謀者めいた声になる。「試作品《プロトタイプ》だと言っていた」

名前のわからない電書リーダーはすばらしかった。薄くて軽くて、表面がプラスチックじゃなく、ハードカバーの本みたいに布地《クロス》で覆われている。ペナンブラはどうやってこのプロトタイプを手に入れたんだろう？　ボスはシリコンヴァレーにどんな知り合いがいるんだ？

「これは驚くべき機械だ」ペナンブラはそれを残りの電書リーダーと重ねて軽く叩いた。「どれもきわめてすばらしい」いったん言葉を切ってぼくの顔を見る。「ありがとう、クレイ。わたしがいまここにいるのはおまえさんのおかげだ」

それを聞いて、ぼくは笑顔になった。行け行け、ミスター・ペナンブラ。「待ち合わせ場所はどこにしますか？」

「〈海豚《イルカ》と錨《いかり》亭〉にしよう。友達も連れてきなさい。店の場所は自力で見つけられる――そうだろう？　コンピュータを使いなさい」彼はウィンクをしてからくるりと背を向け、暗い戸口を通って〈アンブロークン・スパイン〉の秘密の図書館へと姿を消した。


キャットのスマートフォンがぼくらを目的地まで導いてくれた。土砂降りの雨になったので、途中はほぼずっと走りっぱなしだった。

着いてみると、〈海豚と錨亭〉はどっしりしたダークウッドの内装が真鍮《しんちゅう》の暗めの照明に照らされていて、非の打ちどころのない隠れ家といった感じだった。雨粒が点々と光る窓の横の丸いテーブルに、ぼくらは落ち着いた。ウェイターが来てみると、彼も非の打ちどころがなかった。背が高く、胸は樽みたいに厚く、赤毛の濃い顎ひげを生やし、ぼくらの気分を盛りあげてくれるような性格の持ち主だった。ビールをジョッキで注文すると、一緒にパンとチーズの皿を持ってきてくれた。「嵐のときは力をつけないとな」ウィンクしてそう言った。

「ミスター・Pが現れなかったらどうする？」とニールが訊いた。

「現れるさ」ぼくは答えた。「ぼくの予想と違ったんだ。彼にはプランがある。だってさ――電書リーダーを持ってきてるんだぜ」

これを聞いて、キャットはほほえんだけど目はあげなかった。またスマートフォンに釘づけになってる。選挙の日の候補者みたいだ。

テーブルには本が数冊積まれていて、金属のカップに削りたてのにおいがするとがった鉛筆が差してある。積まれているのは『白鯨』『ユリシーズ』『透明人間』――ここは愛書家のためのバーらしい。

『透明人間』の裏表紙にはビールの薄いしみがついていて、なかの余白は鉛筆でびっしり書きこみがされている。白いところが見えないほどだ――何十人もの異なる人の書きこみがスペースの奪い合いをしている。ぱらぱらとページをめくってみる――どのページもぎちぎちだ。文章に関するメモもあるけど、おたがいに対する書きこみのほうが多い。余白は議論の場になりがちだったが、違う種類の交流もあった。わけがわからないものもある――ただ数字がやりとりされているだけ。暗号化された落書きもあった。

6HV8SQ参上

ビールをちびちびやり、チーズをかじりながら、ぼくはページをまたいだ会話を追おうとした。

とそのとき、キャットが小さくため息をついた。テーブルの反対側を見やると、彼女の顔がくしゃくしゃにゆがんでいる。スマートフォンをテーブルに置き、〈海豚と錨亭〉の厚い青色のナプキンでそれを覆った。

「どうかした？」

「新しいＰＭがメールで送られてきたの」キャットは首を横に振った。「今回は選ばれなかった」無理やり笑顔を作り、本の山からぼろぼろの一冊を手に取る。「たいしたことじゃないから」忙しくするためにページをめくる。「どのみち、宝くじを当てるみたいなものだし。確率はすごく低かったのよ」

ぼくは起業家じゃないし、実業家でもない。でも、いまこの瞬間は、何よりも会社を興してグーグル規模に育てたいと思った。キャット・ポテンテに経営をまかせるためだけに。

湿っぽい風が吹きこんできた。『透明人間』から目をあげると、戸口にペナンブラが立っていた。耳の上の髪が雨に濡れてぺったりと張りつき、いつもより色が少し濃くなって見える。歯が食いしばられていた。

ニールがすぐさま立ちあがって、ペナンブラを迎えにいく。キャットがコートを脱がせる。ペナンブラは震えていて、小さな声で言った。「ありがとう、お嬢さん、ありがとう」こわばった足取りでテーブルまで来ると、椅子の背もたれをつかんで体を支えた。

「ミスター・P、はじめまして」ニールが片手を差し出しながら言う。「あなたのお店、すごく気に入りました」ペナンブラはニールと固い握手を交わした。キャットはこんにちはと小さく手を振った。

「さて、この人たちがおまえさんの友達なんだな」とペナンブラ。「会えて嬉しいよ、ふたりとも」彼は腰をおろし、ふーっと息を吐いた。「ここでこんなに若い面々と一緒に座るのはひさしぶり――いやはや、わたし自身がとても若い顔をしていたころ以来だ」

ぼくは図書館で何があったのか知りたくてうずうずしていた。

「どこから始めたらいいかな?」ペナンブラは言った。ドームみたいな頭のてっぺんをナプキンで拭く。いらいらした様子で顔をしかめる。「コルヴィナに話したんだよ。日誌のこと、おまえさんの創意工夫について」

ペナンブラはぼくのしたことを創意工夫と呼んだ。それはいい兆候だよね。赤ひげのウェイターがジョッキ入りのビールをもう一杯持ってきて前に置くと、ペナンブラは手を振って言った。「これはフェスティナ・レンテ社につけておいてくれ、ティモシー。全部な」

水を得た魚って感じだ。彼はふたたび口をひらく。「コルヴィナは保守主義がいっそう強まっていた。そんなことがありうるとは思ってもみなかったが。あの男のせいでさまざまなダメージが生じている。知らなかったよ」やれやれと首を振る。「わたしがカリフォルニアに毒されていると言うんだ」吐き出すように言った。毒されている。「ばかばかしい。わたしはおまえさんのしたことを話したんだ、クレイ――どういうことができたか。だが、あの男は考えを変えようとしない」

ペナンブラはビールを持ちあげ、長々とひと口飲んだ。キャットからニール、そしてぼくへと目を移し、あらためてゆっくりと話しだす。

「友よ、きみたちに提案がある。しかし、まずわれわれの協会について、ひとつ理解してもらわなければならない。きみたちはわたしを追って、協会の本拠地までやってきたが、協会の目的については何も知らない――それとも、それもコンピュータが教えてくれたかな？」

ええと、図書館と見習いに関係があって、製本会員がいたり、本が燃やされたりするのは知ってるけど、どれもわけがわからない。キャットとニールが知っているのは、ぼくのノートPCの画面で見たことだけ――不思議な書店の棚を移動していく一連の光点だけだ。〝アンブロークン・スパイン〟を検索すると、〝ユニコーン・スプリンクルのことですか？〟とグーグルに訊かれる。だから、正確な答えは――〝いいえ。何も〟だ。

「それなら、われわれはこれからふたつのことをする」ペナンブラはうなずきながら言った。「まず、わたしが協会の歴史についてほんの少し語る。つぎに、理解のために、きみたちに読書室を見てもらわなければならない。そうすれば、わたしの提案が明確になるだろう。きみたちがそれを受けてくれるよう、心から願うよ」

もちろん、提案は受けるよ。クエスト実行中の提案は受けるものと相場が決まってる。年老いたウィザードの抱える問題を聞き、力になると約束するんだ。

ペナンブラは祈るように両手を合わせる。「アルドゥス・マヌティウスという名前は聞いたことがあるかね？」

キャットとニールは首を横に振ったが、ぼくはうなずいた。美術学校にもひとつはいいところがあったみたいだ。「マヌティウスは初期の出版業者のひとりですよね」ぼくは言った。「グーテンベルクのすぐあとに現れた。彼の本はいまでも有名です。すばらしく美しい」スライドで見たことがある。

「そのとおり」ペナンブラはうなずいた。「十五世紀の終わりだ。アルドゥス・マヌティウスはヴェニスの印刷工房（工房のマークは〝フェスティナ・レンテ〟を表す〝海豚と錨〟の図案だった）に書家と学者を集め、史上初の古典集を作った。ソフォクレス、アリストテレス、プラトン。ウェルギリウス、ホラティウス、オウィディウス」

相槌を打ちながら、ぼくも言う。「ええ、グリフォ・ゲリッツズーンというデザイナーが作った新しい書体を使って印刷したんですよね。めちゃくちゃかっこいい書体だった。当時は誰も見たことがないようなデザインで、いまだにいちばん有名な書体と言ってもいい。Ｍａｃにはかならずゲリッツズーン体がプレインストールされてるんですよ」ゲリッツズーン・ディスプレイ体ははいってないけどね。あっちは盗用しなきゃならない。

ペナンブラはうなずいた。「そこまでは歴史家のあいだでよく知られていることだ。それに、どうやら」眉を片方つりあげる。「書店員のあいだでもものようだな。グリフォ・ゲリッツズーンの書体はわれらが協会の財源であることも、知っておくとおもしろいかもしれない。今日《こんにち》でも、出版社があの書体を買う際は、われわれから買うんだ」脇台詞のように声をひそめて言う。

「安くは売ってないぞ」

断片がパチッと音を立ててつながった気がした。ＦＬＣ活字製作所とはフェスティナ・レンテ社《カンパニー》のことだ。ペナンブラが属しているカルト集団は法外なライセンス料によって運営されているってわけか。

「だが、核心はだな」ペナンブラは言葉を継いだ。「アルドゥス・マヌティウスは単なる出版業者ではなかったという点だ。彼は哲学者であり、教師でもあった。彼が第一号だったのだ。〈アンブロークン・スパイン〉の創始者だったんだよ」

なるほど。それは確かに活字学の授業じゃ教わらなかったよ。

「マヌティウスは古典作家の作品にはいくつかの真理が隠されていると信じていた――われわれにとって最大の疑問の答えも」

意味深長な間があった。ぼくは咳払いをした。「最大の疑問……ていうのはなんですか？」

キャットが囁くような声で言った。「どうすれば永遠に生きられるか？」

ペナンブラはくるっと頭をめぐらし、彼女をひたと見据えた。目を大きく見ひらき、きらきらと輝かせてうなずいてみせる。「アルドゥス・マヌティウスが死んだとき」静かな声で言った。「友人と生徒たちは墓を本で満たした――マヌティウスが印刷したありとあらゆる作品で」

外で風が強まり、ドアをガタガタ鳴らした。

「なぜなら、墓穴は空だったからだ。アルドゥス・マヌティウスが死んだとき、遺体はなかったのだ」

つまり、ペナンブラのカルト集団にはキリストがいるわけだな。

「マヌティウスはコデックス・ヴィータイ――人生の書――という本を遺した。その本は暗号で書かれていて、暗号を解く鍵を教えられた人間はひとりだけだった。マヌティウスの親友でパートナーのグリフォ・ゲリッツズーンだ」

修正――ペナンブラのカルト集団にはキリストと第一の使徒がいる。でも、その使徒がデザイナーであることだけは確かで、そこはクールだ。それからコデックス・ヴィータイといえば……前にも聞いたことがあるぞ。でも、ローズマリー・ラピンは奥地蔵書《ウェイバックリスト》にある本はみんなコデックス・ヴィータイだと言わなかったっけ。混乱する――。

「われわれ、マヌティウスの弟子はコデックス・ヴィータイの暗号を解こうと数世紀にわたって努力してきた。そこにはマヌティウスが古典作家の研究を通じて発見した、あらゆる秘密が記されているはずなんだ――第一に、不死の秘密が」

雨が窓に打ちつける。ペナンブラは深く息を吸った。

「この秘密がついに解き明かされたあかつきには、過去に〈アンブロークン・スパイン〉に所属していた会員が……ひとり残らず生き返るのではないかと、われわれは信じている」

キリスト、第一の使徒、そして復活。チェック、チェック、ダブルチェック。いまこの瞬間、ペナンブラはチャーミングな変わり者老人と情緒障害の気《け》がある変わり者老人のあいだを行ったり来たりしている。チャーミングの方向へ針を振る要素はふたつ――ひとつ目は皮肉っぽい笑みだ。情緒障害者の笑みには見えないし、顔の微細な筋肉は嘘をつかない。ふたつ目はキャットの目の表情。彼女はうっとりしている。人はもっととっぴなことも信じるよな？　大統領と法王はこれよりももっととっぴなことを信じてる。

「その会員って何人いるんですか？」ニールが尋ねる。

「それほど多くはない」ペナンブラは椅子を後ろに押しやり、立ちあがった。「ひと部屋におさまりきらないほどではない。さあ行こう、友よ。読書室が待っている」

コデックス・ヴィータイ

ぼくらは〈海豚と錨亭〉で借りた大きな黒い傘にみんなではいって雨のなかを歩いていった。ニールが傘を高く掲げ――いつだって傘を持つ役はウォリアーと決まってる――ペナンブラが真ん中にはいり、キャットとぼくが両脇からぎゅっと身を寄せる格好で。ペナンブラはたいして場所を取らない。

例の薄暗い戸口の前まで来た。この場所はサンフランシスコの書店とこれ以上ないほど違う。ペナンブラの店の壁には窓がいくつもあって、なかから温かな明かりが漏れているけど、この場所は石壁にランプがふたつ、ぼんやりともっているだけだ。ペナンブラの店はおはいりくださいと手招きしている。ここは〝いやいや、たぶんあんたははいってこないほうがいいよ〟と言っているような気がする。

キャットがドアを開ける。ぼくはいちばん後ろにいて、なかにはいるとキャットの手首をぎゅっと握った。

こんな陳腐な場所とは思いもしなかった。ガーゴイルでも待ってるかと思ったのに。実際は、狭い待合エリアに低いソファ二脚と四角いガラスのテーブルが置かれていた。テーブルの上にはゴシップ誌が扇形に並べられている。正面の奥に細長いフロントデスクがあり、けさ歩道を歩いているのを見かけたスキンヘッドの若い男がいた。青いカーディガンを着ている。頭の上の壁には、ひげ飾りのない角張った大文字でつぎの文字。

FLC

「ミスター・デックルに会いに戻ってきたんだが」ペナンブラが声をかけても、受付の男はかろうじて顔をあげた程度だった。すりガラスのドアがあり、ペナンブラが先に立ってそこをはいっていった。ぼくはまだガーゴイルが現れるんじゃないかと期待していたけど、結果は否。灰色がかった緑色の静物画みたいにワイドモニタと低いパーティション、曲線を描いた黒いデスクチェアがクールにいくつも並んでいる。ここはオフィスだ。〈ニューベーグル〉にそっくりな。

天井の照明カバーのなかで蛍光灯が低く唸っている。デスクは数個ずつ固まって置かれていて、けさストームトルーパーそっくりの双眼鏡を通して目撃した人々が座っている。ほとんどがヘッドフォンをつけていて、誰ひとり、画面から目を離さない。丸められた背中の向こうに見えるのは、表計算ソフト《スプレッドシート》、受信トレイ、フェイスブックのページ。

ぼくは当惑した。ここにはコンピュータがいっぱいあるみたいだ。

ぼくらはデスクの島のあいだを縫うように歩いていく。オフィスの退屈さの象徴が勢ぞろいしていた。コーヒーマシン、低く唸る小型冷蔵庫、**紙詰まり**という赤い字を点滅させている巨大な多目的レーザープリンタ。何世代も前のブレインストーミングの痕がかすかに残っているホワイトボード。いまは明るい青い字でこう書いてある。

未決着の訴訟　7!!

誰かが顔をあげて、ぼくらのささやかな行進に気がつかないかと期待したけれど、みんな自分の仕事に集中しているようだった。キーボードを叩く静かなカチャカチャという音は外の雨音に似ている。遠くの隅からくすくす笑う声が聞こえた。見やると、緑色のセーターの男が画面を見ながらにやついている。プラスチックのカップからヨーグルトを食べている。ビデオでも観てるんだろう。

周囲には個人用のオフィスや会議室があり、どの部屋もすりガラスのドアに小さな銘板が打ちつけられている。ぼくたちが向かっているドアはいちばん奥にあり、銘板にはつぎのように記されていた。

エドガー・デックル／スペシャル・プロジェクト

ペナンブラは細い手で把手をつかみ、ガラスをノックするとドアを押し開けた。

そのオフィスは狭かったけれど、外の空間とはまったく異なっていた。目が新しい色調に適応しようとする。ここの壁は金色と緑の渦巻き模様の壁紙が貼られ、深みがあってリッチな印象だ。床は木。ぼくの足の下でたわみ、きしる。ぼくたちがなかにはいったあと、ペナンブラがドアを閉めにいくとき、カツカツという靴音が響いた。ここの明かりは外と違う。頭上の蛍光灯ではなく、温かなランプに照らされているからだ。それにドアが閉められると、周囲の鈍い騒音が聞こえなくなり、心地よい濃密な静けさに包まれた。

ここにはどっしりした机——ペナンブラの店の机と瓜ふたつだ——が置かれていて、ぼくがけさ歩道で最初に目を留めた男性が座っていた。丸い鼻の男。ここでは、街着の上に黒いローブを着ている。前で少しひだが寄せられていて、銀の襟留めで留めてある——本のようにひらかれた両手。

いよいよ何かが始まるぞ。

ここはにおいも違う。本みたいなにおいがする。机の後ろ、丸い鼻の男の後ろには天井まで届く本棚があり、本がびっしり詰まっている。でも、このオフィスはそんなに大きくない。

〈アンブロークン・スパイン〉の秘密の図書館は、地方空港の本屋ぐらいの収容力しかないみたいだ。

丸い鼻の男は笑っていた。

「師匠！　お帰りなさい」立ちあがりながら言う。ペナンブラが座ってくれと言うように手をあげた。丸鼻はぼくとキャットとニールに目を向けた。「連れのみなさんは？」

「彼らは未製本会員だよ、エドガー」ペナンブラが即答してから、ぼくらのほうを向いた。「弟子諸君、彼はエドガー・デックルだ。読書室の入口を守って——何年になる、エドガー？十一年か？」

「まさしく十一年です」デックルはにこにこ笑いながら答えた。ぼくらもみんなにこにこ笑っている。デックルと彼の部屋は、冷たい歩道とさらに冷たいブース群のあとだと温かな酒を出されたみたいに感じられた。

ペナンブラが目尻にしわを寄せてぼくを見る。「エドガーはサンフランシスコの店員だったんだよ、おまえさんと同じく」

ぼくはちょっと頭がぐるぐるする——思ったよりも世間は狭いとわかったとき特有の感覚。ぼくは日誌に残されたデックルの筆跡を見たことがあるんだろうか？　彼は夜勤だったんだろうか？

デックルもぱっと顔を輝かせてから、真面目くさった顔になった。「ひとつ忠告をしておこう。ある晩、きみは好奇心を刺激されて、一度隣のクラブをのぞいてみようかという気になる」間。「やめておけ」

うん、デックルが夜勤だったのは間違いない。

机の前に椅子が一脚置いてあって――光沢のある木のハイバックチェアだ――デックルはペナンブラに座ってくれと手振りで示した。

ニールが悪だくみの仲間のように身を乗り出し、肩越しに親指で外のオフィスを指差した。「つまり、あれはみんな見せかけってことか?」

「ああ、いやいや」デックルが答える。「フェスティナ・レンテ社はちゃんとした会社だよ。きわめてちゃんとしたね。ゲリッツズーンの使用を許可する業務を行っている」キャットとニールとぼくはそろって澄ました顔をしてうなずいた。内情に通じた見習いみたいに。「ほかにもいろいろ。ライセンス業務だけじゃないんだよ。たとえば電子書籍に関する新しいプロジェクトとか」

「それってどんなプロジェクトなんですか?」ぼくは尋ねた。ここの事業はペナンブラから聞かされたよりもずっと時流に即している気がする。

「ぼくは一〇〇パーセントは理解していないけれど」とデックル。「われわれは出版社のために海賊版電子書籍を見つける仕事をしているんだ」これを聞いて、ぼくの鼻がふくらんだ。大学生が数百万ドルの訴訟を起こされたという話をいくつも聞いたことがある。デックルは説明した。「新規の事業なんだ。コルヴィナ自慢のプロジェクトでね。どうやらとても儲かるらしい」

ペナンブラがうなずく。「あそこにいる人々の勤労のおかげで、われわれの店は存続しているのだよ」

なるほど、そいつはすばらしい。ぼくの給料は隠れみののライセンス事業と著作権侵害訴訟によって払われているんだ。

「エドガー、この三人は創始者の謎を解いたんだ」ペナンブラが言った――キャットとニールはこれを聞いて眉をつりあげた。「そこで、〝読書室〟を見るときが来たというわけだ」ペナンブラの言い方から、ただの読書室じゃないことが聞きとれた。

デックルが口を大きく横に広げて笑った。「それはすごい。おめでとう、そしてようこそ」壁に並んだフックを顎で指す。フックの半分にはふつうのジャケットやセーターがかかり、残りの半分にはデックルが着ているのとよく似た黒いローブがかかっている。「それじゃ、それに着替えてくれ、初心者用のローブに」

ぼくらは濡れた上着を脱いだ。ぼくらがローブを着るあいだに、デックルが説明した。「階下《した》にあるものは汚すわけにいかないんだ。このローブ、へんてこに見えるだろうが、実はとてもよく考えられているんだよ。ここの横のところに切りこみがはいっているから、自由に動けるし」デックルは腕を前後に振った。「それから紙や鉛筆、定規、コンパスを入れるポケットがある」ローブを広げて、ぼくらに見せる。「階下にも筆記具はあるけど、きみたちは自分で持っていく必要がある」

かわいいと言ってもいい話だな。〝カルト集団に加わる初日には、定規を忘れないように！〟

でも、階下《かいか》ってどこにあるんだ？

「最後にもうひとつ」デックルが言う。「携帯電話をここに預けていってくれ」

ペナンブラは空の両手のひらを差し出して指をひらひらさせたが、ぼくら三人は黒くてぷるぷる振動する友を手渡した。それを、デックルは机の上の浅い木の入れものに入れた。そこにはすでにiPhone三台、黒いネオ、ベージュのくたびれたノキアがはいっていた。

デックルがローブを整え、胸を張ってから、机の後ろの棚をぐいと押した。棚はくるりと静かに——まるで重みがなく、宙を滑るかのように——回転し、ひらけた先には薄暗い空間が見えた。暗闇へと曲がりながらおりていく幅の広い階段がある。デックルが片手を伸ばして、ぼくらに進むよう合図した。「フェスティナ・レンテ」感情を交えない声で言う。

ニールが鋭く息を呑み、ぼくにはその意味が間違いなくわかった。〝おれはずっと待ってたんだ、本棚に見せかけた秘密の通路を通り抜けられる日を〟ペナンブラが勢いよく前へ進み、ぼくらもあとに続いた。

「師匠」デックルがひらいた書棚の片側に立ち、ペナンブラに声をかけた。「あとで時間がおありなら、コーヒーをごちそうします。お話ししたいことが山ほどあるので」

「承知した」ペナンブラは笑顔で答えた。デックルの肩をぽんと叩く。「ありがとう、エドガー」

ペナンブラが先頭に立って階段をおりていく。太い金属の支柱に支えられた幅のある木の手すりを握って慎重に。彼がつまずいたら支えられるよう、ニールがすぐ後ろについている。踏み板は幅が広く、薄い色の石でできている。急ならせん階段で、かなり間隔を置いて壁から突き出している燭台形ランプに、地中へとおりていく道がかろうじて照らされている。

おりるにつれ、音が聞こえはじめた。低いさざめき。もう少し大きくなって唸るような音。それがこだまする声になった。階段が終わり、前方に明るい入口が見えた。ぼくらはそこを通り抜けた。キャットがはっと息を呑み、その息が吐き出されると小さな雲のようになった。

ここは図書館なんかじゃない。バットマンの住処《すみか》だ。

読書室は天井が低く、ぼくらの前に細長く延びていた。太い木の梁《はり》が縦横に張りめぐらされている。その上とあいだにまだら模様の岩盤が見える。どこもかしこも斜めになったり、ぎざぎざになったりしていて、何かの結晶を含んで輝いている。梁は部屋の端から端まで渡されていて、座標を表すデカルト格子のようだった。梁が交差するところに明るいランプがつるされ、下の空間を照らしている。

床も岩盤がむき出しになっているものの、ガラスのように磨きあげられている。四角い木のテーブルがふたつずつ横並びに、部屋の奥まで整然と置かれている。簡素だが頑丈そうで、どのテーブルにも大きな本が一冊置いてあり、どの本も黒く、同じように黒く太い鎖でテーブルにつながれている。

テーブルのまわりに人がいる。座っている人、立っている人、男性、女性。デックルのとそっくりな黒いローブを着て、ふつうの速度で、あるいは早口で話したり、議論したりしている。

十二、三人いそうで、ここがとても小さな証券取引所みたいに感じられた。音がすべて重なり、混じり合う。囁き声、靴の擦れる音。紙にペンがこすれる音、チョークが石板を滑るときのキキーッという音。咳、鼻をすする音。いちばん似ているのは教室の雰囲気だ。ただし、生徒は全員が大人で、彼らが何を学んでいるのか、ぼくには皆目見当がつかない。

長いほうの辺に沿って棚が並んでいる。梁やテーブルと同じ木材でできていて、本がびっしり詰まっている。テーブルの上の大型本と違って色とりどりだ——赤、青、金色、布綴じ、革綴じ。ぼろぼろなものも、きれいなものもある。これが閉所恐怖症対策になっていた。これがなかったら、この地下室は地下墓地《カタコンベ》みたいに感じられただろう。でも、棚に並んでいる本が色彩と質感に変化を加え、大げさではなく、ぬくぬくとした居心地のよさが感じられた。

ニールが感嘆の声を漏らした。

「ここはなんなの?」キャットが震えながら腕をこすっている。色調は温かいかもしれないが、空気は凍えそうに冷たかった。

「ついてきなさい」ペナンブラが足を踏み出し、テーブルのまわりに集まっている黒ローブのグループのあいだを縫っていく。会話の断片が聞こえた。「……ここでの問題はブリトーだ」金色の顎ひげを生やした背の高い男が、テーブルの上の分厚い黒い本をつつくようにして言う。「彼はすべての作業が可逆でなければならないと主張しているが、実際は……」彼の声は聞こえなくなったが、別の声が聞こえてきた。「分析の単位として、ページに気を取られすぎている。この本を違った方向から考えてみよう——一連の登場人物、いいか? 二次元ではなく一次元だ。それゆえ……」けさ、通りで見かけたフクロウ顔の男だ。針金みたいな眉の。相変わらず猫背で、相変わらず毛皮の帽子をかぶっている。ローブと相まって、黒魔術師《ウォーロック》そのものに見える。彼は鋭い音を立てながら、小さな石板にチョークで何か書いている。

ペナンブラの足に鎖の輪が引っかかり、彼がそれを振り払うとカチャンという音がした。顔をしかめてつぶやく。「ばかばかしい」

ぼくらは静かについていった。黒い羊の短い列。棚は数カ所途切れているところがあった。細長い部屋の両側のドアのところで二カ所、部屋の奥で一カ所。部屋の奥はなめらかな岩盤がむき出しになっていて、明るいランプの下に演壇がもうけられている。きっとあそこで生け贄《にえ》を捧げるにちがいない。

ぼくらが歩いていくと、黒ローブが何人か顔をあげ、はっと動きを止めた。目を大きく見ひらく。「ペナンブラ」彼らは大きな声で言い、笑いながら手を差し出した。ペナンブラは小さくうなずき、ほほえみ返すとひとりずつ握手を交わした。

彼がぼくらを連れていったのは演壇に近い、空いているテーブルで、二個のランプのあいだの少し暗めの場所だった。

「きみたちはとても特別な場所に来たんだ」ペナンブラは椅子に腰をおろしつつ言った。ぼくらも、新しいローブのひだをうまくさばいて腰をおろした。ペナンブラの声はとても静かで、絶え間なく雑音が響くなか、かろうじて聞こえる程度だった。「誰に対しても、ここについて話したり、所在地を明かしたりすることは許されない」

ぼくらはそろってうなずいた。ニールが囁き声で言う。「ここはすごいです」

「いや、特別なのはこの部屋じゃない」ペナンブラは言った。「ここは確かに古い。しかし、地下貯蔵室などというものはどれも同じだ。地下に作られた頑丈な部屋で、冷たく、乾燥している。注目すべきところなどない」いったん言葉を切る。「注目すべきはその中身だ」

ぼくは本がずらりと並んだこの地下室に来てまだほんの三分ほどなのに、ここ以外の世界が存在することを早くも忘れつつあった。賭けてもいいけど、この場所は核戦争にも耐えられるようにできているにちがいない。ドアのひとつを開けたら、きっと豆の缶詰が備蓄されてるよ。

「ここにはふたつの宝がある」ペナンブラが言葉を継いだ。「ひとつは本のコレクションだ。もうひとつは一冊の本」ぼくらのテーブルに鎖でつながれている黒い本に骨ばった手を置く。ほかのテーブルに置かれている本とそっくり同じだ。表紙には細長い銀色の文字で『MANVTIVS』と書いてある。

「これがその本」ペナンブラが言う。「アルドゥス・マヌティウスのコデックス・ヴィータイだ。この図書館以外の場所にはどこにも存在しない」

ちょっと待った。「あなたのお店にもですか?」

ペナンブラはうなずいた。「見習いはこの本を読めない。協会の正会員――製本会員と未製本会員――しか読めないのだ。正会員の数は多くないし、われわれはマヌティウスをここでのみ読む」

それがぼくらのまわりで行われていることの真相なんだ――この熱い研究の。でも、黒ローブ数人がこちらに鼻先を向けたのに、ぼくは気づいていた。もしかしたら、そんなに熱くはないのかも。

ペナンブラが座ったまま身をよじり、壁に沿って並ぶ書棚を指し示した。「そしてこれがもうひとつの宝だ。創始者にならって、この協会の会員は全員が自身のコデックス・ヴィータイ、言い換えるなら人生の書を執筆する。たとえば、おまえさんが知っているフェドロフは」ぼくに向かって小さくうなずく。「そのひとりだ。書き終えたあかつきには、自分が知りえたことがひとつ残らず、知識のすべてが、このような本のなかに注ぎこまれることになる」

ぼくはフェドロフと雪のように白い顎ひげを思い出した。うん、彼にはきっと知りえたことが相当あるはずだ。

「われわれは」ペナンブラがぼくに向かって言った。「フェドロフが知識を身につけたことを確認するために日誌を使う」片方の眉をつりあげる。「彼が自分の成し遂げたことをちゃんと理解しているかどうか確認しなければならないからな」

そうだよな。フェドロフがただ何冊もの本をスキャナにかけただけじゃないってことは確認しなきゃだよな。

「フェドロフのコデックス・ヴィータイがわたしの確認を経て、第一の読み手によって認定されると、フェドロフは製本会員のひとりとなる。そうしたら、最後に彼は究極の犠牲を払うことになる」

うわ。〝トゥルー・イーヴルの演壇〟で行われる暗黒の儀式だ。そうくるってわかってたよ。

ぼくはフェドロフが好きなのに。

「フェドロフの本は暗号化され、写しが作られ、棚に入れられる」ペナンブラの口調はそっけなかった。「彼が死ぬまで、それが他人《ひと》に読まれることはない」

「そいつはひどいな」ニールが不愉快そうに言った。ぼくは彼をにらんだけど、ペナンブラはにっこり笑って片方の手をひらいてみせた。

「こういう犠牲を払うのは、われわれが深く信じる気持ちを持っているからだ。これは大真面目な話なのだよ。マヌティウスのコデックス・ヴィータイの秘密を明らかにできたら、彼の先例にならったこの協会の会員は——自身の人生の書を執筆し、保管のために預けた者は——ひとり残らず、生き返るだろう」

ぼくはすぐさま怪しいもんだって顔になりかけたけど、必死にこらえた。

「ええっ」ニールが尋ねる。「ゾンビみたいに?」声が少しばかり大きすぎ、黒ローブ数人が勢いよくこちらを見た。

ペナンブラがかぶりを振る。「不死の性質は謎なんだ」彼の声がとても小さかったのでぼくらは身を乗り出して聞かなければならなかった。「しかし、書くこと、読むことについてわたしが知るあらゆることがこれは真実だと語っている。ここの書架でもよその書架でもそう感じるんだ」

不死にまつわる部分は信じられないけど、ペナンブラが言う感覚はぼくにもわかる。図書館の書架のあいだを歩き、本の背表紙に指を走らせると——眠れる魂の存在を感じずにいられない。単なる感覚で事実じゃない。でも、忘れないでほしい（くり返すよ）――人はもっととっぴなことだって信じるものだ。

「でも、どうしてマヌティウスの本を解読できないの？」とキャットが訊いた。これは彼女の得意中の得意分野だ。「暗号の鍵はどうしたんですか？」

「ああ」ペナンブラが答える。「まったく、どうしたのか知りたいものだ」いったん口をつぐみ、息を吸ってから。「ゲリッツズーンはマヌティウスに劣らず非凡な人物だった、独特の形でな。彼は鍵を遺さなかった。五百年間……われわれは彼の決断について議論を続けてきた」

ペナンブラの口ぶりからすると、その議論には銃や短剣が登場することもあったんじゃないかって気がした。

「鍵がわからないから、われわれは思いつくかぎりのあらゆる方法を駆使して、マヌティウスのコデックス・ヴィータイの暗号を解こうとした。幾何学を利用してみた。隠された図形はないかと探してみた。それが、創始者の謎の起源だ」

可視化の結果現れた顔――なるほど。ぼくはまた、頭がぐるぐるした。ＭａｃＢｏｏｋからぼくを見つめ返していたのは、アルドゥス・マヌティウスだったんだ。

「われわれは代数、論理学、言語学、暗号学も試してみた……われわれのなかには優秀な数学者が何人もいた」とペナンブラ。「上の世界でいくつもの賞を獲得した男女がな」

キャットは夢中になって前のめりになるあまり、いまにもテーブルの上に乗ってしまいそうだった。彼女の大好物《キャットニップ》だものな――解くべき暗号と不死への鍵がセットになっているんだから。ぼくは誇らしくてわくわくした。キャットをここに連れてきたのはぼくだ。きょう、グーグルにはがっかりさせられた。本当に大事なことが起きてるのはこの地下、〈アンブローク ン・スパイン〉でだ。

「きみたちに理解してもらわなければならないのは」ペナンブラが続ける。「この協会は五百年前の結成当時とほぼまったく同じやり方で運営されているという点だ」せわしなく動きまわる黒ローブたちを指差す。「使うのはチョークと石板、インクと紙だ」口調が変わる。「コルヴィナはこうした手法をきっちり守らなければならないと考えている。少しでも変えたら、目的のものを失うことになると」

「でも」ぼくは言う――ＭａｃＰｌｕｓ使いのあなたは――「あなたは意見が異なるんですよね」

答える代わりに、ペナンブラはキャットのほうを向いた。彼の声がほんの囁き声程度まで小さくなった。「そこで提案だ。わたしが間違っていなければ、お嬢さん、きみの会社は数多くの本を」言葉を探して口をつぐむ。「デジタル書棚へと導いてきたはずだ」

キャットはうなずき、高めのひそひそ声で答える。「過去に出版されたもののすべての六一パーセントを」

「だが、われらが協会の創始者のコデックス・ヴィータイをきみたちは持っていない」ペナンブラは言った。「誰ひとり」間。「ひょっとしたら、持つべきかもしれない」

一瞬のうちにぼくは理解した。ペナンブラは著作権泥棒を提案しているんだ。

黒ローブのひとりが棚から緑の分厚い本を手に取ってぼくらのテーブルの横をすり足で通っていった。四十代、背が高く、やせていて、黒い髪を短く切り、眠そうな目をしている。ローブの下は青い花柄の服。彼女が通り過ぎるまで、ぼくらは黙ったままでいた。

「伝統を破らなければならないと思うんだ」ペナンブラが言葉を継いだ。「わたしは年だ。だから、できることなら、この仕事が完成するところを見たい。わたしの生きた証《あかし》が、棚に置かれた一冊の本だけになる前に」

新たなるひらめき――ペナンブラは製本会員のひとりだ。だから、彼自身のコデックス・ヴィータイがここ、この洞穴に保管されているにちがいない。そう考えると、ぼくは頭が少しくらくらした。そこには何が書かれているんだろう？　どんな物語が綴られているんだろう？

キャットの目がきらきらと輝いている。「あたしたちなら、これをスキャンできる」彼女はテーブルの上の本を軽く叩いた。「そしてもし暗号が隠されているなら、それを解読できるわ。グーグルにはものすごくパワフルなマシンがあるの――あなたには想像もできないような」

低い囁き声が聞こえたかと思うと、黒ローブのあいだに緊張がさざ波のように広がった。全員が背筋を伸ばし、注意と警戒を喚起するために囁いたり、口笛を吹いたりしている。

部屋のいちばん端、階上《うえ》からおりてくる幅の広いらせん階段があるほうに、長身の人影が現れた。彼が着ているローブはほかの会員が着ているものと異なっている。もっと凝《こ》っていて、黒い生地は首まわりに余分にひだが寄せてあり、袖口には赤い線がはいっている。急いではおったみたいな着方で、下に着ている光沢のあるグレーのスーツがのぞいている。

彼はぼくらのほうにまっすぐ歩いてきた。

「ミスター・ペナンブラ」ぼくは囁いた。「もしかしたら——」

「ペナンブラ」人影が重々しい口調で言った。大きくはなかったけど、腹の底から出しているような声で、部屋全体に響き渡った。「ペナンブラ」大股にすたすたと歩いてきながら、もう一度言う。年取っている——ペナンブラほどではないけど、近い。ただし、ずっとがっしりした体つきをしている。背中も曲がっていなければ、足元もしっかりしている。それにスーツの下には発達した胸筋が隠れているんじゃないかな。つるつるに剃りあげられた頭、きっちり整えられた口ひげ。海兵隊軍曹を装う吸血鬼《ノスフェラトゥ》という感じだ。

そこまで観察したところで、ぼくは彼が誰かわかった。若き日のペナンブラと一緒に写真に写っていた男、ゴールデンゲイトブリッジの前で親指をあげてみせていたたくましい若者だ。この男はペナンブラの上司、書店に灯をともしつづけている人物、気前のいいフェスティナ・レンテ社のCEO。コルヴィナだ。

ペナンブラが椅子から立ちあがる。「さあ、サンフランシスコから来た三人の未製本会員に会ってくれ」そう言ってから、ぼくらに向かってはこう告げる。「こちらが第一の読み手、われわれの後援者だ」突然、気配りのできる部下になった。演技をしている。

コルヴィナは冷たく値踏みするようにぼくらを見た。彼の目は黒っぽく輝いていて——切れそうに鋭く、攻撃的な知性を宿している。思案げにニールをまっすぐ見てから、彼は言った。

「教えてくれ。創始者が初めて印刷したのはアリストテレスのどの作品かな?」声は柔らかかったが、冷酷無情で、一語一語が消音ピストルから発射された銃弾のように響いた。

ニールはぽかんとした表情を浮かべている。居心地の悪い間があいた。

コルヴィナは腕を組み、キャットのほうを向く。「さて、きみはどうだ？　見当がつくか？」

スマートフォンで調べたそうに、キャットの指がひくついた。

「エイジャックス、あんたにはするべき仕事がある」コルヴィナはペナンブラを責めるように言ったが、ペナンブラは無言のままだった。「彼らは全集を暗唱できなければならない。原語であるギリシア語で、逆からも言えなければならないはずだぞ」

それを聞いて、本当ならぼくは顔をしかめたはずだ。ペナンブラにもファーストネームがあるという事実が明らかになって、頭がぐるぐるしていなかったら。ペナンブラのファーストネームは――。

「彼らはまだ慣れていないんだよ」エイジャックス（トロイ戦争における英雄の名前であると同時に、グーグルマップなどに使われているウェブ技術の名前でもある）・ペナンブラがため息をつきながら言った。コルヴィナよりも数センチ背が低く、背伸びしようとしてかすかにふらついている。大きな青い目で室内を見まわし、疑うような顔つきになった。「ここへ連れてきたのは、彼らの意気をあげられたらと思ってのことだったんだが、この鎖は少しばかりやりすぎじゃないかね。協会の精神に沿わない気が――」

「われわれはここの蔵書に関して不注意ではないんでな」コルヴィナがさえぎって言う。「ここでは本を紛失することはないんだ」

「何を言うんだ、日誌は創始者のコデックス・ヴィータイとは違うし、紛失したわけじゃない。

あんたは口実を見つけては――」

「そっちが口実となることをするからだ」コルヴィナがそっけなく言う。彼の声は淡々としているものの、部屋に反響した。読書室はいまや静まり返っていた。黒ローブは誰ひとり話しも動きもしないし、ひょっとしたら息さえしていないかもしれなかった。

コルヴィナは背中で両手を組んだ――教師の態度だ。「エイジャックス。あんたが戻ってきてくれて嬉しいよ。というのも、わたしは決断をくだし、それを自分の口からあんたに伝えたかったからだ」短い間。それから案ずるように頭をかしげて。「そろそろニューヨークに戻るころあいだ」

ペナンブラは目をすがめた。「わたしには店がある」

「いや。あの店は続けるわけにいかない」コルヴィナは首を横に振った。「われわれの研究となんら関係のない本が並んでいてはな。われわれの責務についてなんら知らない人間で溢れていてはな」

まあ、溢れてるとは言えないと思うけどね。

ペナンブラは無言で目を落とした。額には深いしわが寄っている。頭を囲む灰色の髪が迷子の思考の雲みたいに逆立っていた。あれを剃り落とせば、コルヴィナみたいに洗練された威厳ある風貌になるかもしれない。でも、たぶんならないだろう。

「ああ、確かにわたしはほかの本も置いている」ようやくペナンブラが口をひらいた。「何十年もそうしてきたように。わたしの前にわれわれの師がそうしてきたようにな。あんたもそれは憶えているだろう。わたしのところの見習いの半分は、あれが理由でわれわれの協会に――」

「あんたのところの見習いが協会に加入したのは、あんたのところの水準が低いからだ」コルヴィナはさえぎった。キャット、ニール、そしてぼくを激しくとがめるように見る。「真面目に研究をしない未製本会員にどんな利点がある？　われわれを弱体化させるだけじゃないか、強化するのではなく。彼らはすべてを危険にさらす」

キャットが眉をひそめ、ニールの上腕二頭筋がひくついた。

「あんたは未開の地に長居しすぎたんだ、エイジャックス。われわれのところへ戻ってこい。残された時間を同胞のあいだで過ごすがいい」

ペナンブラの顔がしかめ面になる。「サンフランシスコには見習いが、未製本会員がいる。何人も」急に声がかすれた。彼の目がぼくの目をとらえる。そこに苦悩の色がひらめいたのが、ぼくには見えた。ティンダルやラピンたちのことを考えているんだ。それからぼくとオリヴァー・グローンのことも。

「見習いはいたるところにいる」そんなことはどうでもいいと言うように、コルヴィナが手を振った。「未製本会員はあんたを追ってここに来る。あるいは来ないかもしれんが。しかし、疑念の余地なくはっきりさせておきたい。あんたの店に対するフェスティナ・レンテ社の援助は終わった。今後、あの店がわれわれから何か受けとることはない」

読書室はしんと静まり返った。カサともカチリとも音がしない。黒ローブたちはみんな自分の前の本を見おろし、みんな聴き耳を立てている。

「あんたには選択権がある、わが友よ」第一の読み手がやさしく言った。「わたしはそれがあんたによくわかるよう、手伝おうとしているだけだ。エイジャックス、おたがいもう若くない。われわれの研究に再度、身を投じるなら、偉業を成し遂げる時間はまだある。その気がないなら」まなじりがつりあがる。「ふん、残された時間を向こうで浪費するがいい」コルヴィナはペナンブラの顔をじっと見つめた——心配そうに見えるが、すごく上から目線の顔だった。最後にもう一度くり返す。「われわれのところへ戻ってこい」

そう言うと、彼はくるりと背を向け、赤い線のはいったローブをはためかせてらせん階段のほうへ大股に歩き去った。コルヴィナの臣下がそろって研究に没頭するふりをしたため、カリカリとペンを走らせる音、ページを繰る音が急にうるさくなった。

ぼくたちが読書室から逃げ帰ると、デックルがふたたびコーヒーについて尋ねた。

「わたしたちにはもっと強い飲みものが必要になりそうだ」ペナンブラは笑顔を作ろうとして、もう少しで成功しそうになった——けどだめだった。「今夜はぜひともおまえさんと話がしたい……場所は?」ペナンブラはぼくのほうを向いて尋ねた。

「〈ノースブリッジ〉で」ニールが口をはさんだ。「西二十九番街とブロードウェイが交わるところです」ぼくらはそこに泊まることになっている。なぜなら、そこのオーナーがニールの知り合いだからだ。

ぼくらはローブを脱いでスマートフォンを受けとり、灰色がかった緑の浅瀬みたいなフェスティナ・レンテ社のオフィスを表へと向かった。会社の床を覆うまだら模様の素材の上を、スニーカーを履いた足でとぼとぼと歩きながら、ここは読書室の真上にちがいないと気がついた――天井を歩いているも同然。どれくらい下にあるんだろう。六メートル？　十二メートル？　ペナンブラ自身のコデックス・ヴィータイもあそこにある。見ることはできなかったけど――いくつもある書棚のどこかに、数々の本に交じってあったはずだ――ぼくの頭のなかではあの黒い装丁の『MANVTIVS』よりも大きな位置を占めていた。ぼくらは最後通牒の重みにつぶされそうになりながら、逃げるように歩いてる。ペナンブラはとても大事なものをあそこに残してきたのではないか、そんな気がした。

並んでいるオフィスのひとつがほかのものよりも大きく、すりガラスのドアがひとつだけ離れていた。その銘板が今度ははっきりと読めた。

マーカス・コルヴィナ／取締役会長

なるほど、コルヴィナにもファーストネームがあるんだ。

すりガラスに影が映り、彼がなかにいるのがわかった。何をしているんだろう？　出版社と電話で話しながら、懐かしの優美なゲリッツズーン体の法外な使用料を請求しているんだろうか？　癪にさわる電書著作権侵害者の住所と名前を報告してるのか？　すばらしい書店をまたひとつ閉店にしようとしてるのか？　定期的な振りこみの手配を中止するよう銀行に命じているのか？

これは単なるカルト集団じゃない。ひとつの企業でもある。そして、それを取り仕切っているのはコルヴィナだ。地上も地下も。

反乱同盟軍

マンハッタンの雨は激しくなっていた——あたりを暗くする、ザーザーとうるさい土砂降りの雨。ニールの友達でスタートアップ企業のCEO仲間、アンドレイが所有する超おしゃれホテルに、ぼくらは駆けこんだ。〈ノースブリッジ〉って名前で、究極のハッカー向け隠れ家だ。一メートルごとにコンセントがあり、Wi-Fi網が目に見えそうなほど密に張りめぐらされている。さらに、地下ではウォール街の下を走るインターネット幹線に直結している。〈海豚と錨亭〉がペナンブラ向けの場所だとしたら、こっちはニール向けだ。コンシェルジュはニールを知ってるし、ボーイは彼とハイタッチをした。

〈ノースブリッジ〉のロビーはニューヨーク・スタートアップ企業界の中心だ。ニールによれば、ふたり以上が一緒に座っていたら、新しい会社が定款の校正中である可能性が高いらしい。古い磁気テープ入れでできたローテーブルを囲むぼくらは、会社《カンパニー》とは言えないだろうけど、新しく組織化された《インコーポレイテッド》ものとは言えるんじゃないかな。ぼくらは少人数の反乱同盟軍で、ペナンブラはわれらがオビ＝ワンだ。コルヴィナが誰かは言わなくてもわかるよね。

あそこを出てからというもの、ニールは第一の読み手をきびしく非難しどおしだった。

「だいたいあの口ひげはなんなんだ」と彼は言葉を継いだ。

「あれはわたしが出会ったときから生やしていたよ」ペナンブラがほほえみながら言った。「当時はあんなにかたくなな男ではなかったがね」

「どんなだったんですか？」とぼく。

「われわれと――わたしと同じだったさ。好奇心が強かった。確信が持てていなかった。いやはや、わたしはいまだに持てていないがね！――非常に多くのことに関して」

「ただ、いまの彼はすごく……自信過剰になっている気がするんですけど」

ペナンブラが顔をしかめた。「それも当然じゃないか？　コルヴィナは第一の読み手であり、いまのままの協会が気に入っているんだから」華奢なこぶしを柔らかなソファに打ちつける。「彼は屈服しない。新たな試みもしない。われわれが試すことも許さない」

「でも、フェスティナ・レンテ社にはコンピュータがありましたよね」ぼくは指摘した。それどころか、彼らは全方位デジタル反乱対策を展開していた。

キャットがうなずく。「そう、驚くほど進んでる感じだった」

「ああ、しかし、それは階上《うえ》だけだ」ペナンブラが指を振りながら言う。「フェスティナ・レンテ社の世俗的な仕事にコンピュータを使うのはかまわないが――〈アンブロークン・スパイン〉の研究には許されない。絶対に」

「携帯電話もだめ」とキャット。

「携帯電話もだめだ。コンピュータもだめ。アルドゥス・マヌティウス自身が」ペナンブラはやれやれと言うようにかぶりを振った。「使わなかったものはいっさいだめなんだよ。電気照明も——あれをめぐってわれわれがどれだけ議論したか、きみたちには信じられないだろうよ。二十年かかったんだからな」わざとらしく咳払いする。「マヌティウスは電球をひとつふたつ、手に入れられたら、きっと喜んだと思うがね」

誰も何も言わない。

とうとう、ニールが口をひらいた。「ミスターＰ、あきらめる必要はありませんよ。あなたの店はぼくが資金援助できます」

「あの店は終わりにしよう」ペナンブラが手を振って言った。「店に来てくれるお客のことは愛しているが、彼らに尽くすには、もっといい方法があるはずだ。わたしはコルヴィナのように慣れ親しんだものに固執はしない。もし、マヌティウスをカリフォルニアへ連れて帰ることができれば……もし、きみがだよ、お嬢さん、約束したとおりのことをしてくれたら……誰もあの店を必要としなくなるだろう」

ぼくらは座ったまま策をめぐらせた。この世が完璧なら、ぼくらは合意し、コデックス・ヴィータイをグーグルのスキャナまで運び、例の蜘蛛《く も》の脚があの本の上を歩きまわるにまかせただろう。でも、あの本は読書室から持ち出せない。

「ボルトカッターだ」ニールが言う。「ボルトカッターが要る」

ペナンブラがかぶりを振った。「これはこっそりやる必要がある。コルヴィナが気づいたら、われわれを追ってくるだろう。フェスティナ・レンテ社は人材も含めて莫大な資産を持っている」

そのうえ、弁護士を何人も知ってる。それに、マヌティウスをグーグルで分析しまくるには、なにもあの本を手中におさめなくたっていい。ディスクにおさめればいいんだ。だから、ぼくは尋ねた。「反対にスキャナを本のあるところまで持っていったら？」

「あれは持ち運び可能じゃないの」キャットがかぶりを振った。「ていうか、動かすことはできるけど、大仕事なのよ。議会図書館に持ちこんで、使えるようにするまでに一週間かかったわ」

となると、ぼくらにはほかの何か、ほかの誰かが必要だということだ。必要なのは極秘任務用にあつらえられたスキャナ。必要なのは図書館学の学位を持っているジェームズ・ボンド。必要なのは――待った。ぼくはぴったりの人物を知ってるぞ。

キャットのノートPCを引き寄せるとグランブルの海賊版ライブラリへ行った。アーカイブをさかのぼる――どんどん、どんどん――いちばん昔のプロジェクト、すべての始まりのプロジェクトまで……あった。

PCをくるりとまわして、みんなに画面が見えるようにする。画面に表示されているのはグランブルギア3000――厚紙でできたブックスキャナのあざやかな写真だ。部品は使用済み段ボールから作れる。レーザーカッターを使えば、溝《スロット》もつまみ《タブ》もすべて正しい角度にカットできる。部品を組み合わせてフレームを作り、用がすんだらばらして薄べったくできる。カメラを入れるための穴が二カ所。部品全部がメッセンジャーバッグにおさまる。

使うカメラはどこでも手にはいる旅行者用のお粗末なオートフォーカスでいい。このスキャナを特別なものにするのはフレームのほうだ。カメラが一台だったら、本を正しい角度に保つのに苦労し、ページをめくるごとにもたつくだろう。何日もかかってしまうはずだ。でも、カメラ二台が並んで搭載され、グランブルのソフトウェアに制御されたグランブルギア３０００なら、見ひらき二ページを完璧に焦点が合い、完璧に角度が調整された状態ですぐさま撮影できる。高速でシャッターが切れるけど、目立たない。

「これは紙でできてるんだ」ぼくは説明する。「だから金属探知機も通り抜けられる」

「ええ？　こっそり機内に持ちこめるように？」キャットが訊く。

「いや、図書館に持ちこめるようにさ」ぼくが答えると、ペナンブラが目を見張った。「とにかく、グランブルは概略図を載せてるから、それをダウンロードできる。必要なのは材料を集めて、レーザーカッターを見つけることだけだ」

ニールがうなずき、人差し指でロビーをぐるりと指し示した。「ここはニューヨーク一オタク《ナード》な場所だ。レーザーカッターなら手にはいると思うよ」

グランブルギア３０００を組み立て、使えるようにできたとしても、読書室で邪魔されずに作業する時間が必要だ。マヌティウスのコデックス・ヴィータイはものすごく分厚い。スキャンするには何時間もかかるだろう。

誰がその作業をするか？　ペナンブラは極秘任務を敢行するには体力面で不安がある。キャットとニールは共犯者として頼りになるけど、ぼくにはほかの計画があった。本をスキャンするミッションの可能性が持ちあがるやいなや、ぼくは決心していた——これはぼくひとりでやる。

「おれも一緒に行かせてくれよ」ニールは譲らなかった。「いちばんわくわくする場面じゃないか！」

「〈ロケット&ウォーロック〉でのおまえの名前を言わせないでくれ」ぼくは人差し指をあげて言う。「女の子が部屋にいるときに」真顔になった。「ニール、おまえには社員と顧客のいる会社がある。責任がある。もしつかまったら、あるいは、うーん、なんだろうな、逮捕されたら、まずいだろ」

「おまえが逮捕されるのはまずくないって言うのか、クレイモア・レッド——」

「おい！」ぼくはニールをさえぎった。「第一に、ぼくはどんな現実の責任も負っていない。第二に、すでに〈アンブロークン・スパイン〉の見習いだと言っていい」

「おまえさんは実際に創始者の謎を解いた」ペナンブラがうなずく。「エドガーが証人となってくれる」

「それに」とぼく。「ぼくはこのシナリオではならず者《ローグ》だ」

キャットが片方の眉をつりあげたので、ぼくは低い声で説明する。「ニールが戦士《ウォリアー》、きみが魔法使い《ウィザード》、ぼくがローグだ。この会話については忘れてくれ」

ニールは一度ゆっくりとうなずいた。しかめっ面になったけど、もう文句は言わなかった。よし。ぼくはひとりで行く。そして本を一冊ではなく、二冊スキャンしてくる。

〈ノースブリッジ〉の正面玄関から冷たい風が吹きこんできたかと思うと、エドガー・デックルが雨降る戸外から飛びこんできた。丸い顔のまわりに紫色のビニールパーカのフードをきつく絞っている。ペナンブラが手招きした。キャットがぼくの目を見る――緊張した面持ちだ。これは重大な会合になる。読書室と『MANVTIVS』へのアクセスを手に入れたければ、デックルが鍵になる。なぜなら、デックルは鍵を持っているからだ。

「師匠、店のこと聞きました」ハアハア言いながら、彼はキャットの隣に腰をおろした。注意深い手つきでフードを脱ぐ。「なんと言ったらいいか。ひどい話です。ぼくからコルヴィナに話します。きっと説得できると――」

ペナンブラが片手をあげて制止し、デックルに一部始終を話した。日誌のこと、グーグルと創始者の謎のこと。コルヴィナに対するセールストークのこと、第一の読み手に却下されたこと。

「説得を続けましょう」とデックル。「ぼくがしょっちゅう話に持ち出して、反応を――」

「いや」ペナンブラがさえぎった。「あの男に理屈は通じないよ、エドガー。それに、わたしはもう我慢の限界に来ている。おまえさんよりもかなり年上だからね。コデックス・ヴィータイはきょう解読できると信じているんだ――十年後でも百年後でもなく、きょう！」

自信が大きすぎるのはコルヴィナだけではないと、ぼくは思いいたった。ペナンブラはコンピュータがよい結果をもたらしてくれるとものすごく強く信じている。このプロジェクトを再燃させた張本人のぼくが、そこまで強く信じられないのは変だろうか？

デックルが目を見張り、あたりを見まわした。ありえない。ここ〈ノースブリッジ〉に、黒ローブのひとりがひそんでいる可能性があるみたいに。このロビーにいる人間はみんなもう何年も、紙の本にさわってないんじゃないかな。

「本気じゃないですよね、師匠」デックルが囁く。「いや、ぼくに書名をすべてＭａｃに打ちこませたとき、あなたがとても興奮していたのは憶えてます――でも、まさか……」息をつく。「師匠、それは協会のやり方と違います」

それじゃ、書店のデータベースを作ったのはエドガー・デックルだったんだ。店員としての同朋愛がこみあげてくる。彼もぼくも、カチャカチャ言う同じ小さなキーボードを叩いたことがあるんだ。

ペナンブラが首を横に振った。「われわれが身動きできなくなっているから奇妙に思えるだけだよ、おまえさん。コルヴィナのせいでわれわれは硬直してしまっている。第一の読み手はマヌティウスの精神に忠実ではなくなっている」彼の目が青いレーザー光線のようになり、長い指が磁気テープテーブルに突き立てられた。「マヌティウスは起業家だったんだぞ、エドガー！」

デックルはうなずいたが、緊張した面持ちは相変わらずだった。頬をピンクに上気させ、指の関節で髪をかきあげる。分派というのはこうやってスタートするものなんだろうか？　輪になって額を寄せ合い、言葉巧みに仲間を引きこんで？

「エドガー」ペナンブラが落ち着いた声で言った。「数ある弟子のなかで、おまえさんはわたしにとっていちばんかわいい存在だ。おまえさんとはサンフランシスコで長年一緒に過ごした。並んで働いた。おまえさんには〈アンブロークン・スパイン〉の真の精神が備わっている」ちょっと言葉を切る。「読書室の鍵をひと晩だけ貸してくれ。わたしが頼みたいのはそれだけだ。クレイはなんの痕跡も残さない。約束する」

デックルの顔は無表情だった。髪は濡れて乱れている。彼は言葉を探した。「師匠、ぼくは思いもしませんでした――まさか――」黙りこんでしまった。〈ノースブリッジ〉のロビーが存在しなくなる。エドガー・デックルの顔が全宇宙になる。それから彼の思慮深そうな口元、彼がノーと答えそうな兆候、あるいは――。

「わかりました」デックルは背筋を伸ばした。深く息を吸い、もう一度言う。「わかりました。もちろん、お手伝いしますよ」勢いよくうなずき、にっこりほほえむ。「もちろんです」

ペナンブラも口を大きく横に広げて笑顔になった。「わたしは間違いなくいい店員の選び方を知っている」手を伸ばしてデックルの肩をぴしゃりと叩き、大声で笑った。「間違いなくな」

計略は決まった。

あすデックルがスペアキーをぼくの名前が記された封筒に入れて〈ノースブリッジ〉のコンシェルジュのところまで持ってくる。ニールとぼくはグランブルギアを作成する方法を見つけ、キャットはグーグルのニューヨーク支社に顔を出し、ペナンブラは彼の主張に賛同する、ひと握りの黒ローブたちと会う。夜になったら、ぼくがスキャナと鍵を持って〈アンブロークン・スパイン〉の秘密の図書館にもぐりこみ、『MANVTIVS』を解放する――ほかの一冊も一緒に。

でも、それはみんなあしたのことだ。いまは、キャットはぼくらの部屋に戻ってる。ニールはニューヨークのスタートアップ企業仲間の一団と意気投合。ペナンブラはホテルのバーでひとり、金色の飲みものがはいった重そうなタンブラーを手に考えごとにふけっている。ここでは浮いて見えた――ロビーにいる誰よりも数十歳年上だし、禿げた頭頂部はきっちりと計算された薄暗がりのなかでぼんやりと光るビーコンみたいだ。

ぼくは低いソファにひとり腰をおろし、ノートPCを見つめて、どうしたらレーザーカッターを調達できるか思案している。ニールの友達、アンドレイがマンハッタンのハッカースペースを二カ所教えてくれたけど、レーザーカッターを所有してるのは一カ所だけで、それも数週間先までびっちり予約がはいっていた。猫も杓子も何か作ってるらしい。

マット・ミッテルブランドが誰か、どこか知っているかもしれないとひらめいた。ニューヨークにもぼくらが必要としている道具を備えた特殊効果スタジオがあるはずだ。スマホから救援要請を送った。

NYで至急《ASAP》レーザーカッターが必要。いいアイディアない？

三十七秒が経過したのち、マットから返信があった。

グランブルに訊けよ。

そうか。ぼくは海賊版ライブラリを何カ月も前から拾い読みしてきたけど、投稿したことはまだ一度もなかった。グランブルのサイトにはユーザでにぎわうフォーラムがあって、そこでは特定の電書がリクエストされたり、その後、受けとったものの品質について文句が言われたりしている。本の電子化の基本について技術的なことを話し合うサブフォーラムもあって、ここにはグランブル自身が出てきて、簡潔的確にすべて小文字で質問に答えてくれたりする。助けを求めるならこのサブフォーラムだ。

やあ、みんな。ぼくはグランブルマトリクスの読み専メンバーで、今回が初投稿。今夜はニューヨークにいるんだけど、エピログ社のレーザーカッター（か同種のもの）が要るんだ。グランブルギア3000の説明書に必要だって書いてあるから。秘密裡のスキャンをASAPで敢行したく、ターゲットは印刷史上いちばん重要な本。言い換えるなら――ハリポタよりもデカいってこと。力を貸してくれるかな?

ぼくは息をつき、打ち間違いがないか三回確認してから投稿した。フェスティナ・レンテ社の海賊版パトロールがここを読んでいないといいけど。

〈ノースブリッジ〉の部屋はグーグルキャンパスにあった白い輸送用コンテナとよく似ている。水道、電気、インターネットが使える細長い箱のような感じ。狭いベッドもあるけど、それは明らかにひ弱な人間《ウエットウエア》の頭脳に対するしかたなしの譲歩という感じだった。

キャットは下着と赤いTシャツという格好で床にあぐらをかいて座り、ノートPCをのぞきこんでいる。ぼくはベッドの端に座り、彼女のPCのUSBポートをキンドルの電源にしている。

——えーと、婉曲表現じゃないよ——四度目になる『ドラゴンソング年代記』の再読をしている。PMの件のショックから、キャットはようやく立ち直ったらしい。体をよじってぼくを振り返って言った。「すごくわくわくする話。あたし、いままで一度もアルドゥス・マヌティウスについて聞いたことがなかったのが信じられない」PCの画面を見るとウィキペディアのマヌティウスのページがひらいている。いま彼女が浮かべている表情には見憶えがある——特異点《シンギユラリテイ》について話すときと一緒だ。「あたし、不死への鍵っていうと、ちっちゃなロボットが人間の脳みその不調なところを修理するとか、そんなことを考えてたの」と彼女は言う。「本なんて考えもしなかった」

正直に言わなければ。「本がなんらかの鍵になるかどうか、ぼくにはわからない。ていうか、考えてみてくれ。あれってカルト集団だよ。ほんとに」これを聞いて、キャットは眉をひそめた。「でも、アルドゥス・マヌティウス本人によって書かれた、失われた本がとても大事であることに変わりはない、何がどうあろうと。このミッションが終わったら、ミスター・ペナンブラをカリフォルニアに連れて帰ろう。自力で店をやっていけばいいんだ。ぼくにマーケティングプランがある」

キャットの耳にはまるではいらなかったみたいだ。彼女は言った。「マウンテンヴューにチームがいるの——彼らにこの話をしないと。グーグル・フォーエバーっていうんだけど。寿命の延長を研究してるの。ガン治療、臓器再生、DNA修復」

だんだんばかばかしくなってきた。「ついでに人体冷凍術もちょこっと研究してたりして？」

キャットは身構えるようにぼくを見あげた。「ポートフォリオ手法を使ってるの」ぼくは彼女の髪に指をくぐらせる。シャワーでまだ湿ってる。彼女はシトラスの香りがした。「あたし、どうしてもわからないのよ」体をよじってぼくを振り返る。「人生がこんなに短くて、どうして我慢できるの？　ものすごく短いでしょ、クレイ」

正直言って、人生は妙なものだという経験をたくさんしてきたし、ときには困ったこともあるけど、ぼくにとって短さは気にならなかった。学校にはいったあと、サンフランシスコへ引っ越してテクノロジー社会的な生活が始まるまでの時間は、果てしなく長かったように感じる。あのころは携帯電話でネットに接続することもできなかったもんな。

「毎日、驚くような発見がある」とキャット。「たとえば、ニューヨークの地下に秘密の図書館があることとか」いったん言葉を切り、大げさに口をあんぐり開けてぼくを笑わせる。「まだほかにもいっぱい驚くことがあるって気づかされる。八十年じゃ足りないわ。百年でも、どんなに長くても。とにかく足りないのよ」キャットの声がかすれ、これがキャット・ポテンテのなかでどれだけ奥深くを流れている問題か、ぼくは気がついた。

顔を寄せて彼女の耳の上にキスし、囁いた。「本気で頭を冷凍する気？」

「絶対、断然、冷凍するわ」見あげた彼女の顔は真面目だった。「あなたの頭も冷凍する。千年後にあなたはあたしに感謝するから」

ポップアップ

翌朝、目覚めたとき、キャットはすでにグーグルのニューヨーク支社に出かけていていなかった。ぼくのノートPCにはメールが届いていた――グランブルのフォーラムからのメッセージ転送。受信時刻を見ると午前三時五分で、差出人は――ウワオ。グランブル本人からだ。メッセージは簡潔で――。

ハリポタよりもデカいだって？　何が必要か言ってみろ。

血管がドクドク言ってるのが聞こえる。これってめちゃくちゃすごい。

グランブルはベルリンに住んでるけど、ロンドンやパリ、カイロで特別なスキャン作戦を実施するために、ほとんどいつも旅してる印象だ。誰も本名を知らない。どんな外見かも知らない。彼は女性かもしれないし、ひとりじゃない可能性だってある。でも、ぼくの想像ではグランブルは男で、ぼくよりそんなに年上じゃない。それと単独で仕事をしてる――ぶかぶかのグレーのパーカを着て、ちょっとだらしない歩き方で大英図書館にはいっていく。ブックスキャナの厚紙部品を防弾チョッキみたいに服の下に着こんで――でも、いたるところに協力者がいる。

ひょっとしたら、彼に会えるかもしれない。ひょっとしたら、友達になれるかもしれない。ひょっとしたら、ハッキングの弟子にしてもらえるかもしれない。でも、クールにいかないと。さもないとFBI、悪くするとフェスティナ・レンテ社の一員だと思われてしまう。そこで、こんなふうに返信する。

よお、グランブル！　リプライ、感謝する。おれはあんたの大ファンで

いや、違う。デリートキーを押して、もう一度最初から。

やあ。カメラと厚紙はこっちで用意できるけど、レーザーカッターがないんだ。力を貸してもらえるかな？　P．S．まあね、確かにJ・K・ローリングはかなりデカい山だ……でも、アルドゥス・マヌティウスもだろう。

送信ボタンを押し、MacBookを勢いよく閉じると、バスルームに行った。ハッカーの英雄と凍らせた頭のことを考えながら、〈ノースブリッジ〉の熱くて強力な業務用シャワーの下でシャンプーを頭にごしごしすりこむ。このシャワーがロボット用で人間向けじゃないのは明らかだ。

ニールがロビーで待っていた。プレーンオートミールを食べ終え、数種類の葉物野菜をブレンドしたシェイクを飲んでいるところだ。

「よお」とニール。「おまえたちの部屋の鍵は生体認証式か？」

「いや、ふつうのカードキーだよ」

「おれの部屋はおれの顔を認証するはずなのに、なかに入れてくれようとしなかった」顔をしかめる。「白人にしか対応してないらしい」

「おまえが友達にもっといいソフトを売りこめばいいじゃないか。業務をサービス業まで拡大だ」

ニールは天井を仰いだ。「なるほど。おれはこれ以上業務拡大なんてしたくないんだよ。おれんとこへ国土安全保障省からメールが来たって言ったっけ?」

ぼくは凍りついた。何かグランブルと関係あることだろうか? まさか、ばかばかしい。

「それって、最近のこと?」

ニールがうなずく。「厚着してる人間の体形を可視化できるようにするアプリが欲しいんだと。たとえば、ブルカ(イスラム圏の女性が着用するベール)をつけてるとかさ」

そうか、フーッ。「受けるのか?」

ニールは顔をしかめた。「まさか。たとえこれがヘドの出る思いつきじゃないにしても――ヘドの出る思いつきだけどな――おれはもう手いっぱいなんだよ」シェイクをズーッと吸うと、明るい緑色の円柱がストローのなかを急上昇した。

「好きなくせに」ぼくは軽い口調で言う。「両手の指の数プラスワン、同時に手を出すのが好きじゃないか」

「確かにな、出すのが手だけなら。体全体出さなきゃなんないのは厭なんだよ。おまえな、おれにはパートナーがいないんだぞ。事業開発担当もいない。それに、おれ自身はもうちっとも楽しいことをやってないんだ!」プログラミングのことを言ってるのかな――あるいは、オッパイのことかもしれない。わからないや。「正直なところ、おれが本当にやりたいのはさ、VCみたいなことなんだよ」

ベンチャー《V》投資家《C》ニール・シャーか。六年生のときはふたりとも夢にも思わなかったことだな。

「なら、どうしてやらないんだ?」

「あー、おまえさ、〈アナトミクス〉がどれだけ稼いでくれるか、過大評価してるんじゃないの」ニールは眉をつりあげた。「おれんとこはグーグルとは違う。VCになるにはキャピタル《c》がいっぱい要るんだ。おれにあるものっていったら、ビデオゲーム制作会社との五桁の契約がいくつかだ」

「それに映画スタジオともだろ?」

「シーッ」ロビーにぐるりと目を走らせる。「それについては秘密なんだよ。すごく重大な書類を取り交わしててさ」いったん口をつぐむ。「スカーレット・ヨハンソンがサインした書類があるんだよ」

ぼくらは地下鉄に乗った。朝食後に届いたグランブルのメッセージにはこう書いてあった。

ダンボ地区のジェイ・ストリート十一番地でグランブルギア3kが待ってる。ホグワーツ・スペシャルが欲しいと言え。シュルームは抜くな。

これはいままでにぼくのメール受信トレイに届いたなかでいちばんクールなメッセージだ。秘密の受け渡し場所の連絡。そんなわけでいま、ニールとぼくはそこに向かっている。秘密の合言葉を告げて、特殊作戦用のブックスキャナを受けとってくるために。

地下鉄はイーストリバー下のトンネルを轟音《ごうおん》と共に揺れながら進んでいく。窓の外は真っ暗。頭の上のバーを軽くつかんだニールが言う。

「おまえ、ほんとに事業開発《ビジネス・ディベロップメント》やる気ない？　ブルカ・プロジェクトのトップになれるぞ」にやりと笑って眉をつりあげる。こいつ本気だ、とぼくにはわかった。少なくともBDに関しては。

「会社のBDをまかせるには、ぼくは最低最悪の人選だよ。保証する。おまえはぼくをクビにしなきゃならなくなるだろう。悲惨な結果が待ってる」ふざけてるわけじゃなかった。ぼくがニールの下で働くことになったら、ふたりの友人関係にひびがはいる。上司のニール・シャー、もしくは仕事上のメンター、ニール・シャーになってしまって――ダンジョン・マスターのニール・シャーではなくなってしまう。

「クビになんてしないさ」とニール。「降格するだけで」

「何に？　イゴールの弟子か？」

「イゴールにはもう弟子がいる。ディミトリーっていうんだ。スーパー頭がいい《スマート》やつ。おまえはディミトリーの弟子になればいい」

ディミトリーはきっと十六歳だ。気に入らない。話題を変えてみる。

「そういえば、映画を制作するって話はどうなったんだ？　イゴールの才能を世間に見せつけろよ。第二のピクサーを始めてさ」

ニールはうなずいてからちょっとのあいだ黙りこみ、ぼくの言ったことに考えをめぐらした。

ややあって、「そりゃそうするさ。映画制作者を知ってたら、またたく間に資金提供するよ」いったん言葉を切る。「制作者は女性かもしれないな。でも、もし女性だったら、財団を通して資金提供する」

そうだ。〝芸術分野で活躍する女性のためのニール・シャー財団〟。ニールが雇ってる抜け目のないシリコンヴァレー会計士の命令で設立された節税目的の財団。ぼくはニールから財団が本物らしく見えるよう形だけ《プレースホルダ》のウェブサイトを作ってくれと言われたけど、あれはいままでで二番目に気持ちが盛りさがる仕事だった（〈ニューベーグル〉を〈オールド・イェルサレム〉にリブランディングした仕事がいまだ不動の一位だ）。

「それなら、映画制作者を探せよ」とぼく。

「おまえが探せばいいだろ」とニールが言い返す。思いきり六年生同士の会話だ。つぎの瞬間、ニールの瞳に何かがひらめいた。「冗談じゃなく……うってつけだ。うん。今度の冒険の資金援助をする引き換えに、クレイモア・レッドハンズ、おれの頼みを聞いてくれ」声が低く、ダンジョン・マスターっぽくなる。「おれのために映画制作者を見つけてこい」

スマホが、指示されたダンボ地区の住所へと案内してくれた。そこは水辺の静かな通りで、反エジソンの変圧器（交流送電用変圧器）で溢れる、塀で囲まれた土地の隣にあった。建物は暗く、間口が狭く、ペナンブラの店よりも細長いくらいだし、もっとくたびれていた。最近、火事に遭ったみたいに見える。戸口のまわりに長く黒い筋状の汚れが残っている。つぎのふたつがなかったら、廃屋に見えただろう。ひとつは正面に曲がってかかっている〈ポップアップ・パイ〉と書かれた横長のビニールの横断幕。ひとつは熱々のピザのにおい。

なかは廃墟みたいだったけど——やっぱり、火事があったんだ——空気には炭水化物のいいにおいが濃厚に漂っていた。入口近くにカードテーブルが置いてあって、へこんだ携帯金庫が載っている。その奥は間に合わせの厨房で、血色のいいティーンエイジャーの一団が立ち働いていた。ひとりは危なっかしい手つきでピザ生地を頭の上でまわしている。ひとりはトマト、玉葱、ピーマンを刻んでいる。三人はただ立ったまましゃべったり笑ったりしている。後ろには背の高いピザオーヴン。塗装はなしで、傷だらけの金属の真ん中にレーシングカーみたいに太い青色の線がはいっている。車輪つき。

プラスチックのスピーカーから音楽が大音響で流れているけど、バリバリという雑音混じりの曲は、世界で十三人しか聞いたことがなさそうだ。

「注文は?」ティーンエイジャーのひとりが音楽に負けじと声を張りあげた。あれ、実際はティーンエイジャーじゃないかもしれないな。ここのスタッフは頰ひげを生やす前の中間地点の住人らしい。たぶん美術学校の学生だろう。声をかけてきたやつは、ミッキー・マウスが顔をしかめてAK47を振りまわしているイラストの白いTシャツを着ている。

よし、ちゃんとやるぞ。「ホグワーツ・スペシャル一枚」ぼくは大きな声で答えた。反乱軍兵士ミッキーが一度うなずく。ぼくは言い足した。「でも、シュルームは抜かないでくれ」間。「マッシュルームのことだよ」間。「たぶん」しかし、反乱軍兵士ミッキーはすでにこっちに背中を向け、同僚に何か相談していた。

「聞こえたかな?」ニールが囁く。「おれ、ピザは食べられないからな。マジでピザを渡されたら、おまえが食べてくれよ。おれにはひと口も食べさせないでくれ。たとえ、おれが少しくれと言っても」いったん口をつぐむ。「たぶん言うだろうけど」

「おまえを帆柱に縛りつけてやるよ」とぼく。「オデュッセウスみたいに」

「ブラッドブーツ船長みたいにだ」とニール。

『ドラゴンソング年代記』では学者ドワーフのファーンウェンがヒメユリ《スターリリー》号の乗組員を説得して、ブラッドブーツ船長を帆柱に縛りつけさせる。船長が歌うドラゴンの喉を掻き切ろうとしたあとに。だから、うん、ブラッドブーツ船長みたいに、のほうがいいね。

反乱軍兵士ミッキーがピザの箱を持って戻ってきた。速いな。「十六ドル五十セントです」とミッキー。待ってくれ、ぼくは何か間違えたか? これは冗談なのか? グランブルはぼくらに無駄足を踏ませたのか? ニールは眉をつりあげたけど、二十ドルのピン札を一枚出し、手渡した。それと交換で、ぼくらはエクストララージのピザの箱——インクが流れたような青い字で〈ポップアップ・パイ〉と書いてある——を受けとった。

箱は熱くなかった。

通りに出ると、ぼくはバリッと箱を開けた。なかには厚紙が整然と重なってはいっていた。どれも細長く、平らにたたまれ、ちゃんと組み立て用のスロットとタブがついている。グランブルギアの部品セットだ。端が黒く焦げている。レーザーカッターを使って作ったからだ。

箱のふたの裏側に太いサインペンでグランブルからのメッセージが書かれていた。彼自身の手によるのか、ブルックリンにいる子分が書いたのか、わからないけど。

化けの皮《スペシアリス》・剥がれよ《レベリオ》（『ハリー・ポッターと謎のプリンス』でハーマイオニーが使う呪文）

帰り道、グレーマーケットの電気屋で安いデジタルカメラを二台買った。それから、ロウワーマンハッタンを通って〈ノースブリッジ〉に向かった。ニールがピザの箱を持ち、ぼくがカメラのはいったビニール袋をさげて膝にぶつけながら。必要なものはすべてそろった。『MANVTIVS』はぼくらのものになる。

車の流れや商売をする人々で、街は明るく騒がしかった。黄色に変わった信号機の下でタクシーがクラクションを鳴らす。買い物客の長い列がカツカツと靴音を立てて五番街を行ったり来たりする。交差点はどこも緩い人垣ができていて、人々が笑ったりたばこを吸ったり、ケバブを売ったりしている。サンフランシスコはいい街だし、美しい。でもこれほどの活気はない。ぼくは息を深く吸いこみ――空気はひんやりと冷たく、たばこと謎めいた肉料理のにおいがした――ペナンブラに対するコルヴィナの警告について考えた。〝残された時間を向こうで浪費するがいい〟やれやれ。地下深く、本がずらりと並んだカタコンベで不死を手に入れるか、ここ地上でこうしたものすべてに囲まれて死ぬか？　ぼくは死とケバブを選ぶな。ペナンブラはどうなんだろう？　なんとなく、彼もどちらかといえば世俗的な人間な気がするけど。正面に大きな窓がある書店のことを考えた。彼に初めてかけられた言葉――〝何かお探しかな?〟――と、そのときの温かな満面の笑みを思い出す。

コルヴィナとペナンブラはかつて固い友情で結ばれていた。証拠の写真をぼくは見た。当時のコルヴィナはかなり違っていた……文字どおり別人だったんだろう。そういう重大な決断っていつくだされるのかな? 人を新しい名前で呼ぶようになるのはいつだろう? 〝すまないが、きみはもうコルヴィナではいられないよ。きみはコルヴィナ2.0だ〟――なんだかはっきりしないアップグレード。ぼくは古い写真のなかで親指を立てていた若者を思い出す。彼は永久にいなくなってしまったのだろうか?

「映画制作者はほんとに女性のほうがいい」ニールが言う。「真面目な話。あの財団にもっと金を注ぎこまないとな。これまでに助成金を出したのは一度だけ、それもいとこのサブリナにだ」いったん言葉を切った。「あれは違法だったかもしれない」

ぼくはいまから四十年後のニールを想像しようとした。禿げてスーツを着た別人。ニール2.0もしくは仕事上のメンターのニール・シャー――ぼくがもう友達としてはつき合えないニール――を想像しようとしたけど、できなかった。

〈ノースブリッジ〉に戻ると、驚いたことにキャットとペナンブラが一緒に低いソファに座って話しこんでいた。キャットは熱心に手振りを交えていて、ペナンブラは青い目を輝かせながら笑顔でうなずいている。

顔をあげたキャットはにこにこしていた。「メールがもう一通来たの」前置きなしに言う。そのあと口をつぐんだけど、顔は生き生きしていて、つぎに言うことを黙ってはいられないというように元気いっぱいだった。「ＰＭの人数が百二十八人まで増やされることになって――あたし、そのひとりになったの」顔の微細な筋肉が燃えていて、彼女はほとんど叫ぶように言った。「あたし、選ばれたのよ！」

ぼくの口が小さくぽかんと開いた。キャットは跳びあがってぼくをハグし、ぼくも彼女をハグし返して、ふたりでウルトラクールな〈ノースブリッジ〉のロビーを小さな円を描いてダンスしてまわった。

「それにいったいどんな意味があるんだ？」ニールがピザの箱を置いて訊く。

「どうやら、この課外活動に重役からのサポートがついたみたいだよ」とぼくが言うと、キャットが両手を宙に突きあげた。

キャットの成功を祝うために、ぼくら四人は〈ノースブリッジ〉のラウンジバーへと歩いていった。そこの床はタイルの代わりにマットブラックの集積回路が敷きつめてある。スツールに座ると、ニールがみんなに一杯おごってくれた。ぼくが注文したのは〝死のブルースクリーン〟という、その名のとおりネオンブルーの飲みもので、アイスキューブのひとつのなかでＬＥＤが点滅していた。

「ところで、ひとつはっきりさせてくれ――きみはグーグルの百二十八分の一ＣＥＯなのか？」とニール。

「正確には違うわ」キャットが答える。「ＣＥＯはひとり。ただ、グーグルはひとりが独力で経営するにはずっと複雑になりすぎちゃったわけ。そこでプロダクト・マネジメントが手を貸すのよ。ほら……この市場に参入すべきかとか、あの会社を合併すべきかとか」

「よう！」ニールはスツールから飛びおりた。「おれの会社を合併してくれよ！」

キャットが声をあげて笑った。「どうかしら、３Ｄのオッパイ――」

「オッパイだけじゃないよ！」とニール。「おれたちのソフトは全身をカバーしてる。腕、脚、三角筋、どこでも言ってみな、あるから」

キャットはただ笑顔で飲みものをひと口飲んだ。ペナンブラは底の厚いタンブラーに二、三センチ注がれた金色のスコッチをちびちびやっていた。

「お嬢さん」とペナンブラ。「グーグルは百年後も存在すると思うかね？」

ちょっとのあいだ沈黙してから、キャットはきっぱりとうなずいた。「ええ、思う」

「実はな、〈アンブロークン・スパイン〉の著名な会員のひとりが、とある企業の創始者で同じような大望を抱いた若者の親友だったんだ。その会員もまったく同じことを言った」

「どの会社です？」ぼくは尋ねた。「マイクロソフト？　アップル？」スティーヴ・ジョブズが〈アンブロークン・スパイン〉に加わっていたとしたら？　もしかして、だからゲリッツズーン体がＭａｃにかならずプレインストールされてるのかも……。

「いやいや」ペナンブラはかぶりを振った。「スタンダード・オイル（ジョン・ロックフェラーが創業した巨大石油企業）だよ」にやりと笑う――ぼくらは彼の話にすっかり心をつかまれていた。ペナンブラはグラスをゆっくりまわしながら続けた。「きみたちはとても長い時間、紡がれてきた物語の世界に足を踏み入れたんだ。わたしの仲間のなかには、お嬢さん、きみの会社も先行するその他おおぜいとなんら変わらないと言う者がいるだろう。〈アンブロークン・スパイン〉以外には、われわれに役立つことを提供してくれる相手などいないと」

「コルヴィナのような仲間ですね」ぼくはぶっきらぼうに言った。

「ああ、コルヴィナだ」ペナンブラはうなずいた。「ほかにもいる」ぼくら三人――キャット、ニール、ぼく――を一緒に見て、静かに言う。「だが、わたしはきみたちが協力してくれて嬉しいよ。この仕事の歴史的な意義を、きみたちが理解しているかどうかわからない。われわれが何世紀もかけて、新しい道具に助けられながら開発してきた技術は……われわれは成功する、そうわたしは信じている。わたしには確かな予感があるんだ」


ニールがぼくのノートPCを見て説明書を読みあげ、ペナンブラが部品を渡す役を務めて、ぼくらは一緒にグランブルギア3000を初めて組み立ててみた。部品は厚紙でできていて、指で叩くとバシッというい音がする。出来あがりは超自然な完璧さを持つ構造物になった。本を置く角度のついた台があり、その上に二本の長いアームが伸びていて、それぞれにカメラをはめこむよくできたソケットがついている――見ひらき二ページの一ページにつき一台。カメラはグランブルスキャンていうプログラムが起動しているぼくのPCに接続されている。プログラムのほうは画像をハードディスクドライブ――〈バイスクル〉のトランプの箱のなかに隠したマットブラックの一テラバイト――へと画像を転送する。トランプの箱はニールのアイディアで、いかにもローグっぽいから気に入ってる。

「これを設計したやつ、なんていったっけ?」説明書をスクロールしながら、ニールが訊く。

「グランブルってやつ。彼は天才だよ」

「そいつを雇わないと」とニール。「いいプログラマだ。空間把握力がすごい」

ぼくは『セントラルパークの鳥たち』をひらき、スキャナにセットした。グランブルの設計はグーグルの設計とはあまり似てない――蜘蛛の脚みたいなページめくりはついてないから、自分でめくらなきゃならないし、シャッターも押さなければならない――けど、ちゃんとスキャンできる。ペラッ、ピカッ、カシャッ。コマツグミの渡りの経路が隠しハードディスクドライブに取りこまれていく。つぎに、ぼくはスキャナを平たい部品に分解し、キャットが時間を計った。かかったのは四十一秒。

この珍妙な装置を携えて、ぼくは今夜、深夜十二時を少し過ぎたころに読書室を再訪する。あの場所を完全にひとり占めできるはずだ。最高にすばやく、こっそり作業をすれば、一冊じゃなく二冊スキャンして、現場から逃げられる。デックルからは、夜が明けるまでにすべてを終え、痕跡をひとつも残さず立ち去るように警告されている。

ブラックホール

深夜十二時を過ぎたころ。ぼくは通りをはさんだセントラルパークのこんもりとした黒い影をちらちら見ながら、五番街を足早に歩いていく。グレーと紫がまだらになった空を背景に、木々のシルエットが黒々と浮かびあがっている。走っているのは黄色いタクシーだけで、客を求めて元気なくぐるぐるまわっている。一台がぼくに向かってヘッドライトを点滅させた。ぼくは首を横に振る。

デックルの鍵がフェスティナ・レンテ社の暗い入口でカチリと音を立て、ぼくはいとも簡単になかにはいることができた。

暗闇で赤く点滅している光がある。デックルのおかげで、それは一般にほとんど知られていない警備会社へ知らせが行く無音警報装置だとわかっていた。胸の鼓動が速まる。さあ、三十一秒以内に暗証番号を入力しないと。ぼくはキーを打つ。1・5・1・5。アルドゥス・マヌティウスが死んだ年――あるいは〈アンブロークン・スパイン〉の説を信じるなら、彼が死ななかった年だ。

はいってすぐの部屋は暗かった。バッグからヘッドランプを引っぱり出し、ストラップを頭に巻く。懐中電灯じゃなくヘッドランプにしたらと提案したのはキャットだ。「ページをめくることに集中できるでしょ」と彼女は言った。ヘッドランプの光が壁のＦＬＣの文字を照らし、大文字の後ろにくっきりした影を作った。ここで本来の任務以外のスパイ行為もしてみようかとちらりと考えた——電書の著作権侵害者のデータベースを削除することはできるだろうか？でも、本来の任務だけでリスクは充分高いと判断した。

静かなオフィスをヘッドランプで両側のブースを照らしながら忍び足で歩いていく。冷蔵庫が低く唸るような音をあげている。多目的プリンタが寂しげに点滅している。モニタのスクリーンセイバーがよじれながら弱く青い光を放っている。それ以外は何も動かなければ、なんの音もしない。

デックルのオフィスにはいると、衣装替えはパスして、スマホもしっかりポケットに入れたまま、本棚を軽く押した。すると、驚いたことに、すごく簡単に棚がひらいて後ろに回転した。音もなく、重さも感じさせず。秘密の入口は本当によく油が差してあった。

その向こうは真っ暗闇だ。

この任務が急にまったく異なる様相を呈した気がした。ここまで、ぼくはきのうの午後見たままの読書室を想像していた——明るくて、人でにぎわっていて、歓迎はしてくれなくても、照明はちゃんとついている。いま、ぼくがのぞきこんでいるのはブラックホールと言ったほうが近い。そこからは何ものも、どんなエネルギーも逃れられない宇宙的存在。そこへぼくはまっすぐ足を踏み入れようとしている。

ヘッドランプを下向きに傾けた。ちょっと時間がかかりそうだ。

デックルに照明のスイッチの場所を訊いておけばよかった。どうしてスイッチの場所を訊いておかなかったんだろう？

自分の足音が長くこだまする。読書室の入口をはいると、そこはこれまでに遭遇したなかで比べるもののないほどの暗さ、漆黒の闇だった。それに、凍えそうに寒い。

一歩足を踏み出してから、上ではなく、下を向いていようと決めた。なぜなら、下を見おろすと、ヘッドランプの光はなめらかな石の踏み板に反射するけど、上を見あげると、どこまでも何も見えないからだ。

ぼくの目的はここにある本をスキャンしてから脱出すること。まず、テーブルのひとつを見つけなければならない。テーブルは何十台もある。そんなにむずかしくないだろう。

部屋の外周を手探りして歩いてみる。書棚に手を滑らせながら、本の背表紙のデコボコを感じる。反対側の手は横に突き出し、ネズミのひげみたいに感覚を研ぎすませる。

ほんとにネズミがいたりしないといいけど。

あった。ヘッドランプがテーブルの端をとらえ、つぎに重そうな黒い鎖、それにつながれている本が見えた。表紙に記された銀色の細長い文字が輝きながら、こちらを見返している。

『MANVTIVS』

メッセンジャーバッグから、まずノートPC、続いてグランブルギアの分解した骨組を取り出す。暗闇での組み立て作業はむずかしかったし、部品を壊しはしないかと、スロットとタブの確認にもたついた。つぎにカメラをバッグから出し、一台で試し撮りをする。フラッシュがぱっと光って読書室全体を百万分の一秒のあいだ明るく照らし出し、ぼくはすぐさま後悔した。視界が大きな紫色の斑点だらけになって、見えにくくなったからだ。まばたきをくり返し、ネズミと（あるいは）コウモリと（あるいは）ミノタウロスはいないよなと思いながら、目が見えるようになるのを待つ。

『MANVTIVS』は冗談じゃなくデカかった。テーブルに鎖でつながれていなかったとしても、この本をここから持ち出すなんて無理なんじゃないかな。スキャナに載せるのに、ぼくはぶざまに両手で抱えなければならなかった。厚紙が重みに耐えられないんじゃないかと心配になったけど、今夜は物理学が味方をしてくれた。グランブルの設計は頑丈だった。

そこでスキャンを開始した。ペラッ、ピカッ、カシャッ。この本もぼくが奥地蔵書で見たほかの本とそっくりだった。暗号化された文字がびっしり並んでいる。ペラッ、ピカッ、カシャッ。二ページ目は一ページ目と同じ、三ページ目も、そして七ページ目も。変わりばえのしない大きなページをめくっては記録するという作業を続けていると、トランス状態にはいっていく。ペラッ、ピカッ、カシャッ。MANVTIVSという陰鬱な文字だけがこの宇宙に存在するすべてになる。フラッシュとフラッシュのあいだは低い唸りが聞こえるだけののっぺりとした暗闇。ぼくは手探りでつぎのページを見つける。

揺れを感じた。誰かいるのか？　原因はわからないけど、たったいまテーブルが揺れた。また揺れ。〝誰だ？〟と言おうとしたものの、喉がカラカラで声にならず、小さなかすれた音が出ただけだった。

ふたたび揺れ。続いて、ぼくが〝読書室に棲む角の生えた守人《もりびと》〟――正体は獣人に変身したエドガー・デックル――というホラーを考えるより先に揺れが強くなり、洞穴全体がゴーッと唸りだしたので、ぼくはスキャナが倒れないように支えなければならなかった。地下鉄だ、地下鉄がすぐ横を走っているだけだと気づいて、どっと安堵がこみあげてきた。轟音が自らのこだまを呑みこみ、暗い洞穴に響く低い唸りに変わった。ようやく列車が通り過ぎ、ぼくはスキャンを再開した。

ペラッ、ピカッ、カシャッ。

何十分も、もしかしたら単位が分じゃない時間が過ぎ、ぼくはわびしさに襲われた。夕食を食べてこなかったから、血糖値が限界までさがったのかもしれない。あるいは真っ暗で凍えそうな地下室にひとりでいるせいかもしれない。原因がなんであれ、その効果は強烈だった。ぼくはこの事業、このくだらないカルト集団のばかばかしさをひしひしと感じた。人生の書？　こんなもの、本とも言えないじゃないか。『ドラゴンソング年代記』第三巻のほうがずっといい本だ。

ペラッ、ピカッ、カシャッ。

とはいえ――ぼくにはこれが読めない。ぼくは中国語や韓国語、ヘブライ語の本についても同じことを言うだろうか？　ユダヤ教の寺院にある大きな律法書《トーラー》もこれに似てるよな？　ペラッ、ピカッ、カシャッ――不可解な記号がびっしり並んでいる。もしかしたら、ぼくがいらついている原因は自分の限界にあるのかもしれない。自分が何をスキャンしているのかわからないという事実。ペラッ、ピカッ、カシャッ。もしこれを読めたら？　もしなかにさっと目を通して、たとえば、冗談がわかったら？　あるいは手に汗握る場面《クリフハンガー》で息を呑むことができたら？

　ペラッ、ピカッ、カシャッ。

　いや。この暗号化されたコデックスのページを繰りながら、自分が愛するのはひらかれた街みたいな本だと、ぼくは悟った。いろんなところから気ままにはいっていける。これは正面の門さえない要塞だ。石壁を苦労してよじ登らなきゃならない。

　ぼくは寒くて疲れて、腹が減っていた。どれくらいの時間が過ぎたか見当もつかない。生まれてこのかたずっとこの部屋で過ごしてきたような、ときたま陽の当たる通りの夢を見ていただけのような錯覚を覚えた。ペラッ、ピカッ、カシャッ、ペラッ、ピカッ、カシャッ。冷えてこわばった手が、一日中ゲームで遊んでいたみたいに曲がったまま、痙攣《けいれん》を始めそうだ。

　ペラッ、ピカッ、カシャッ。これはひどくつまらないゲームだ。

　やっと終わった。

　両手の指を組み合わせ、裏返して宙に突きあげる。骨と筋肉にふつうのヒト科動物らしい形状を取り戻そうと、その場で飛び跳ねた。だめだ。膝が痛い。背中が凝り固まってる。親指から手首にかけて激痛が走る。これが一生続いたりしないといいけど。

　ぼくはかぶりを振った。本当に最悪の気分だ。グラノーラバーを持ってこなかったのが失敗だった。真っ暗な洞穴で餓死するのは最悪の死に方にちがいないと、突如確信した。そこで壁にずらりと並ぶコデックス・ヴィータイのことを思い出し、急に身の毛がよだった。ぼくをぐるりと囲む書棚に、いったい何人の死者の魂がいる——待っている——んだろう?

そのなかにはほかの魂よりも大事な魂がひとつだけある。このミッションの第二の目的を遂行するときだ。

ペナンブラのコデックス・ヴィータイがここにある。ぼくは寒くて震えていて、ここから出ていきたいけど、ここに来た理由はアルドゥス・マヌティウスだけじゃなく、エイジャックス・ペナンブラも解放するためだ。

はっきりさせておこう。ぼくは信じてない。ここにある本のどれかが不死を可能にしてくれるなんて信じてない。たったいまそのうちの一冊——かびくさいページがもっとかびくさい革で綴じられている——を苦労して最後までめくり終えたところだ。死んだ木と死んだ皮膚の分厚い塊。でも、ペナンブラのコデックス・ヴィータイが彼の人生の集大成であるなら——もし本当に彼が学んだことを、彼の知識をすべて注ぎこんだなら——だったら、誰かがバックアップを取っておくべきだと思うんだ。

勝算は低いかもしれないけど、こんな機会は二度とない。そこで、ぼくは外周から始め、体を折って、背表紙を横向きに読もうとした。ひと目見て、アルファベット順には並んでいないとわかった。だと思ったよ。たぶん、超極秘のカルト内ランクに沿ってか、好きな素数とかパンツの股下丈に従ってグループ分けされてるんだ。そこで、棚をひとつずつ、暗闇の奥のほうへ奥のほうへと見ていくことにした。

本は驚くほどバリエーションに富んでいた。分厚いのもあれば、薄っぺらいのもある。地図帳みたいに背が高いのもあれば、ペーパーバックみたいにずんぐりしたのもある。ここにも何か法則があるんだろうか？　なんらかのステイタスが本の形態に反映されているとか？　布装丁のもの、革装丁のもの、そしてぼくにはわからない素材で装丁されたものがいっぱい。一冊がヘッドランプの光を浴びて明るく輝いた。アルミニウムで装丁されている。

書棚を十三見ても、まだ『PENVMBRA』は影も形も見えなかったので、見逃してしまったろうかと心配になった。ヘッドランプから投げられる円錐形の光は細いし、ぼくは一冊残らず背表紙を見ているわけじゃない。特に床に近い下のほうは——。

棚に空いてる場所があった。違う。よく見ると、空いてるんじゃなく、黒いんだとわかった。黒くなった本の形骸。背表紙の名前がまだかすかに読める。


『MOFFAT』


まさか……『ドラゴンソング年代記』の著者、クラーク・モファットか？　まさかね。

背表紙を乱暴につかんで引き出すと、その本はばらばらになった。表紙はくっついたままだけど、なかの黒くなったページの束がはずれて床に落ちた。ぼくは「くそっ！」と囁き声で言い、その本の残骸を棚に戻した。これがみんなの言ってた、燃やされるということなんだろう。本は真っ黒な形骸と化し、もう使いものにならない。もしかしたら、警告なのかもしれない。

いまやぼくの手も煤がべったりついて黒くなっていた。両手をはたき合わせると、『MOFFAT』の断片が床にはらはらと落ちた。もしかしたら、モファットの祖先やまたいとこかもしれない。この世にモファットはひとりじゃない。

黒焦げになった残骸を拾おうと手を伸ばしたとき、ヘッドランプが一冊の本を照らし出した。背が高くて薄く、背表紙に金色の文字が間隔を空けて並んでいる。

『PENVMBRA』

ペナンブラのだ。とてもさわれない気がした。目指す本は目の前にある――ぼくは見つけた――でも、急に慣れ慣れしすぎる行為に思えてきたんだ。彼の所得申告や下着のはいった抽斗《ひきだし》をのぞき見するみたいに。何が書かれているんだろう? この本はどんな物語を語ってくれるんだろう?

表紙のいちばん上に指をかけ、ゆっくりと傾けて棚から出す。美しい本だ。そばに並んでいるほかの本よりも背が高く、薄く、製本用の板紙はすごく硬いのを使っている。この寸法はオカルト的な日記よりも大判児童書を思わせる。表紙は薄い青色、まさにペナンブラの目の色で、いくらかだが同じように発光もしている。ヘッドランプの強い光のなかで、色が変化してちらちらと揺れる。ぼくの手に、それは柔らかく感じられた。『MOFFAT』の断片は、ぼくの足元で黒い汚れになっている。この本を同じ目に遭わせるわけにはいかない。何があろうと。ぼくは『PENVMBRA』をスキャンするぞ。

前雇用主のコデックス・ヴィータイをグランブルギアのところまで持って戻り――どうしてこんなに緊張してるんだ？――最初のページをひらく。やっぱり、ほかの本と同じく、意味のない文字の羅列だ。ペナンブラのコデックス・ヴィータイは、ほかのコデックス・ヴィータイに負けず劣らず読解不能だった。

とても薄い――『MANVTIVS』の何分の一かだ――から、長くはかからないだろうけど、ぼくは何か、なんでもいいから情報を得られないかと、さっきまでよりもゆっくりページをめくった。目の力を抜き、焦点をぼかして、文字がぼんやりとした斑点に見えるようにする。ごちゃごちゃしたなかに何か見えてこないかと必死に願っていた――正直言って、魔法みたいなことが起きないかと願っていたんだ。でも、起きなかった。年取った奇矯な友人の著作を本気で読みたければ、彼の所属するカルト集団にはいらなければならない。〈アンブロークン・スパイン〉の秘密の図書館には、ただで読める話はひとつもないのだ。

思った以上に長くかかってしまったけど、『PENVMBRA』の中身は無事、ハードディスクドライブに保存された。燃やされる心配のない『MANVTIVS』のときよりも、ぼくは重大なことを成し遂げた気分になった。ノートＰＣをぴしゃりと閉じ、本を見つけた場所――

『MOFFAT』の燃えがらで汚れている――までそろそろと歩いていき、光る青色のコデックス・ヴィータイを元あったところに戻した。

背表紙を軽く叩いて言う。「おやすみなさい、ミスター・ペナンブラ」

とその瞬間、明かりがついた。

ぼくは目が見えなくなって恐怖に襲われ、パニックを起こしてまばたきをくり返した。何が起きたんだ？　警報装置を作動させてしまったんだろうか？　やりすぎたログに対して、何か罠がしかけてあったのか？

ポケットからスマホをつかみ出し、画面を一心不乱にスワイプしてスリープから復帰させる。もうすぐ朝の八時だ。どうしてこんなことに？　書棚を見てまわるのに、どれだけ時間がかかったんだ？　『PENVMBRA』をスキャンするのに、どれだけかかったんだ？

照明がつけられただけでなく、今度は人声が聞こえてきた。

子供のころ、ぼくはハムスターを飼っていた。そいつはいつも、ありとあらゆるものを怖がった――つねにおびえ、震えていた。おかげで、あいつが生きていた十八カ月間は飼い主にとってちっとも楽しくなかった。

いま、ぼくは生まれて初めて、一〇〇パーセント、モフモフ・マクフライに感情移入できた。心臓がハムスター速度で打ちはじめるなか、逃げ道はないかと部屋中に目を走らせる。明るいランプはさながら刑務所構内の投光照明のようだった。自分の両手が、足元の焦げた紙の束が、ノートＰＣと骸骨みたいなスキャナの置かれたテーブルが見えた。

もうひとつ見えたのは、ぼくの真正面にある黒っぽい扉だった。

ノートPCに駆け寄って慌てて抱えあげ、つぎにスキャナをつかむと――腕の下で厚紙がつぶれる――その扉へと急いだ。それが何か、どこへ通じているのか――豆の缶詰の山？――わからなかったけど、いまや人声が複数聞こえはじめていた。

ドアの把手をつかみ、息を止め――どうか、どうか、鍵がかかっていませんように――そして押した。哀れなモフモフ・マクフライは、ドアが開いたときのこの安堵感に似た感覚を、一度も味わったことがなかったにちがいない。ぼくはするりとなかにはいってから、ドアを閉めた。

なかで待っていたのは今度も真っ暗闇だった。しばらくのあいだ、ぼくは持ちにくい荷物を抱えたまま、ドアに背中を押しつけて凍りついたようにじっとしていた。無理やり浅い息をする――どうか、どうか、速度を落としてくれ、と自分のハムスター心臓に頼む。

背後から人の動く音と会話が聞こえてきた。ドアは石の戸枠にぴったりとははまっていない。なかの様子がわかりすぎるトイレのドアに似ている。でも、おかげでスキャナを脇に置き、つるつるした冷たい床に腹這いになると、ドアの下の一センチ強の隙間から外をのぞくことができた。

黒ローブが読書室につぎつぎはいってくる。すでに十人以上がいて、さらに階段をおりてくるのが見えた。何がどうなってるんだ？　デックルは予定を確認し忘れたのか？　ぼくらを裏切ったのか？　きょうは年次総会がひらかれる日なのか？

ぼくは上半身を起こし、緊急事態において人がいちばんにするべきこと、すなわちショートメールの送信をしようとした。ついてない。〝圏外〟の表示が出てしまい、つま先立ちになってスマホを天井近くで振ろうがだめだった。

隠れないと。どこか狭い場所を見つけて、夜になるまで待ってからこっそり逃げ出そう。空腹と喉の渇き、それにもしかしたらトイレの問題もあるだろうけど……一度にひとつずつ片づけていくしかない。目がもう一度暗闇に慣れてきたので、ヘッドランプの光線をぐるりと大きくまわすと、周囲の空間の形状が見てとれた。天井の低い、狭い部屋で、たがいにつながれ、重なっている黒っぽい物体がいくつも置いてある。薄暗がりのなかだと、SF映画に出てくる何かみたいに見える。端がとがった金属の肋骨に似た物体があって、天井に向かって長いチューブが伸びている。

手探りで前進していたとき、ドアが小さくカチッと鳴ったので、ぼくはふたたびハムスター・モードに戻った。慌てて前へ飛び出し、黒っぽい物体の背後にしゃがみこむ。何かが背中に当たって揺れているので、手をまわして安定させようとした――鉄の棒だ。手が痛くなるほど冷たく、埃で滑りやすい。この棒で黒ローブを殴れるだろうか？　どこを殴る？　顔か？　人の顔を殴れるかどうか自信がない。ぼくはならず者《ローグ》で、戦士《ウォリアー》じゃない。

読書室は温かな光に包まれていて、出入口に人影が浮かびあがって見えた。丸っこい人影。エドガー・デックルだ。

彼が足を引きずりながらはいってきたかと思うと、水がはねる音がした。モップとバケツを片手でぎこちなく持ち、壁を手探りしながら歩いている。低い唸り声が聞こえたあと、部屋がオレンジ色の光に包まれたので、ぼくは顔をしかめ、目をすがめた。

部屋の隅にしゃがみこみ、鉄の棒をゴシック風野球バットよろしく構えているぼくを見て、デックルははっと息を呑んだ。目が真ん丸になる。「いまごろは帰ってる約束だったじゃないか!」ひそひそ声で言う。

『MOFFAT』と『PENVMBRA』に気を取られてしまったことは黙っていることにした。

「すごく暗かったから」とぼくは答えた。

カチャン、ポチャンという音を立てて、デックルはモップとバケツを置いた。ため息をつき、黒い袖で額をぬぐう。ぼくは棒をおろした。ぼくがしゃがんでいたのは大きな暖炉の横だった。棒は火掻き棒だ。

周囲を観察すると、そこはもうSFの舞台ではなくなった。まわりにあるのは印刷機だ。いろんな時代からの難民がいる。把手やレバーがいっぱいついた古い自動鋳造植字機《モノタイプ》。長い軌道の上に設置された太くて重そうな円柱。それからグーテンベルクの倉庫からそのまま引っぱり出してきたみたいな代物——てっぺんから巨大なコルク抜きが突き出した、どっしりした木の塊。

箱やら飾り棚やらがある。印刷業で使う道具が横長の年季のはいったテーブルの上に並べられている。分厚い製本用紙《ブックブロック》に、太い糸が巻かれた背の高い糸巻き。テーブルの下には長い鎖が大きな環状に重ねられている。ぼくの横の暖炉には笑っているみたいに見える幅広の格子戸がついていて、てっぺんから太いパイプが突き出し、天井へと消えている。

ここ、マンハッタンの通りの地下深くに、ぼくは世界でいちばん奇妙な印刷所を発見した。

「でも、ブツは手に入れたんだな?」デックルが囁いた。

ぼくは〈バイスクル〉の箱にはいったハードディスクドライブを彼に見せた。

「手に入れたんだ」息を吐くような声。ショックは長く続かなかった。エドガー・デックルはすぐに落ち着きを取り戻した。「よし。なんとかできると思う。なんとか――うん」ひとりでうなずく。「これだけ持っていかなきゃならないんだ」そっくり同じ分厚い本を三冊、テーブルから持ちあげた。「すぐまた戻ってくる。音を立てずにいてくれ」

本を胸に抱えてバランスをとると、明かりをつけたまま来た道を戻っていった。


待つあいだに印刷所を観察した。きれいな床だな――文字のモザイクになってる。一文字ずつタイルに深く刻まれていて。足元にアルファベット。

箱のなかに、ひときわ大きい鉄の箱があった。てっぺんには見慣れたロゴマーク――本のようにひらかれた両手。組織ってどうしてなんにでも自分たちの記章をつけたがるんだろう?犬が木にオシッコをかけるのと似てる。グーグルもそうだ。〈ニューベーグル〉もそうだった。

両手を使い、唸り声と共に箱のふたを開けた。なかは細かく仕切られていた――細長いところもあれば、横長のところも、正方形のところもある。すべてに金属の活字が低く積まれている。三次元のずんぐりした小さな活字。印刷機に並べて単語や段落、ページ、本を作るようなやつ。突然、これが何かわかった。

ゲリッツズーン体だ。

またドアがカチッと音を立てたので、ぼくは勢いよく振り向いた。デックルがローブに手を突っこんで立っていた。この男はばかなふりをしていただけだ、実はぼくらを騙していたんだ、いまぼくを殺すためにふたたびここに送りこまれたんだと、つかの間だが、そんな考えに襲われた。彼はコルヴィナのためにひと仕事する——グーテンベルクの印刷機でぼくの頭蓋骨をぺしゃんこにするつもりかもしれない。でも、書店員殺しを決意しているとしたら、デックルは演技がうまかった。顔は開けっぴろげで親しげで、共謀者めいていた。

「それが遺産だ」ゲリッツズーンの箱に向かってうなずきながら、デックルは言った。「みごとだろう?」

地中深くもぐったこの場所で、ちょっと時間をつぶしているだけとでもいうようにゆったりした足取りで歩いてくると、活字のセットにピンクの太い指で触れた。ちっちゃな〝e〟を持ちあげ、目に近づける。「アルファベットのなかでいちばんよく使われる字だ」ためつすがめつし、眉をひそめる。「かなり摩耗してるな」

地下鉄が近くのトンネルを轟音と共に走ってきたので、部屋全体がカタカタと音を立てた。ゲリッツズーン体の活字がカチカチ鳴って揺れ動く。〝a〟が小さな雪崩《なだれ》を起こした。

「少ししかないんですね」とぼく。

「摩滅するからね」デックルは〝e〟を仕切りのなかにひょいと戻した。「だめになっても、新しいのが作れないんだ。原型が盗まれてしまったのでね。協会史上、最大の悲劇だ」ぼくの顔を見る。「活字を変えたら、新しいコデックス・ヴィータイは有効にならない、そう考える会員もいる。われわれは永遠にゲリッツズーンから離れてはならないと」

「もっと悪いことだってありえますよ」とぼく。「たぶん、いちばんいいのは――」

読書室が騒がしくなった。ベルがチリンチリンと朗らかに鳴り、長くたなびくようなこだまを残す。デックルの目がきらりと光った。「彼が来た。行く時間だ」箱のふたをそっと閉め、ウェストバンドの後ろに手をまわすと、四角くたたまれた黒い布を引っぱり出した。ローブだ。

「これを着て。目立たないようにするんだ。影に隠れて」

製本会員の儀式

部屋の奥、木の演壇の近くに黒ローブの集団がいる――何十人も。これで全員か？　話したり、囁いたりしながらテーブルと椅子を後ろへと押していた。ショーの準備をしているんだ。

「おいおい！」デックルが大きな声で言った。黒ローブたちが両脇にどいてデックルを通す。

「靴にどろがついてるのは誰だ？　足跡がついちゃってるじゃないか。きのうモップがけをしたばかりなのに」

本当だ。床はガラスみたいに輝いていて、書棚の色を映し、淡いパステルカラーのような光を発している。きれいだ。ベルがもう一度鳴って洞穴にこだまし、耳ざわりなコーラスになった。黒ローブが演壇の前に整列しはじめ、その前にただひとり立ったのは、もちろんコルヴィナだ。ぼくは、背が高い金髪の学者の真後ろに立った。ノートPCとつぶれたグランブルギアの残骸はメッセンジャーバッグに突っこみ、バッグは斜めがけにして、新品の黒ローブの下に隠してある。ぼくは深くうつむいた。このローブには絶対にフードをつけるべきだ。

第一の読み手は正面の演壇に本を重ねて置き、頑丈そうな指で叩いている。さっきデックルが印刷所に取りにきた本だ。

「〈アンブロークン・スパイン〉の同志諸君」コルヴィナが大きな声で言った。「おはよう。フェスティナ・レンテ」

「フェスティナ・レンテ」黒ローブたちがいっせいにぼそぼそと答えた。

「ここに集まってもらったのは、ふたつのことについて話すためだ」コルヴィナが言った。「ひとつ目はこれだ」青い表紙の例の本を一冊、手に取り、みんなに見えるよう持ちあげる。「長年、取り組んだ結果、ザイドがコデックス・ヴィータイを提出した」

コルヴィナがうなずくと、黒ローブのひとりが前へ出て集団のほうを向いた。五十代ぐらいで、ローブの下の体はものすごく厚みがあった。ボクサーみたいな顔をしていて、鼻はつぶれ、頬はまだらにしみが浮いている。彼がザイドにちがいない。直立し、後ろで両手を組んでいる。緊張した面持ちだ。毅然とした態度をとろうと必死になっている。

「デックルがザイドの著作を有効と確認したので、わたしは彼の本を読んだ」とコルヴィナ。「このうえなく注意深く」コルヴィナは本当にカリスマのある男だ——声は静かだが、あらがいがたい自信にみなぎっている。彼が言葉を切ったので、読書室がしんと静まり返った。みんな、第一の読み手の審判がくだるのを待っている。

ようやく、コルヴィナがひと言言った。「みごとな作品だ」

黒ローブたちが歓声をあげて前へ押し寄せ、ザイドを抱きしめ、ふたりが一度に彼と握手しようとした。ぼくのそばにいる学者三人が、〈彼はいいやつだから〉に似た曲を元気よく歌いだしたけど、ラテン語だから、あの曲かどうか定かじゃない。ぼくはまわりから浮かないように拍手した。コルヴィナが片手をあげて一同を黙らせた。みんな後ろにさがって静かになった。ザイドはまだ前に立ったままで、片手をあげて目を覆った。泣いてるんだ。

「きょうから、ザイドは製本会員だ」コルヴィナが言った。「彼のコデックス・ヴィータイは暗号化された。これから棚におさめられ、暗号の鍵は彼がこの世を去るまで秘密とされる。マヌティウスがゲリッツズーンを選んだように、ザイドは信頼する同志に鍵を託すことにした」間。「エリックだ」

また、あちこちから喝采があがった。エリックなら知ってるぞ。一列目に立っている、まばらな黒い顎ひげを生やした青白い顔の男だ。サンフランシスコの店に来たコルヴィナの特使。黒ローブたちは彼の肩も叩いていて、エリックはほほえみ、頰を上気させている。もしかしたら、そんなに悪いやつじゃないのかもしれない。ザイドの鍵を預かるってのは非常に責任が重いことだ。どこかにメモしておくことは許されるのかな？

「エリックはザイドの特使も務める。ダリウスもだ」コルヴィナが言った。「同志たち、前へ」

エリックがしっかりした足取りで前へ出た。もうひとりの黒ローブも。こちらはキャットみたいに黄金色の肌をしていて、茶色のきつい巻き毛がキャップをかぶっているみたいに見える。ふたりとも、ローブのボタンをはずした。下にエリックはパリッとした白いシャツと黄緑がかったグレーのパンツを身につけていた。ダリウスはジーンズにセーターだ。

エドガー・デックルも一同より前へ出た。大きな分厚い茶色の紙を二枚持っている。一度に一冊ずつ、演壇から本を持ちあげ、きっちり包装して、その包みを特使に手渡す。まずエリック、つぎにダリウスに。

「三冊ある」とコルヴィナ。「一冊は図書館に」もう一度、青い表紙の本を高く掲げる。「二冊は保管のためだ。ブエノスアイレスとローマ。同志たち、われわれはザイドをきみたちに託す。彼のコデックス・ヴィータイを携えていけ。それが棚におさめられるのを見届けるまでは眠ってはならない」

なるほど、エリックの訪問の意味が前よりもよく理解できた。彼はここから来たんだ。できたてのコデックス・ヴィータイをよそでも保管するために。で、言うまでもないけど、その際にとんまぶりを発揮した。

「ザイドがわれわれの責任に加わった」コルヴィナが重々しい口調で言った。「彼以前の製本会員たち全員と同じように。年々、一冊一冊、われわれの責任は重くなる」視線を走らせ、黒ローブ全員の顔を見る。ぼくは息を呑み、首を縮めて、背の高い金髪の学者の後ろに隠れようとする。

「われわれはひるんではならない。創始者の秘密を解かなければならない。ザイドと彼の先達全員が生きつづけられるように」

一同から低いつぶやきが漏れた。前に立つザイドはもはや泣いていなかった。落ち着きを取り戻し、いまや誇らしげできびしい顔つきになっている。

コルヴィナはしばし無言でいてから、口をひらいた。「もうひとつ、話し合わなければならないことがある」

彼が小さく手を振ると、ザイドは一同のあいだに戻った。エリックとダリウスは階段に向かう。一瞬、ぼくもふたりについていこうかと思ったけど、すぐに考えなおした。いまは周囲に完全に溶けこんでいること——常態の影ではなく、ものすごく奇異な影に隠れていること——こそ、ぼくの頼みの綱だ。

「つい先日、ペナンブラと話した」コルヴィナは言った。「この協会には彼の友人がいる。わたしもそのひとりだと考えている。そこで、彼との会話の内容を諸君に話しておくべきだと思うのだ」

あちこちから囁き声が起きた。

「ペナンブラは非常に大きな違反行為を犯した——考えうるなかで最大の違反だ。彼の怠慢のおかげで、われわれの本が一冊盗まれた」

不快そうな声にうめき声。

「サンフランシスコにおける〈アンブロークン・スパイン〉の研究の詳細が何年分も記された日誌が、暗号化されないまま、誰でも読める状態で放置されていたのだ」

ぼくはローブの下で背中に汗をかきはじめ、目がむずむずしてきた。〈バイスクル〉の箱に隠したハードディスクドライブが、ポケットのなかで鉛の塊みたいに重く感じられた。できるだけ無関心、無関係を装う。といっても、ほとんど靴をじっと見つめているだけなんだけど。

「これは重大な過失であり、ペナンブラが過失を犯したのは今回が初めてではない」

黒ローブたちからさらなるうめき声があがる。コルヴィナの落胆、軽蔑が彼らのなかに取りこまれ、増幅され、一周してまた戻ってくる。長身の黒っぽい人影がすべてひとつにまとまり、大きな不満の塊になる。カラスの大量殺戮《さつりく》だ。ぼくはすでに階段へと走るルートを選んであった。逃げる準備はできている。

「肝に銘じておいてくれ」コルヴィナがほんの少し声を大きくして言った。「ペナンブラは製本会員のひとりだ。彼のコデックス・ヴィータイはここの棚におさめられている、これからザイドのものがおさめられるように。しかし、ペナンブラの運命は保証されていない」きびきびとして自信に満ちた声。それが読書室に響き渡る。「同志よ、はっきりさせておこう。責任がこれだけ重くなり、目的がこれだけ重大になると、友情は盾にならない。もう一度、過失を犯したら、ペナンブラは燃やされる」

これを聞いて、あちこちで息が呑まれ、続いて早口に囁き声のやりとりが交わされた。周囲を見まわすと、ショックと驚きの表情が見えた。第一の読み手といえども、いまのは行きすぎだったかもしれない。

「自分の著作は安泰だと決めつけないように」コルヴィナはもう少しやさしい口調に切り換えた。「製本会員であろうが未製本会員であろうがだ。われわれは規律に従わなければならない。われわれは固い決意がなければならない。われわれはけっして」ここで言葉を切る。「気を散らしてはならないのである」息を吸う。彼は大統領候補になれるんじゃないかな――それも有望な――説得力と誠意に充ち満ちた遊説《ゆうぜい》が得意そうだ。「大事なのはテキストだ、同志よ。それを忘れないように。われわれに必要なことはすべて、すでにテキストのなかにある。それがあるかぎり、そしてわれわれに知性があるかぎり」つやつやした額を人差し指でトントンと叩く。「ほかには何も必要ないのだ」

このあと、カラスたちは飛び立った。黒ローブがザイドのまわりに群がり、祝福したり、質問を浴びせたりした。荒れた赤い頬の上で、ザイドの目はまだ濡れていた。〈アンブロークン・スパイン〉はいつもの仕事に戻りつつあった。黒ローブが鎖をぴんっと張って黒い本を引き寄せ、その上で背中を丸めている。演壇のそばではコルヴィナが中年女性と何か話し合っている。女性が大きな手振りを交えて説明をしていて、コルヴィナは下を見つめ、うなずいている。デックルがふたりのすぐ後ろをうろついていて、ぼくと目が合った。顎をすばやく動かしたが、その動作の意味は明らかだった――〝行け〟

ぼくはうつむき、バッグを背中にぎゅっと引き寄せ、書棚から離れないようにして、堂々とした足取りで出口に向かった。でも、階段まで半分ほど進んだところで、鎖につまずいて片膝をついた。手が床をバシッと打つと、ひとりの黒ローブがぼくを見て眉をつりあげた。背が高く、弾丸みたいな形に顎ひげを生やしている。

ぼくは低い声で言った。「ゆっくり急げ《フェスティナ・レンテ》」

それから、まっすぐ前を見て足早にすり足で階段に向かった。地球の表面にたどり着くまで、ずっと一段飛ばしで階段をのぼっていった。

ぼくはキャットとニール、ペナンブラと〈ノースブリッジ〉のロビーで落ち合った。三人はコーヒーと朝食を前に、どっしりしたソファに腰をおろして待っていた。健全さと現代性のオアシスのような光景だ。ペナンブラは眉をひそめている。

「おまえさん！」立ちあがって言った。ぼくをじろじろと見て、眉を片方つりあげる。ぼくはまだ黒ローブを着たままであることに気がついた。肩をすぼめてメッセンジャーバッグを床に落とし、ローブを脱ぐ。ローブはすべすべした感触で、ロビーの薄明かりのなかで光沢を放った。

「心配したじゃないか」ペナンブラが言う。「どうしてこんなに時間がかかったんだ?」

ぼくはことのしだいを話した。グランブルのスキャナがちゃんと作動したことを話し、ローテーブルの上にスキャナのつぶれた残骸を出した。ザイドの儀式についても話した。

「製本会員の儀式だな」とペナンブラが言った。「めったにあるものじゃない。それがきょう行われたとは運が悪かった」首をかしげる。「あるいはよかったのかもしれないな。〈アンブロークン・スパイン〉が要求する忍耐について、より多くを知ることができたわけだから」

ぼくはウェイターに手を振り、死にそうな気分でオートミールと〝死のブルースクリーン〟を頼んだ。まだ午前中の早い時間だけど、アルコールが必要だった。

それから、コルヴィナがペナンブラについて言ったことを報告した。

ぼくの前雇用主は骨ばった手を振った。「コルヴィナがなんと言おうと関係ない。いまはもう。大事なのはスキャンしたページに何が書かれているかだ。うまくいったなんて信じられん。アルドゥス・マヌティウスのコデックス・ヴィータイがわれわれの手にはいったとは！」

キャットがにこにこ笑いながらうなずいた。「それじゃ、始めましょ。本を光学式文字読み取り装置《OCR》にかければ、ちゃんと読めるかどうか確認できるわ」

自分のＭａｃＢｏｏｋを引っぱり出し、スリープから復帰させる。ぼくは小型ハードディスクドライブをプラグインし、中身をコピーした——中身のほとんどを。『MANVTIVS』はキャットのＰＣにドラッグしたけど、『PENVMBRA』はぼくのところに残した。彼の本をスキャンしたことはペナンブラに、というか誰にも話さないつもりだ。それはいまじゃなくていい——運がよければ、ずっと話さなくてすむ。マヌティウスのコデックス・ヴィータイはひとつのプロジェクトだ。ペナンブラのほうは単なる保険。

オートミールを食べながら、画面上でプログレスバーが伸びていくのを見守る。コピーし終わると、ピンッという音がし、キャットの指が目にも留まらぬ早さでキーボードの上を舞った。「これでよし」と彼女。「準備完了よ。実際に暗号を解読するにはマウンテンヴューに戻って助けてもらう必要があるけど……中身をプレーンテキストに変換するハドゥープ作業はスタートできるわ。いい?」

ぼくはにっこり笑った。わくわくする。キャットの頬が輝いている。デジタルの女王モードにはいってる。それに、ぼくは〝死のブルースクリーン〟がきいてきたみたいだ。ピカピカ点滅するグラスを持ちあげた。「アルドゥス・マヌティウス、万歳!」

キャットがキーボードをバシッと叩いた。ページの画像が遠くの何台ものコンピュータに向かって飛んでいく。そこで一連の記号に変換されるんだ。コピーされ、まもなく、解読されるために。もはや、どんな鎖もそれを止めることはできない。

キャットのコンピュータが仕事をしているあいだに、ぼくは『MOFFAT』と記された焼かれた本についてペナンブラに尋ねた。ニールも耳をそばだてている。

「あれは彼ですか?」

「もちろん、そうだとも」ペナンブラは答えた。「クラーク・モファットだ。彼はここ、ニューヨークであの本をまとめた。だが、その前にだな、おまえさん――彼はわれわれの店の客だったんだよ」にやりと笑ってウィンクした。ぼくが感動すると思ってるんだ。彼の読みは正しかった。ぼくは時間をさかのぼってスターに会った感動を味わった。

「しかし、おまえさんが手にしたのはコデックス・ヴィータイじゃない」ペナンブラが首を振りながら言う。「いまはもう違う」

確かに。あれは本の灰だった。「何があったんです？」

「モファットはあれを出版したんだよ、もちろん」

ちょっと待ってくれ、どういうことだよ。「モファットが出版したのは『ドラゴンソング年代記』と外伝だけですよ」

「そうとも」ペナンブラはうなずいた。「彼のコデックス・ヴィータイは、協会に入会する前に書きはじめていたサーガの三巻にして最終巻だったんだ。あの作品を書きあげて、それを協会の棚におさめるというのは、とてつもなく大きな信頼の証だった。モファットはそれを第一の読み手に――当時はコルヴィナの前任のニヴィアンだったが――提出し、認定された」

「でも、取り戻したんですね」

ペナンブラはうなずいた。「そこまでの犠牲に耐えられなかったんだな。最終巻を刊行しないままにはできなかったんだ」

それじゃ、モファットが〈アンブロークン・スパイン〉に残れなかった代わりに、ニールやぼく、それから数えきれないほどのオタク六年生が『ドラゴンソング年代記』の最終巻に頭をぶっ飛ばされたってわけだ。

「へええ」とニール。「それでいろいろ説明がつく」

ニールの言うとおりだ。ぼくら中等学校《ミドルスクール》の生徒が頭をぶっ飛ばされたのは、三巻がすごい変化球だったからだ。語り口が変化する。キャラクターが変わる。話が脱線して隠されたロジックに従いはじめる。それはクラーク・モファットが幻覚剤を使うようになったからだとずっと考えられてきた。でも、真相はさらに予想外の理由からだったんだ。

ペナンブラが顔をしかめた。「クラークは悲劇的な過ちを犯したと思う」

過ちであろうがなかろうが、世界を大きく変えた決断だ。『ドラゴンソング年代記』が完結しなかったら、ぼくはニールと仲よくならなかったはずだ。彼はいまここに座っていなかっただろう。もしかしたら、ぼくもここにいなかったかもしれない。いまごろここことは違う並行世界《ビザロユニバース》の親友とコスタリカでサーフィンをしていたかもしれない。グレーがかった緑色のオフィスにいたかもしれない。

ありがとう、クラーク・モファット。ありがとう、過ちを犯してくれて。

『ドラゴンソング年代記』第二巻

サンフランシスコに戻ると、マットとアシュリーがキッチンに一緒にいて、ふたりともややこしそうなサラダをむしゃむしゃ食べ、ふたりとも伸縮素材のアスレチックギアを着ていた。マットのウェストにはカラビナが留めてある。

「ジャノン！」とマット。「ロッククライミングはしたことあるか？」

ぼくはないと打ち明ける。ローグとしては、体力よりも敏捷性が求められるスポーツのほうが好きなんだ。

「おれもそう思ってたんだけどさ」マットがうなずきながら言う。「要るのは体力じゃないんだよ。戦略だ」アシュリーが誇らしげに彼を見る。マットは野菜を刺したフォークを振りまわしながら続けた。「どのコースも登りながら学ばなきゃならない――プランを考え、試し、修正する。真面目にさ、いま、おれの頭は腕よりも疲れてるぞ」

「ニューヨークはどうだった？」アシュリーがいちおう尋ねてくれる。

なんて答えたらいいだろう。〝そうだな、立派な口ひげを生やした、秘密図書館の館長がこれからカンカンになって怒ると思うよ。彼が保管してるとても古い暗号書を、ぼくが丸々コピーしてグーグルに送ったから。でも、いいホテルには泊まれたよ〟とか？

それはやめて、こう言った。「よかったよ」

「ニューヨークにはすてきなロッククライミング・ジムがあるんですってね」アシュリーがやれやれと首を振った。「こっちにあるのなんか比べものにならないようなのが」

「うん、〈フリスコ・ロック・シティ〉の内装は間違いなく……いただけないな」とマット。

「あの紫の壁……」アシュリーが身震いした。「きっと色なんてかまわず、セールで安くなってたペンキを買ったのよ」

「ロッククライミングの壁を塗れるなんて、めったにないチャンスなのに」マットが興奮してきた。「最高のキャンバスじゃないか！　三階分も好きに塗れるんだぞ。マットペイント（SFXで実写映像と背景画を合成する技術のこと、または描かれた背景のこと）みたいにさ。ＩＬＭの同僚に……」
詳細についてあれこれ幸せそうにしゃべるふたりを残して、ぼくはキッチンを出た。

いまこの時点で、いちばん賢明な選択肢は眠ることだ。でも、飛行機のなかでうたた寝したし、なんだかそわそわしていた。頭のなかで何かがまだ滑走路の上を旋回していて、着地するのを拒んでいるみたいに。

そこで、ぼく自身の少ない蔵書のなかからクラーク・モファット（燃やされていなくて無傷）を見つけた。シリーズをゆっくり再読している途中で、いまは二巻の終わり近くを読んでいる。ベッドにごろりと横になり、この本を新しい目で見てみようとした。ていうか――この本を書いた人は、ぼくと同じ通りを歩き、同じ薄暗い書棚を見あげたんだよ。〈アンブロークン・スパイン〉に入会し、〈アンブロークン・スパイン〉を去った。途中で、彼は何を知ったんだろう？

読みかけのページまでめくった。

ヒーローたち、すなわち学者ドワーフと退位させられた王子は第一の魔法使いの城砦を目指し、命がけで沼を渡っているところだ。もちろん、ぼくはつぎに何が起きるか知っている。前に三回もこの本を読んでるから。第一の魔法使いはヒーローたちを裏切り、ウィルム（北欧の伝承に登場する脚も翼もない元祖ドラゴン。後世、脚や翼のあるドラゴンと同一視されるようになった）の女王に引き渡すんだ。

毎回そうなるのはわかってるけど、そうならなきゃ話にならないのはわかってるけど（だって、彼らがウィルムの女王の塔にはいりこみ、最終的に彼女を打ち負かす方法なんてほかにないだろう?)、この場面を読むたびに、ぼくはつらくなる。どうしてうまくいっちゃいけないんだ? 第一の魔法使いは、ふたりにコーヒーとしばらく泊まれる安全な場所を提供するだけだっていいじゃないか。

新しくわかったことがいろいろとあっても、物語は前とおおむね同じに思えた。モファットの文章はいい——わかりやすくて安定感があって、盛りあがりを維持するのに必要なだけ、運命やらドラゴンやらについて大げさな記述が加えられている。登場人物は典型的だけど魅力がある。学者ドワーフのファーンウェンは完璧なオタクで、命を落とさずに冒険をやってのけようと必死に努力する。ハーフブラッドのテレマクは読者が憧れるヒーローだ。いつもプランがあり、解決策を知っていて、頼れる秘密の協力者——ずっと昔の犠牲的行為に恩義を感じる海賊や魔術師——がいる。実際、ちょうどいま読んでいるところは、テレマクがグリフォの黄金の角笛を吹き、ピナクの森の死んだエルフたちを生き返らせようとしている場面だった。彼らは全員、テレマクから自由になることができない。なぜなら、テレマクに解放され——。

グリフォの黄金の角笛だって。

驚いたな。

グリフォって、グリフォ・ゲリッツズーンみたいじゃないか。

ノートPCをひらいて、ぼくはメモを取りはじめた。その一節はつぎのように続いていた。

「グリフォの黄金の角笛はみごとな作りだ」ゼノドタスはそう言って、テレマクの宝物にそっと指を滑らせた。「そして、これにまつわる魔法はこれが作られたことそのもののみだ。わかるか？ これはなんの魔力も持っていない――わたしが感知できるものはな」

ファーンウェンは目を見ひらいた。おれたちはたったいま、この魔力を持つラッパを取り返すために恐怖の沼を命がけで渡ったんじゃないのか？ それなのに、第一の魔法使いはこれにはなんの力も備わっていないと言うのか？

「魔法はこの世で唯一の力ではない」老魔術師はやさしく言い、角笛を持ち主である王子に返した。「グリフォの作った楽器はあまりに非の打ちどころがないので、その音色を聞けば、死者でさえよみがえらずにいられない。呪文にもドラゴンソングにも頼らず、彼はそれを手で作った。わたしも彼と同じことができたらと思うよ」

どういう意味かわからない――でも、何か意味がある気がする。

その先の筋はよく知っている。ファーンウェンとテレマクが豪華な調度の置かれた部屋で（ようやく）まどろんでいるあいだに、第一の魔法使いが角笛を盗むんだ。それから、彼は赤いランタンに火をともすとそれを高く舞いあがらせる。ウィルムの女王の配下でピナクの森にいる匪賊《ひぞく》への合図だ。匪賊は森を荒らすのに忙しい――エルフの墓を見つけては骨を掘り出し、粉末にすりつぶしているんだ――が、その合図が何を意味するかは知っている。彼らは城砦に急襲をかけ、ハーフブラッドのテレマクが驚いて目を覚ますと、まわりに背の高い影がずらりと並んでいる。影は大声をあげて打ちかかってくる。

二巻はここで終わりだ。


「すごくてびっくりだった」とキャット。ぼくらは〈グルメ・グロット〉でグルテンフリーのワッフルをシェアしていて、キャットは新しいプロダクト・マネジメントの発会式の話をしてくれているところだった。短剣符《ダガー》みたいな形の襟がついたクリーム色のブラウスを着ている。下に着ている赤いTシャツが喉元からちらりとのぞいている。

「ほんとにすごくてびっくり」言葉を継ぐ。「これまでで最高のミーティング。完璧に……組織化されていて。何がどうなってるかが最初から最後まで正確にわかるようになってるの。全員がノートPCを持ってきて――」

「みんな、おたがいの顔を見ることはあるの?」

「あんまりない。大事なことは全部、PCの画面に表示されるから。自動で変更されるアジェンダがあって。バックチャンネル・チャットも。それからファクトチェックも同時に行われてるの! 立ちあがって発言したら、その主張を相互参照《クロスリファレンス》する人たちがいて、支持したり異議を唱えたり――」

なんだかエンジニアのアテネみたいだな。

「それにミーティングはすごく長くて、六時間ぐらい続くんだけど、ぜんぜん長く感じられないの。とっても頭を使うから。もうへとへとになるわ。吸収しなきゃいけない情報がいっぱいあって、それがすごいスピードで流れてくるのよ。で、彼ら——あたしたち——は、これまたすごいスピードで決断していくわけ。誰かが要求すると、ライブで投票が行われるんだけど、それぞれが投票するか誰かに委任……」

なんだかテレビのリアリティ番組みたいに聞こえてきた。このワッフルはひどくまずい。

「アレックスって名前のエンジニアがいるんだけど、大物なの。グーグルマップの大半は彼が作ったのよ。それでね、彼、あたしのこと、気に入ってるみたいなの——早くも一度、あたしに投票権を委任したんだもの。それって、ほんとにクレイジーなことだし。あたしは今回、選ばれたばかり——」

ぼくはアレックスの顔にこぶしを委任したくなった。

「それとね、デザイナーが山ほど、ふだんよりもずっと多くのデザイナーがいるの。選出アルゴリズムをいじったんじゃないかって、誰かが言ってた。それであたしがはいったのかもしれない。あたしはデザイナーでプログラマだから。それって最良の組み合わせだもの。何はともあれ」ようやくキャットはひとつ息をした。「あたし、プレゼンをしたの。たぶん、初参加のプロダクト・マネジメントですることじゃなかったと思うんだけど。でも、ラジに訊いたら、問題ないかもって言うから。いいアイディアかもしれない、強い印象を与えられたりとかって」またひとつ息。「マヌティウスのことを話したの」

やったのか。

「あれがどんなにすごい古書か、とんでもない歴史的貴重品で、とんでもなく古い情報が詰まっていて、それから——」

　彼女はほんとにやったんだ。

「それから、とある非営利団体が暗号を解こうとしているって説明——」

「非営利団体？」

「そのほうが聞こえがいいから、秘密結社とか言うより。とにかく、あたしは彼らが暗号を解こうとしてるって話したの。そしたら、もちろんみんな身を乗り出したわ、だって、グーグルの社員はひとり残らず暗号が好きだから——」

　本——退屈。暗号——すごくクール。それがいまインターネットを引っぱっている一団。

「そこであたし、グーグルもこれに少し時間を割《さ》くべきじゃないかって言ったのよ、なぜなら、まったく新しいことの始まりになるかもしれないから、一種の暗号解読サービスみたいな——」

　キャットは自分の聴衆をよく知っている。

「そしたらみんな、それはすごくいい思いつきに聞こえるって考えたわけ。投票が行われたわ」

　すごい。もうこそこそする必要はないんだ。キャットのおかげで、ぼくらはグーグルの正式な後援を受けられることになった。シュールだ。暗号解読はいつ始まるんだろう。

「実は、あたしが段取りをすることになったの」キャットは必要な仕事を指を使ってチェックしていく。「まずボランティアを募るでしょ。つぎにシステムを設定して、テキストがすべて問題なさそうなことを確認して——そこはジャドが手伝ってくれるはず。ミスター・ペナンブラと話さなきゃならないのは間違いないわね。彼、マウンテンヴューまで来てくれるかしら？何はともあれ。準備は、そう……二週間でできると思う。きょうから二週間ね」勢いよくうなずく。

秘密の学者たちの協会は、この仕事に五百年を費やした。それをいま、ぼくらは金曜日の朝の予定に入れようとしている。

究極のＯＫ

銀行口座が空っぽになるまで店を続けることにペナンブラが同意したので、ぼくは仕事に戻った。あるミッションと共に。まず書籍販売業者用カタログを注文した。前よりも大規模にグーグルの広告キャンペーンを展開した。サンフランシスコの大きな文学フェスティバルの事務局にメールした。そのフェスは丸一週間開催され、フレズノあたりからも金に糸目をつけない読者がやってくる。勝算は低いかもしれないけど、ぼくはいけると思うんだ。ぼくらは本物の顧客を惹きつけられる。フェスティナ・レンテ社なんて必要ないかもしれない。ここを本物の書店にできるかもしれない。

広告キャンペーンの開始から二十四時間で、孤独な人が十一人、店にはいってきた。これはすごく興奮することだ。だって、以前の店には孤独な人間がひとり——ぼくのことだ——いただけだったから。広告を見てきたのかと訊くと、新しいお客たちはうなずき、四人は実際に何かしら買っていった。四人のうち三人はムラカミの新刊を選んだ。ぼくがきれいに積んで、横にその本がどんなにおもしろいかを説明したポップを立てておいたんだ。ポップには本人の蜘蛛の脚みたいな字を真似て、〝ミスター・ペナンブラ〟とサインしてある。たぶん、人ってそういうものを喜ぶんじゃないかと思って。

深夜十二時を過ぎたころ、〈ブーティーズ〉のノースフェイスが通りを歩いているのが見えた。うつむいてバス停に向かっている。ぼくは店の入口に走った。

「アルバート・アインシュタイン！」歩道に身を乗り出して叫ぶ。

「何よ」とノースフェイス。「あたしの名前はダフネ——」

「アインシュタインの伝記がはいったんですよ」とぼくは言う。「アイザックソンが書いた。スティーヴ・ジョブズの本を書いた著者。まだ要ります？」

彼女はにっこり笑い、靴のヒールを——とっても高いヒールを——くるりと回転させた。これでひと晩に五冊売れた。新記録だ。

毎日新しい本が届く。シフトに就くためにぼくが店に行くと、オリヴァーが大きく見ひらいた、やや疑わしそうな目でぼくを見ながら、段ボールの山を見せてくれる。ぼくがニューヨークから戻り、向こうでわかったことをすべて話してからというもの、彼は少し落ち着かなそうに見えた。

「何か妙なことが行われてるとは思っていたんだ」声をひそめて言う。「でも、ずっと麻薬だと思っていた」

「なんだって、オリヴァー！　なんだと思ってたって？」

「いや、まあな。あそこにある本の何冊かにはコカインが詰まってるのかもしれないと思ってたんだよ」

「それなのに、そのことを話題にしてみようとは一度も思わなかったわけ？」

「単なる仮説だったからな」

オリヴァーは、どんどん少なくなっていく資金をぼくが気前よく使いすぎると考えている。

「金はできるだけ長持ちさせたほうがいいんじゃないか？」

「正真正銘、保存主義者の言葉だな」ぼくは舌打ちした。「金はテラコッタじゃない。増やそうとすれば増やせる。やってみなきゃ」

そんなわけで、いまや店にはティーンエイジャーの魔法使いの本がある。ヴァンパイア警察の本も。ジャーナリストの回顧録、デザイナーのマニフェスト、有名シェフのグラフィックノベルも。懐かしさから——ちょっとだけ反抗的な気分もあったかもしれない——『ドラゴンソング年代記』の新しい版を全巻三冊ずつ仕入れた。ニールのために古いオーディオブック版も注文した。あいつはもうあんまり本を読まないんだけど、ひょっとするとウェイトリフティングをしながら聴くことならあるかもしれない。

ぼくはペナンブラもわくわくさせようとした――夜間のレシートはまだふた桁だけど、前に比べたら丸ひと桁増えたわけだし。でも、彼は〝大いなる解読〟のことで頭がいっぱいだった。寒い火曜日の朝、片手にコーヒー、片手に例の謎の電書リーダーを持って店にはいってきた彼に、ぼくは書棚に新しく加わった本を見せた。

「スティーヴンスン、ムラカミ、ギブスンの最新刊、グリックの『インフォメーション』、『紙葉の家』、モファットの最新の版」ぼくは言いながら、それぞれの本を指差した。どれも小さなポップが添えてあり、全部〝ミスター・ペナンブラ〟とサインしてある。ペナンブラは自分の許可なしに名前が使われていることを不快に感じるかもしれないと心配してたんだけど、本人は気づきもしなかった。

「とてもいいじゃないか、おまえさん」電書リーダーを見おろしたまま、うなずいて言った。ぼくがいまなんと言ったか、まるでわかってないはずだ。書棚は彼から遠いものになりつつある。うなずいて電書リーダーの画面をすばやくスワイプし、それから顔をあげた。「きょうは打ち合わせがあるんだ。グーグラーが店に来る」ペナンブラが発音すると、グー・グ・ラーと三音節に聞こえた。「顔合わせと、手法についての相談のために」いったん言葉を切った。「おまえさんも出席してくれないか」

そんなわけで、その日の午後、ランチタイムが終わってすぐ、〈ミスター・ペナンブラの二十四時間書店〉で保守派《オールドガード》と改革派《ニューガード》の大いなる会合が持たれた。ペナンブラの弟子のなかでいちばんの古参が出席した――白い顎ひげのフェドロフと銀髪を短く切りそろえたミュリエルという女性だ。ぼくはミュリエルに会うのは初めてだった。昼間のお客にちがいない。フェドロフとミュリエルは師に従おうとしている。ならず者《ローグ》になる覚悟なんだ。

グーグルからはキャットが人選した派遣団がやってきた。プラケシュとエイミーはふたりともぼくより若く、あとはブックスキャナ担当のジャドだった。ジャドは低い書棚を感心した様子で眺めている。あとで何か売りつけられるかも。

ニールはダウンタウンでグーグル・ディベロッパー・コンファレンスに出席している――キャットの同僚に会って、〈アナトミクス〉合併の種を蒔いておきたいからだ――けど、イゴールを派遣してきた。イゴールはこの会合について予備知識がまったくなかったものの、なんでも即座に理解してしまうみたいだった。実のところ、店に顔をそろえてるなかでいちばん賢い人間は彼かもしれない。

検分のため、奥地蔵書の本が数冊、フロントデスクの上に大きく広げられ、そのまわりに、ぼくらが老いも若きもそろって立った。〈アンブロークン・スパイン〉の何世紀にもわたる研究に関する短期集中詰めこみコースだ。

「コレは本です」フェドロフが言う。「単なる文字の羅列じゃありマセン」ページに指を走らせる。「ですから、ワレワレは文字だけでなく、ページというテンからもケイサンしなければならない。モットモフクザツナ暗号はコノ、ページにモトヅイタ、コウセイに頼ってマス」

グーグラーたちはうなずいて、ノートPCにメモを取った。エイミーはiPadに小さなキーボードを接続している。

ドアの上のベルがチリンチリンと鳴り、黒縁眼鏡に長いポニーテールという、手脚のひょろ長い男性がひとり、慌ててはいってきた。「すみません、遅刻だ」息を切らしてあえいだ。

「やあ、グレッグ」ペナンブラが言う。

「よお、グレッグ」プラケシュも同時に言う。

ペナンブラとプラケシュは顔を見合わせ、それからグレッグを見た。

「うん」グレッグが言った。「こいつは変な感じだな」

グレッグ――ペナンブラの謎の電書リーダーの提供元！――はグーグルのハードウェア・エンジニアであり、〈アンブロークン・スパイン〉サンフランシスコ支部の見習いでもあることが判明した。さらに、彼はこの場に欠くことのできない貴重な存在だということも。ペナンブラの書店クルーとグーグラーのあいだの通訳をこなしてくれたからだ。いっぽうのグループに並列処理のなんたるかを説明し、もういっぽうに二つ折り版の説明をし。

ブックスキャナ担当のジャドも非常に重要な存在だった。今回みたいなことを実際に経験済みだからだ。「OCRエラーがあるはずだよ」彼は説明した。「たとえば、小文字のfがsと読み取られる」ノートPCにfとsを打って、ぼくたちに並べて見せた。「小文字のrの横にnがあるとmみたいに見える。aが4になったり、似たようなことがいっぱいあるんだ。そういうありがちな間違いを全部、修正しなければならない」

フェドロフがうなずいて口をはさんだ。「ソレト、テキストの光学固有ベクトルについてもデス」

グーグラーたちはぽかんとしてフェドロフの顔を見た。

「ワレワレは光学固有ベクトルについても修正しなければなりマセン」わかりきったことだという口調で、フェドロフがくり返す。

グーグラーはグレッグの顔を見た。彼もぽかんとした顔をしている。

イゴールがやせこけた手をあげてさらりと言った。「ワレワレはインク浸潤値のトリー・ディメンション・メトリクスを作れるんじゃないかと思うんですが?」

フェドロフの白い顎ひげがぱかっと割れて笑顔になった。

グーグルが『MANVTIVS』を解読したら、何が起きるだろう。もちろん、起こらないとわかっていることはある。ペナンブラの亡き同志は生き返らない。よみがえりはない。ジェダイ・スタイルで青くぼんやりしたカメオ出演をすることもない。現実の人生は『ドラゴンソング年代記』とは違うんだ。

それでも、大きなニュースにはなるかもしれない。だって、初期の偉大な出版業者が遺した秘密の本がデジタル化され、暗号を解読され、公表されたら?〈ニューヨーク・タイムズ〉がネット記事に取りあげるかもしれない。

サンフランシスコ支部のメンバー全員をマウンテンヴューへ招待して、現場を見てもらうべきだという話になった。ぼくはよく知っているメンバーへの連絡をペナンブラからまかされた。

ローズマリー・ラピンから始めた。丘の斜面にあるホビットの穴蔵みたいな彼女の家まで急坂をのぼり、玄関を三回ノックした。ほんの少しだけドアが開き、ラピンの大きな片目がまばたきをくり返しながらぼくを見た。

「あら!」甲高い声をあげたかと思うと、彼女はドアをいっぱいに開けた。「あなただったのね! どうした――というか、どうしてた――というか――何があったの?」

彼女はぼくをなかに招きいれ、窓を開け、両手を振ってマリファナのにおいを消そうとした。ぼくはお茶を飲みながら話しはじめた。ラピンは目を大きく見ひらき、むさぼるように聴きいった。いますぐ読書室に行って、あの黒ローブを着たいと思っているのがわかった。その必要はないかもしれないと、ぼくは言った。〈アンブロークン・スパイン〉の重大な秘密は、ほんの数日後に解き明かされるかもしれないと。

ラピンの表情がうつろになった。「まあ、それはすごいわね」ようやく、彼女はそう口にした。

正直言って、もう少し興奮してくれると思ってたんだけどな。

ティンダルに話すと、彼の反応はラピンよりもよかった。でも、彼は謎が解き明かされようとしていることに興奮しているのか、それともなんに対してもこういう反応を見せるのか、わからなかった。〈スターバックス〉は本みたいなにおいがする新しいラテを売り出すそうですよ、そう話しても、彼は同じことを言うかもしれない。

「すばらしい！　くらくらする！　そう来ないとな！」頭に載せた両手が、灰色の巻き毛のなかにもぐっていく。ティンダルは部屋のなかをぐるぐると歩きまわった。海の近くに建つ、小さなひと部屋のアパートメントで、囁きのような霧笛が交わされるのが聞こえる。ティンダルの肘が壁にこすれたり、写真立てを変な角度にずらしたりする。そのうちのひとつが床に落ちたので、ぼくは拾おうと手を伸ばした。

それは乗客で満杯のケーブルカーがありえない角度で映っている写真で、前のほうにこざっぱりした青い制服姿のティンダル本人がいた。満面に笑みを浮かべ、車輛から半分身を乗り出し、空いているほうの手をカメラに向かって振っている。ケーブルカーの車掌、ティンダル。うん、想像できる。きっと――。

「とびきり上等！」彼はまだ旋回していた。「言葉もない！　いつだ？　どこで？」

「金曜日の朝です、ミスター・ティンダル」ぼくは彼に教えた。金曜日の朝、明るく輝くインターネットの中心地で。

キャットには二週間近く会ってない。彼女は〝大いなる解読〟に向けてあれこれ手配するのと、そのほかのグーグル・プロジェクトのことで忙しいんだ。プロダクト・マネジメントは食べ放題のビュッフェみたいなもので、彼女は空腹だった。ぼくの軽薄なメールには一度も返信してこなかったたし、ショートメールを送ってくるときに書いてあるのは二語だった。寒い日で、ようやく木曜日の夜に、スシ・デートをしてとりとめのない話をした。キャットは千鳥格子のブレザー、その下に光沢のあるブラウスと薄手のグレーのセーターという格好だった。もう赤いTシャツの影はちらりとも見えない。

ついに全貌を現したグーグルのプロジェクトについて、キャットはとうとう話した。3Dウェブ・ブラウザの開発。自動運転車の開発。スシ検索エンジンの開発——ここで彼女はぼくらの夕食に箸を突き刺した——供給維持が可能で水銀のはいっていない魚を、人々が見つける手伝いをするのが目的だ。タイムマシンの開発。うぬぼれを原料にした一種の再生可能エネルギーの開発。

彼女が新しいメガ・プロジェクトについて話すたび、ぼくは自分がどんどん小さくなっていくような気がした。人は何かひとつのこと——あるいは誰かひとり——に長いあいだ興味を持ちつづけられるだろうか？ 世界中が自分のキャンバスになるってときに？

「でも、あたしがいちばん興味があるのは」キャットが言う。「グーグル・フォーエバーよ」そうだった。寿命の延長。彼女はうなずく。「あのチームにはもっとリソースが必要で、あたし、PM内の彼らの協力者になろうと思って——彼らの主張の正しさを本気で説明するつもりなの。長い目で見れば、あれがあたしたちにできるいちばん重要な研究かもしれない」

「どうかな、自動運転の車っていうのもすごくかっこいい——」

「あした、彼らに新しい研究素材を渡せるかもしれない」キャットは先を続けた。「例の本にクレイジーな発見があったら、どうする？ たとえばDNA配列とか？ あるいは新薬の製法だとか？」目が輝いている。いや、すごいよな——こと不死となると、彼女の想像力はとどまるところを知らない。

「中世の出版業者をずいぶん高く買ってるんだね」とぼく。

「人は印刷機を発明する千年も前に地球の外周を計算してたのよ」キャットは鼻を鳴らした。

つぎに箸をぼくに突きつける。「あなたなら地球の外周を計算できた？」

「そうだな――ノーだ」ぼくはちょっと口をつぐんだ。「待ってくれ。きみは？」

キャットはうなずく。「できたわ、実際、すごく簡単だもの。大事なのは、昔の人は昔なりの知識を持ってたってこと。昔の人が知っていたのに、あたしたちがまだ再発見していない知識もある。ＯＫとＴＫ、憶えてる？　古い知識《オールド・ナリッジ》。あの本は究極のＯＫかもしれない」

食事のあと、キャットはぼくと一緒にアパートメントには帰らなかった。読まなきゃいけないメール、レビューを書かなきゃならないプロトタイプ、編集しなきゃいけないページがウィキにあると言って。ぼくはたったいま、木曜の夜のデート相手としてマジでウィキに負けたのか？

地球の外周を計算しようと思ったら、まず最初に何をしたらいいんだろうと、夜道をひとりで歩きながら考えた。見当もつかない。ぼくだったら、たぶんググるだけだな。

電話

アルドゥス・マヌティウスが何世紀も前に著したコデックス・ヴィータイに、キャット・ポテンテが総攻撃をかける予定になっているのはあすの朝だ。彼女によってグーグラー小隊が招集され、ペナンブラ隊も招待されている。わくわくする——正直言って、本当にわくわくする——けど、同時に不安でもある。このあと〈ミスター・ペナンブラの二十四時間書店〉がどうなるか、わからないからだ。ペナンブラ自身は何も言ってないけど、この店を閉めるつもりでいるんじゃないかという気がする。だって、そうだろう。永遠の命がもうすぐ手にはいるってときに、古ぼけた本屋なんてお荷物を誰が必要とする？

あすの結果しだいだ。何が起こるにしても、きっといいショーになる。終わったら、ペナンブラは将来について話す気になるかもしれない。ぼくはいまだに例のバス停に広告を出したいと思ってる。

静かな夜で、お客はまだふたりしか来ていない。ぼくは棚を眺め、新しく仕入れた本を並べなおした。『ドラゴンソング年代記』をもう少し上の棚に移し、そのとき一巻をなんとなく手の上でひっくり返した。裏表紙には三十代のクラーク・モファットの小さな白黒写真が載っている。ぼさぼさの金髪、もじゃもじゃの顎ひげ。無地の白いTシャツを着て、歯を見せて笑っている。写真の下にはつぎのように書いてある。

クラーク・モファット（一九五二—九九）作家でカリフォルニア州ボリナスに住んでいた。ベストセラー『ドラゴンソング年代記』と児童書『ファーンウェンのそのほかの物語』の著者として最もよく知られている。合衆国海軍士官学校卒。原子力潜水艦ウェストヴァージニアに通信員として乗艦。

あることを思いついた。これまで一度もやったことがないこと――ここで働きはじめてから、やってみようとは一度も考えなかったことだ。日誌からある人物を捜してみよう。

見たいのはこっそりグーグルへ持っていった日誌Ⅶだ。なぜなら、八〇年代なかばから九〇年代初めまでのことが記録されているから。ノートPCにはいってる未加工のテキストファイルを見つけて、コマンドキー＋Fで特定の人相書きを捜す――ぼさぼさの金髪、顎ひげを生やした人物を。

違うキーワードを試したり、誤検出に目を通したりでちょっと時間がかかった（日誌には顎ひげを生やした人物が何人も登場することが判明した）。ぼくが見ているのはOCR変換されたテキストで、手書きじゃないから、誰がどれを書いたのかわからないけど、このなかにはエドガー・デックルのメモが含まれているはずだ。ぼくが捜している記録を残したのが彼だったらいいな――あった。

会員番号6HV8SQ――。

見習いが『KINGSLAKE』を受けとり、ありがとうと言って陽気に帰っていった。建国二百年記念の白いTシャツ、リーバイス501、ごついワークブーツという格好。たばこのせいで嗄《か》れた声。半分ほど空になったたばこの箱がポケットからのぞいている。淡い金髪を、当店員が記録したことのあるなかでいちばん長く伸ばしていた。こちらがそう言うと、見習いは説明した。「ウィザードの長さに伸ばしたいんだ」九月二十三日月曜、午前一時十九分。晴天。潮の香り。

クラーク・モファットのことだ。絶対に。この記録は深夜につけられてるから夜勤の時間帯で、すなわち〝当店員〟は期待どおりエドガー・デックルだということだ。別の記録が見つかった。

見習いは創始者の謎をすばやく解き進んでいる。ただし、そのスピードよりも際立っているのが彼の自信だ。見習い（当店員も含めて）の特徴である、迷いやいらだちがまったく見られない。よく知っている曲を演奏しているか、よく知っているダンスを踊っているかのようだ。青いTシャツ、リーバイス501、ワークブーツ。髪はさらに長くなっていた。『BRITO』を借りていく。十月十一日金曜、午前二時三十一分。霧笛の音。

記録はまだ続いている。メモは簡潔だけど、メッセージははっきりしてる。クラーク・モファットは〈アンブロークン・スパイン〉の天才だった。ひょっとして……可視化して現れた黒っぽい点のつながりは彼だったのだろうか？　ほかの見習いがまつげや耳たぶをたどるのが精いっぱいだったあいだに、創始者の顔全体を走りまわったのは彼だったのか？　特定のメモと可視化した結果をリンクする方法がたぶんあるはず——。

ベルがチリンチリンと鳴り、延々と続くテキストファイルをスクロールしていたぼくははっと顔をあげた。遅い時間だし、協会の会員だろうと思ったら、黒いプラスチックの箱を引きずるマット・ミッテルブランドだった。箱は巨大で、マットよりも大きく、戸口に引っかかってしまっている。

「どうしたんだよ？」ぼくは箱をなかに入れるのを手伝いながら訊いた。ごつごつした頑丈な箱で、重い金属のバックルがついている。

「ミッション敢行のために来た」マットが荒い息で答える。「今夜はおまえの最後の夜なんだろ？」

ペナンブラのやる気のなさについて、ぼくはマットに愚痴をこぼしていたんだ。「もしかしたら。たぶん。これはいったいどういうことなんだ？」

マットは箱を傾けて床に置き、バックルをはずし（バチン、バチンと重々しい音がした）、ふたを大きく開けた。発泡スチロールの緩衝材のあいだに撮影機器がはいってる——丈夫そうなケーブルと水晶玉みたいな電球がついた照明器具、折りたたみ式の太いアルミのスタンド、渦巻き状にまとめたオレンジ色の長いケーブル。

「この店の詳細な記録を作る」マットは腰に両手を置き、鋭い目つきで店内を見まわした。「ここは記録に残されるべきだ」

「つまり、なんだ？　写真撮影会？」

マットはかぶりを振る。「それじゃ、部分的な記録にしかならない。おれは部分的な記録は大嫌いなんだ。おれたちはありとあらゆる表面をありとあらゆる角度から撮る。明るく、むらのない照明の下で」いったん言葉を切った。「あとで再現できるようにな」

ぼくは口をぽかんと開けた。

マットは先を続ける。「おれは城や豪邸を写真から再現したことがある。この店はちっこい。三、四千枚も撮ればすむだろう」

マットがやろうとしていることは完全に常軌を逸してるし、こだわりが強すぎるし、もしかしたら不可能かもしれない。言い換えるなら——この店にぴったりだ。

「で、カメラはどこ？」ぼくは尋ねた。

それを合図に、ドアの上のベルがもう一度チリンチリンと鳴り、ニール・シャーが首からでっかいニコンをさげ、両手に真緑のケールジュースがはいった壜を一本ずつ持って飛びこんできた。「休憩用に爽快な飲みものを持ってきた」壜を高く持ちあげる。

「ふたりともおれのアシスタントだ」マットは黒いプラスチックの箱をつま先で軽くつついた。「セッティングを始めてくれ」

店は熱と光で爆発しそうだった。マットの照明はすべて数珠つなぎにしてフロントデスクの後ろのコンセントに差しこんである。きっとヒューズが飛ぶと思う。あるいは、この通り全体の変圧器が。〈ブーティーズ〉のネオンサインは今夜、アブないかもしれない。

マットは店の梯子のひとつにのぼっている。カメラ移動車《ドリー》の代わりで、それをニールにゆっくり押してもらって店を端から端まで移動する。顔の前にしっかりとニコンを構え、ニールが大きく等間隔に足を踏み出すたび、シャッターを切る。シャッターが押されると部屋の四隅とフロントデスクの後ろに置かれた照明がつき、毎回、バシッ、バシッと音がする。

「なあ」ニールが言う。「この写真を使って3Dモデルも作れるぞ」ぼくの顔を見る。「つまり、もうひとつってことだ。おまえの3Dモデルもなかなかよかった」

「いや、言いたいことはわかったよ」ぼくはフロントデスクに座り、記録しておかなきゃならない詳細のチェックリストを作っているところだった。窓に書かれた縦長の文字の全体と時の経過でかすれ、ぎざぎざになった端っこ。ドアのベルとその舌、ベルを留めている弓形の鉄のブラケット。「ぼくのは古いアーケードゲームみたいだよな」

「インタラクティブにできるぞ」とニール。「主観視点にしてさ、写真みたいなリアルさを追求して、探検できるようにするんだ。時間帯を選べるようにしてもいい。棚が影を作るようにして」

「やめてくれ」梯子の上からマットがうめいた。「3Dモデルなんてヘドが出る。おれはミニチュアの本が置かれた、ミニチュアの店を作りたいんだ」

「それとミニチュアのクレイも?」ニールが尋ねる。

「もちろん。レゴで作ろうか」マットが梯子をさらにのぼると、ニールがまた押して戻る。照明がバシッ、バシッと光って、ぼくの目のなかに赤い点を残す。梯子を押しながら、ニールは3Dの長所を列挙していく。3Dはより詳細だし、より世界にはいりこめるし、コピーが無限にできる。マットはうめきつづける。バシッ、バシッ。

こうした明るい騒音のせいで、ぼくはその音を聞き逃しそうになった。ただ耳がむずむずしただけかと思ったけど、うん。店のどこかで電話が鳴っている。相変わらず照明がバシッ、バシッと光りつづけるなか、撮影が行われているのと平行する書棚のあいだを通って、ぼくは小さな休憩室にはいった。ベルの音はペナンブラの事務室から聞こえてくる。〝関係者以外立ち入り禁止〟と書かれたドアを押し開け、跳ねるようにして階段をあがる。

照明のバシッ、バシッという音が小さくなり、電話(古いモデムの隣に置かれたやつ)のリンリンという音が大きく、執拗になった。時代遅れの強力な騒音発生器のせいだ。電話は鳴りつづけていたけど、心当たりのない電話に対するぼくのいつもの対処法——鳴りやむまで待つ——がきくかもしれないとひらめいた。

リンリン。

このごろ、電話によってもたらされるのは悪い知らせだけだ。〝あなたの学生ローンは支払期限を過ぎてます〟〝あなたのクリスおじさんが入院しました〟何かおもしろいこと、わくわくすること、たとえばパーティや進行中の秘密のプロジェクトへの誘いなんかはインターネットを通じて届く。

リンリン。

だめか。そうだな、これはいったいなんの騒ぎだ――フラッシュを派手にピカピカさせたりして――と尋ねる近所の住人からの電話かもしれない。〈ブーティーズ〉のノースフェイスが大丈夫かと心配して電話してきてくれたのかもしれない。だとしたらやさしいよな。ぼくは受話器を取りあげ、感じのいい声で言った。「〈ミスター・ペナンブラの二十四時間書店〉です」

「彼を止めろ」名乗りもせず、前置きもなしに、声が言った。

「ええと、番号間違いだと思いますよ」ノースフェイスじゃない。

「断じて番号間違いではない。わたしはきみを知っている。例の若者だろう――例の店員だ」

声の主が誰かわかった。静かで力強く、歯切れのいいしゃべり方。コルヴィナだ。

「きみの名前は?」と彼が訊く。

「クレイです」と答えはしたけれど。「ミスター・ペナンブラと直接話したいですよね。朝になってからもう一度かけなおして……」

「いや」コルヴィナは淡々と言った。「われわれが所有するいちばん貴重な品物を盗んだのは、ペナンブラではない」知ってるのか。そうだ、知ってるんだ。でも、どうして? きっとまたカラスのひとりだろう。ここサンフランシスコから情報が漏れたんだ。

「ええと、厳密には盗んだとは言えないと思いますよ」まるでコルヴィナがこの部屋にいるかのように、ぼくは自分の靴をじっと見つめた。「というのも、ほら、あれはたぶん公有財産《パブリック・ドメイン》で……」ぼくは口をつぐんだ。こんなことを言ってもなんにもならない。

「クレイ」コルヴィナがなめらかで邪悪そうな声で言う。「きみが彼を止めるんだ」

「すみません、でも、ぼくはあなたたちの……宗教を信じていないんです」とぼくは答えた。たぶん面と向かっては言えない台詞だ。弓形の黒い受話器を頬にぐっと押しつける。「だから、ぼくらが古い本をスキャンしても何も変わらないと思います。あるいはスキャンしなくても。それは、なんていうか、天地がひっくり返るほど重要とかそんなことじゃないでしょう。ぼくはボスを――友人を手助けしているだけです」

「きみがやっているのは正反対のことだぞ」コルヴィナが静かに言う。

ぼくは返事をしない。

「われわれが信じていることをきみが信じていないのはわかっている」とコルヴィナ。「わかっているとも。しかし、信じていなくても、エイジャックス・ペナンブラが剃刀《かみそり》の刃の上に座っている状態なのはわかるはずだ」いったん口をつぐみ、いまの言葉が心にしみこむのを待つ。「わたしはきみよりも長くペナンブラを知っているんだ、クレイ――ずっと長く。だから、ペナンブラについて話させてくれ。彼は昔から夢想家で、たいへんな楽天家でもあった。きみが彼に惹かれるのはわかる。きみたちカリフォルニアの人間はみんな――わたしも以前はそっちに住んでいた。どんなところかは知っている」

そうだった。ゴールデンゲイトブリッジの前に立つ若者。彼はいま部屋の壁からぼくにほほえみかけ、元気に親指を立ててみせている。

「わたしのことをニューヨークにいる冷たいだけのCEOと思っているんだろう。わたしはきびしすぎると。しかし、クレイ――規則をきびしく守らせることが真のやさしさの現れである場合もあるんだ」

コルヴィナは何度もぼくの名前を呼ぶ。これをよくやるのはおもにセールスマンだ。

「わが友、エイジャックス・ペナンブラはこれまでにたくさんのこと――たくさんの計画――を試してきたし、それはとても手のかかったものだった。彼はいつもあとちょっとでブレイクスルーできるというところまでいった――少なくとも、本人の頭のなかでは。わたしは彼と知り合って五十年だ、クレイ――五十年だぞ！　その間、ペナンブラの計画がいくつ成功したか知っているか？」

厭な予感――。

「ひとつも。ゼロだ。彼はいまきみがいる店を――かろうじて――維持してきたが、ほかに重要なことは何ひとつ成し遂げていない。そして今度の、最後にして最大の計画だが――これも成功はしない。きみ自身、たったいま何も変わらないと言ったじゃないか。この計画はくだらないし、失敗する。で、そのあとはどうなる？　わたしは彼のことが心配なんだ、クレイ。心から――彼の最も古い友人として」

コルヴィナはいまぼくにジェダイのマインドトリックを使っている。それはわかっていた。でも、本当に巧みなジェダイ・マインドトリックだ。

「わかりました」ぼくは言った。「わかりましたよ。ペナンブラが、明らかに、ちょっと変なのはわかってます。ぼくはどうすればいいんですか？」

「わたしにできないことをするんだ。わたしだったら、きみが盗んだコピーを削除する。コピーをひとつ残さず。しかし、わたしがいる場所は離れすぎている。だから、きみが力を貸してくれ。われわれの友人を助けてくれ」

まるでぼくのすぐ横に立っているみたいに聞こえる。

「ペナンブラを止めろ。さもないと、最後の失敗に彼は打ちのめされるだろう」

受話器が電話の架台に戻されている。電話を切ったのはよく憶えてないけど。店内は静かだ。もう表からバシッ、バシッという音は聞こえてこない。ペナンブラの事務室の、何十年にもわたってデジタル化を夢見た残骸にゆっくり目を走らせると、コルヴィナの警告に納得がいきはじめた。ニューヨークでぼくらに自分の計画を説明していたときのペナンブラの表情が思い出され、ますます納得がいった。もう一度、例の写真を見る。突然、強情なのはコルヴィナではないという気がしてきた――ペナンブラだ。

ニールが階段の上に現れた。

「マットが手伝ってくれってよ。ライトか何かを持っていてもらいたいらしい」

「オーケイ、いいとも」ぼくは勢いよく息を吸いこんでコルヴィナの声を頭から追い払い、ニールのあとについて店に戻った。ぼくらは埃をいっぱい舞いあがらせていたので、書棚の隙間から差すライトの光で羽毛みたいな塵――紙の微小な破片、ペナンブラの皮膚、ぼくの皮膚の薄片――の形が明るく浮かびあがり、そして輝いていた。

「マットはこういうことがすごくうまいだろう?」ぼくは別世界のような雰囲気の周囲を見ま

わして言った。

ニールがうなずく。「あいつはすごいね」

マットはぼくに光沢のある巨大な白い厚紙を渡して、しっかり持っているようにと言った。フロントデスクのアップを撮っているところで、最高に集中してる。厚紙が反射する光はほんのわずかで、木のデスクの見え方にどれだけの違いがあるのか、ぼくにはわからないけど、照明の明るさとむらのなさに関して重大な貢献をしているにちがいない。

マットは撮影を再開したが、大きなライトはもはや穏やかな光を放っているだけになっていたので、カメラのカシャッ、カシャッという音が聞こえた。ニールはマットの後ろに立ち、片手でライトを持ち、片手で二杯目のケールジュースを音を立てて飲んでいる。

厚紙を持って立ちながら、ぼくは考える。

コルヴィナは本心からペナンブラを心配しているわけじゃない。彼の頭にあるのは支配することで、ぼくを手先にしようとしているんだ。地理的な距離があってよかった。あの声をじかに聞かされたらたまらない。とはいえ、あいつはじかに説得しようとなんてしないかもしれない。黒ローブの一団を率いて乗りこんでくるほうを選ぶかもしれない。でも、それはできない。ぼくらはカリフォルニアにいるから。大陸が盾になってくれている。コルヴィナは気づくのが遅すぎ、だから使えるのは声だけだった。

マットはさらにデスクに近づき、どうやら分子レベルで詳細を記録しようとしているようだった。最近、ぼくが毎日とても長い時間を過ごしている場所の。一瞬、ぼくの前にいい構図のポートレイトが現れた。小柄なマットが体を縮め、汗をかきながらカメラを目に押しつけていて、大柄でがっしりしたニールが笑顔でライトをしっかり持ち、ケールジュースをズルズルと飲んでいる。ぼくの友人たちが一緒にもの作りをしている。これには信頼が必要だ。この厚紙がどんな役に立っているのかはわからないけど、ぼくはマットを信じている。すばらしいものができるのはわかってる。

コルヴィナは間違っている。ペナンブラの計画が失敗したのは、彼が救いようのない変人だからじゃない。コルヴィナの言うとおりなら、新しくてリスクがあることは誰も試しちゃいけないことになる。ペナンブラの計画が失敗したのは、充分な協力がなかったからかもしれない。彼にはマットやニールが、アシュリーやキャットがいなかったのかもしれない――これまでは。

コルヴィナは言った。〝ペナンブラを止めろ〟

違う。正反対だ。ぼくらは彼に協力する。

朝が来たけど、ペナンブラは待っても来ないとわかっていた。彼は自分の名前がついた店ではなく、グーグルへ向かう。あとほんの二時間で、ペナンブラと彼の同志が何十年、何百年にもわたって格闘してきたプロジェクトがついに実を結ぶんだ。いまごろどこかでお祝いのベーグルを食べているところだろう。

店では、マットが灰色の発泡スチロールの棺にライトをしまっているところだ。折りたたまれた白い厚紙をニールがゴミ箱に捨てにいく。ぼくはオレンジ色のケーブルを巻きあげ、フロントデスクの上を片づける。何も変わっていないように見えた。何も動いていない。それでも、何かが違っている。ぼくらはありとあらゆる表面の写真を撮った――書棚、机、ドア、床。本も一冊残らず、手前のも奥地蔵書のもカメラにおさめた。もちろん、なかのページは撮らなかった――撮ったら、プロジェクトの規模が違ってくる。もしペナンブラの店の3Dモデル〈スーパー・ブックストア・ブラザーズ〉をプレイしていて――正面の窓からピンクイエローの光が差し、奥のほうは細かい埃が霧みたいに舞っている――美しい装丁の本を一冊、実際に読んでみたいと思ったら……残念でした。ニールの3Dモデルは店の体積とはマッチしても、密度とはマッチしないんだ。

「朝めしにするか?」とニール。

「朝めしにしよう!」とマットが同意する。

そこで、ぼくらは店をあとにする。これで終わりだ。ぼくは明かりを消し、外に出てからしっかりとドアを閉めた。ベルがチリンチリンと朗らかに鳴る。ぼくはついに鍵をもらわずじまいだった。

「写真を見せてくれ」ニールがマットのカメラをつかんで言う。

「まだだめだ、まだ」マットはカメラを脇にはさむ。「グレーディングしないと。これは単なる原材料だからな」

「等級分け《グレーディング》だって? ABCとか?」

「カラーグレーディング――カラーコレクションだよ。言い換えるなら――すごくクールに見えるようにひと手間加える必要があるのさ」眉を片方だけあげる。「あんたは映画スタジオと仕事してるんだと思ってたよ、シャー」

「こいつが話したのか？」ニールがくるっと振り向き、目を剝いてぼくを見た。「おまえ、話したのか？　契約書があるんだぞ！」

「来週、ＩＬＭに寄ってくれ」マットが落ち着いた口調で言う。「一部、見せるよ」

もうふたりとも歩道をずいぶん先まで、ニールの車までの距離を半分ほど歩いていたけど、ぼくはまだ店の大きな窓の前に立っている。ガラスには美しいゲリッツズーン体の大きな金色の文字で〝ミスター・ペナンブラの〟と記されている。なかは暗い。ぼくは協会のロゴマーク――本みたいにひらかれた両手――に片手を置いた。そして離すと、手の脂で指紋が五つあとに残った。

マジでデカい銃

五百年間破られなかった暗号を、ついに解読するときが来た。

キャットは巨大スクリーンがあるデータ可視化円形劇場を徴用していた。社員食堂からテーブルを運びこみ、前のほうに並べてある。ピクニックスタイルの管制センターみたいだ。

天気は快晴。あざやかな青色の空にコンマや渦巻き模様みたいな細く白い雲が点々と浮かんでいる。スクリーンを調査するため、ハチドリが低空でホバリングしていたかと思うと、明るいひらけた芝地へビュッと戻っていった。遠くから音楽が聞こえてくる。グーグル吹奏楽団がアルゴリズムに従って生み出されたワルツを練習中なのだ。

円形劇場の下のほうでは、キャットによって精選された暗号解読部隊が準備を進めている。色とりどりのステッカーやホログラムがびっしりと貼られた個性的なノートPCを取り出し、グーグラーたちは電源と光ファイバーに接続して、指を曲げたり伸ばしたりしている。

そのなかにイゴールがいた。書店で頭が切れるところを見せたおかげで、特別に招待されたんだ——きょうはビッグボックスのなかでプレイすることが許されている。ノートPCの上に身を乗り出し、やせこけた手が青みを帯びたかすみにしか見えないほどの高速で打鍵していて、グーグラーふたりが肩越しに目を見張ってのぞきこんでいる。

キャットは見まわりながら、グーグラーひとりひとりと言葉を交わしている。ほほえみ、うなずき、背中を軽く叩く。きょう、彼女は将軍で、ここにいるのは彼女の部隊だ。

ティンダル、ラピン、インバート、そしてフェドロフが地元のほかの見習いと一緒に集まっていた。みんな石造りの階段のいちばん上に一列に並んで座っている。まだやってくる。銀髪のミュリエルと、ポニーテールのグーグラー、グレッグも来た。きょうグレッグは協会の仲間と一緒にいる。

協会員の多くは中年だけど、ラピンみたいにかなり年配に見える人もいるし、さらに年上の人も何人かいた。車椅子に乗ったものすごく高齢の男性がひとりいて、目玉が見えないほど眼《が》窩《か》が落ちくぼんでいる。頰は青白く、ティッシュペーパーみたいにしわしわで、こざっぱりしたスーツ姿の若いつきそいが車椅子を押している。男性がしわがれた声であいさつすると、フェドロフは彼の手を握った。

ようやくペナンブラが現れた。円形劇場の端でみんなに囲まれ、これから何が起きるかを説明している。笑顔で両手を振り動かし、テーブルについているグーグラーたちを指したかと思うと、キャットを、ぼくを指し示した。

コルヴィナからの電話のことはペナンブラに話してないし、話すつもりもない。もう第一の読み手なんてどうでもいい。大事なのはこの円形劇場にいる人たちと、いくつものスクリーンに映し出される謎だ。

「こっちへおいで、おまえさん、こっちこっち」とペナンブラが言った。「ミュリエルをちゃんと紹介せんとな」ぼくはにっこり笑って彼女と握手した。きれいな人だ。髪はほとんど白に近い銀色だけど、肌はなめらかで、目尻にごく微細なしわが浮かんでいるだけだ。

「ミュリエルはヤギ牧場を経営しているんだ」とペナンブラが言った。「おまえさんも、あの、あー、友達を連れていくといい」ペナンブラはキャットのほうを頭で指した。「ぜひとも彼女を連れていくべきだ。すばらしい遠足になるぞ」

ミュリエルがほほえんだ。「春がいちばんいい季節よ。赤ちゃんヤギがいるから」ペナンブラに向かって、ふざけて叱るような調子で言う。「あなたはよく牧場を宣伝してくれるけど、エイジャックス、あなた自身にももっと来てほしいわ」彼にウィンクする。

「ああ、ずっと店のせいで忙しかったんだよ」とペナンブラ。「しかし、このあとはどうなるかな?」手を振り、口を大きく開けて、何が起きるかわからないぞという顔で眉を寄せる。「このあとは、どんなこともありだ」

ちょっと待った——このふたりのあいだには何かあるのか? まさか、ありえない。

まさか、ありうるかもしれない。

「オーケイ、みんな、静粛に!」キャットが円形劇場の前のほうに立ち、大きな声で言う。石造りの階段に集まったおおぜいの学者を見あげるようにして話しかける。「さて、あたしはキャット・ポテンテ。このプロジェクト担当のPMです。きょうは集まってくれてありがとうございます。でも、いくつか注意事項があります。第一に、Wi-Fiは使えるけど、光ファイバーを利用できるのはグーグル社員だけです」

ぼくは協会の一同に目を走らせた。ティンダルはズボンに長い鎖でつながれた懐中時計を持っていて、時間を確認している。光ファイバーの件は問題なさそうだ。

キャットはプリントアウトしたチェックリストをちらりと見た。「第二に、ここで目にすることはブログやツイッターに書いたり、ライブ配信したりしないでください」

インバートはアストロラーベ(古代ギリシアや中世アラビアの天体観測器)を調節している。真剣に——問題なさそうだ。

「第三に」キャットはにやりとした。「長くはかからないから、あんまりくつろぎすぎないで」

ここからは自分の部隊に向けて言う。「あたしたちが取り組むのがどういう種類の暗号かはわかってないの。それをまず突きとめる必要があるわ。そこで並行作業でいきましょ。二百台のバーチャルマシンがビッグボックスのなかで準備万端、待ってるから、〝コデックス〟とタグをつけてくれれば、暗号は自動的に正しい場所に導かれるわ。みんな、準備はいい?」

グーグラーは全員うなずいた。ひとりの女子は色つきゴーグルをかけた。

「スタート」

スクリーンがぱっと明るくなり、データの可視化と精査の集中攻撃が始まった。『MANVTIVS』のテキストが、プログラムとコンソールに好まれる四角に区切られた形で明るく点滅する。これはもう本じゃない。単なるデータだ。散布図と棒グラフがスクリーンにつぎつぎ現れる。キャットの指示で、グーグルのマシンがデータを九百とおりに処理、再処理する。九千とおり。まだ何も起きない。

グーグラーたちはテキストから何か——なんでもいい——メッセージを見つけようとしている。一冊丸ごとかもしれないし、ほんの数文かもしれないし、たった一語かもしれない。誰も、〈アンブロークン・スパイン〉のメンバーでさえ、何が待っているのか、あるいはマヌティウスがどうやって暗号化をしたのか知らないし、そのことがこれをとても手強《てごわ》い難題にしている。ありがたいことに、グーグラーはとても手強い難題が大好きだ。

彼らはさらにクリエイティブになった。スクリーンを×印や渦巻き模様、色彩の銀河が流れていく。グラフが新たな次元に広がりを見せる——最初は立方体や角錐、小球体に変化し、つぎに長い触手を生やした。ついていこうとすると、目がチカチカする。あるスクリーンいっぱいにラテン語の辞書が映し出された——ひとつの言語が丸ごと数ミリセカンドで調べられてしまう。Ｎグラム（直前の単語を見て、つぎの単語を予測する言語モデル）のグラフやヴォネガット・ダイヤグラムが映し出される。地図が現れ、文字の連続がどういうわけか緯度経度に変換されて地図上に記入され、シベリアと南太平洋上にいくつもの点が打たれる。

何も起きない。

グーグラーがありとあらゆるアングルを試すたび、スクリーンがちらつき、光を放つ。協会員たちがぼそぼそと話している。まだ笑顔の人もいれば、しかめ面になった人もいる。スクリーンのひとつに、各マスに文字がいくつも詰まった巨大なチェス盤が現れると、フェドロフが鼻を鳴らし、不満げに言った。「ソレならワレワレが一六二七年に試しマシタ」

このプロジェクトはうまくいかないと、コルヴィナが信じる理由はそれだろうか？　〈アンブロークン・スパイン〉は文字どおりすべての方法を試したから？　それともただ単にこれはずるだからか？　マヌティウスの時代には明るいスクリーンもバーチャルマシンもなかったからか？　彼らに従えば、このふたつの理由づけに搦《から》めとられ、チョークと鎖が待つ読書室へとまっすぐ導かれて、ほかの選択肢は奪われてしまう。ぼくは相変わらず、不死の秘密がスクリーンのひとつに突然映し出されるなんてことはないと思ってる。でも、やれやれ、コルヴィナの言うとおりにはなってほしくない。この暗号をグーグルに破ってほしい。

「いいわ」キャットがみんなに言う。「さらに八百台のマシンが投入できるの」彼女の声が大きくなり、芝地に響き渡る。「もっと深く、もっと反復して。加減しなくていいから」テーブルからテーブルへと歩いていき、相談に乗ったり、励ましたりする。彼女はいいリーダーだ——グーグラーたちの表情を見ればわかる。キャット・ポテンテは天職を見つけたんじゃないかな。

イゴールがテキストに頭をぶつけるのが見えた。彼はまず、各文字列を分子に翻訳し、化学反応のシミュレーションをした。画面上で、グレーのヘドロに溶液が溶けこんでいく。つぎに文字を小さな3Dの人間に変身させ、都市のシミュレーション・モデルのなかに置く。彼らは建物にぶつかりながら歩きまわり、通りで集団を形成したけど、イゴールは地震を起こしてそれを全部破壊してしまった。何も起きない。なんのメッセージも現れない。

キャットは陽差しに目をすがめ、手でひさしを作って階段をのぼった。「この暗号はなかなか破れないわね」と認める。「ていうかハンパなく破れない」

ティンダルが円形劇場の端に沿って走ってきたかと思うと、ラピンの上を飛び越えたので、ラピンは悲鳴をあげて防御の姿勢をとった。ティンダルはキャットの腕をつかんだ。「書かれた当時の月齢を補う必要があるんだ！　月までの距離が必須なんじゃよ！」

ぼくは手を伸ばし、ティンダルの震えるやせた手をキャットの袖からはずした。「ミスター・ティンダル、大丈夫です」ぼくはすでに半分欠けた月が線を描きつつスクリーン上を移動していくのを見ていた。「彼らはあなたの技法を知ってますよ」それに、グーグルは何をするにも徹底的だ。

　スクリーンがぱっと光ったり、ぼやけたりするなか、グーグラーの一団が協会員のあいだを歩きまわっていた――クリップボードを持ち、親しげな顔をした若者がこんな質問をしながら。

〝生まれたのは何年ですか?〟〝どこに住んでますか?〟〝コレステロール値は?〟

　何者だろう。

「〝グーグル・フォーエバー〟のメンバーなの」キャットがちょっぴりばつが悪そうに言った。

「インターン。だって、またとないチャンスでしょ。ここに集まっている人たちの何人かはとても年取ってるけど、まだとっても健康だわ」

　ラピンが薄型ビデオカメラを持ったグーグラーにパシフィック・ベル社での仕事について説明している。ティンダルはプラスチックの小型密封容器《バイアル》に唾を吐いている。

　インターンのひとりがペナンブラに近づいたけど、ペナンブラは無言で手を振って追い払った。目は下方のスクリーンにじっと注がれている。完全に没頭している。青い瞳が大きく見ひらかれ、頭上の空のように輝いている。自然と、コルヴィナの警告がぼくの頭にこだました。

〝そして今度の、最後にして最大の計画だが――これも成功はしない〟

　でも、これはもうペナンブラだけの計画じゃない。もっと大きな話になっている。ここに集まった人々を見てみろ――キャットを。彼女は円形劇場の前のほうに戻り、スマートフォンに猛スピードで文字を打ちこんでいる。スマートフォンをポケットに突っこんでから、チームの面々と正面から向き合った。

「ちょっと手を止めて」両手を振りまわしながら、大声で言う。「手を止めて！」暗号解読ルーレットがゆっくりと停止した。スクリーンのひとつでは、〝MANVTIVS〟の文字がすべて異なるスピードで回転している。別のスクリーンでは一種の超複雑な結び目が自力でほどけようとしている。

「PMが大きな便宜を図ってくれたの」キャットは告げた。「いま取り組んでいる作業に〝重大《クリティカル》〟のタグをつけて。あと十秒くらいで、この暗号解読をシステム全体で行うことになったから」

ちょっと待った――システム全体？　それってシ、ス、テ、ム、全、体ってこと？　すなわちビッグボックス？

キャットはにこにこ顔だ。マジでデカい銃を手に入れた武器担当将校みたいに。今度は観客――協会員たち――を見あげる。両手をメガホンみたいにした。「ここまでは単なるウォームアップです！」

スクリーンにしぶきがはねるようなカウントダウンが始まった。巨大な虹色の数字が、5（赤）、4（緑）、3（青）、2（黄色）と……。

そしてよく晴れた金曜日の朝、三秒間、あらゆる検索ができなくなった。メールチェックもできない。ビデオも見られない。道案内もしてもらえない。ほんの三秒間、何も利用できなくなった。なぜなら、世界中のグーグルのコンピュータが一台残らず、この処理《タスク》に投入されたからだ。

マジで、マジで、マジでデカい銃だ。

スクリーンが真っ白になり、何も映らなくなった。何も映すものがないのだ。四つのスクリーンでは、いや、四十でも、四千でも、とうてい映し出せないほどたくさんのことが起きているから。このテキストに適用できる変換がすべて適用された。ありうるエラーがすべて考慮された。光学的固有値がすべて求められた。文字の連続に対して可能な質問がすべて投げかけられた。

三秒後、取り調べは完了した。円形劇場がしんと静まり返った。協会員は固唾を呑んでいる――最年長の車椅子の男性を除いて。彼は口で小刻みにゼエゼエと息をしている。ペナンブラの目が期待にきらきらと輝いていた。

「さて。どんな結果が出たの？」とキャット。

スクリーンは明るく光りながら、答えを保留している。

「みんな？　どんな結果が出たの？」

グーグラーから返ってきたのは沈黙だった。スクリーンは空白のまま。ビッグボックスは空っぽだ。あれだけのことをしたのに、何も起きなかった。円形劇場は静まり返った。芝地の向こうから吹奏楽団の小太鼓の音が、タンタカタンと聞こえてくる。

ぼくは一同のなかにペナンブラの顔を見つけた。完全に打ちひしがれた表情でスクリーンを見おろしたまま、何かが、なんでもいいから映し出されるのを待っている。彼の顔に疑問が積みあがっていくのが見える。これはどういう意味だ？　彼らは何を間違えた？　わたしは何を間違えた？

下ではグーグラーたちがふてくされた顔で囁き合っている。イゴールはまだキーボードの上に身を乗り出し、さまざまな方法を試していた。彼のPCの画面では色彩がぱっと広がったり、しぼんだりしている。

キャットがゆっくりと階段をあがってきた。がっかりし、意気消沈した顔をしている――PM入りを逃したと思っていたときよりもさらにひどい。「どうやら、あの人たちが間違ってたみたいね」協会員たちのほうに力なく手を振る。「なんのメッセージも隠されてないわ。あるのはノイズだけ。あらゆる手は尽くしたもの」

「いや、あらゆる手じゃな――」

キャットが憤然と顔をあげた。「あらゆる手よ、クレイ――あたしたちはね、いわば、人類にとって百万年に相当する労力を投入してもらったの。それでも、徒労に終わった」顔が紅潮している――怒っているのか、恥ずかしいのか、両方か。「この本には何も隠されてないわ」

何も隠されてない。

あとはどんな可能性が残されているだろう？　この暗号は難解すぎて、複雑すぎて、史上最強のコンピュータ軍団をもってしても解読できないのか――あるいは、まったく何も隠されていなくて、協会は五百年間ずっと時間を浪費してきたのか。

もう一度、ペナンブラの顔を捜した。円形劇場に、協会員の一団に目を行ったり来たりさせる。ティンダルが囁くようにひとり言を言っている。フェドロフが哀愁を漂わせて座っている。

ローズマリー・ラピンはかすかにほほえんでいる。つぎの瞬間、彼が見つかった。背の高い棒切れみたいな人影が、グーグルの緑の芝地をよろよろと歩いていく。もう少しで反対側の端の並木にたどり着きそうで、振り返らず、足早に進んでいる。

〝そして今度の、最後にして最大の計画だが——これも成功はしない〟

彼を追って走りだしたが、ぼくはふだん体を鍛えていない。それにしても、ペナンブラはなんであんなに歩くのが速いんだ？　最後に彼の姿が見えた場所を目指して、ぼくはハアハア言いながら走った。たどり着いたときには、ペナンブラはいなくなっていた。グーグルの無秩序なキャンパスがまわりを囲んでいる。虹色の矢印が一度にあらゆる方向を指している。ここから先、歩道は五叉に分かれている。彼はいなくなってしまった。

〝くだらないし、失敗する。で、そのあとはどうなる？〟

ペナンブラはいなくなってしまった。

塔

金属の小片

リビングルームはマトロポリスに乗っ取られていた。マットとアシュリーはソファをどかしていて、部屋のなかを移動するには、カードテーブルのあいだの細い水路――ちゃんと橋も二カ所架けられた、曲がりくねるミッテルリバー――を通らなければならなかった。商業地区が発展し、前からある飛行船ドックよりも高いタワーが出現し、ほとんど天井に届きそうになっている。マットはあの上にも何か建てるんじゃないかな。マトロポリスはまもなく空も併合するにちがいない。

真夜中を過ぎても眠れない。深夜の写真撮影会から一週間がたつのに、ぼくはまだふつうの生物学的生活リズムを取り戻せずにいる。そんなわけで、いまは床に寝そべり、ミッテルリバーの底深く溺れながら、『ドラゴンソング年代記』のダビングをしている。ニールのために買ったオーディオブックは一九八七年製で、代理店のカタログにはいまさらながらのカセットテープだとは明記してなかったんだ。カセットテープだよ！ いや、もしかしたらちゃんと明記してあったのに、大量注文できることに舞いあがっていたぼくが見落としたのかもしれない。とにかく、やっぱりニールにはオーディオブックを持っていてほしかったから、〈イーベイ〉で七ドルの黒いソニー・ウォークマンを買い、いまそれでテープをかけながらPCに取りこみ、便利な天上のデジタル・ジュークボックスへとひと区切りずつ引っぱっていっているところだ。

この作業はリアルタイムでやらないとだめなので、ぼくは最初の二巻をあらためて丸々聞かなければならなかった。でも、そんなに退屈じゃなかった。何しろ、オーディオブックはクラーク・モファット本人が朗読しているからだ。彼が話しているところを聞くのは初めてで、本人についていろいろ知ったあとで聞くと気味が悪かった。嗄《か》れているけど、はっきりとしたい声で、モファットの声が書店に響くところが想像できた。彼が初めて書店の入口をはいったときが想像できる――ベルがチリンチリンと鳴り、床板がきしる。

ペナンブラはこう尋ねただろう。〝何かお探しかな?〟

モファットはあたりを見まわして店の感じをつかみ――きっと奥地蔵書《ウエイバツクリスト》の薄暗い書棚に気づいたはずだ――こんなふうに答えたかもしれない。〝そうだな、魔法使いは何を読みますかね?〟

それを聞いて、ペナンブラはほほえんだにちがいない。

ペナンブラ。

彼は忽然《こつぜん》と姿を消した。店はほったらかしになっている。どこに行けば彼を見つけられるかわからない。

突然ひらめきを得たときに、ぼくはpenumbra.comというドメイン名が登録されているかどうか調べてみた。すると、思ったとおり、それは彼が所有していた。ウェブ創世期にエイジャックス・ペナンブラによって購入され、二〇〇七年に十年という楽観的な契約期間で権利が延長されていた……でも、登録されているのはブロードウェイの店の住所だけだった。さらにググっても、何も見つからなかった。ペナンブラはほんのわずかなデジタルの影しか落としていない。

もう少しささやかなひらめきを得たときに、銀髪のミュリエルのヤギ牧場がサンフランシスコのすぐ南、ペスカデロという霧の多い草原にあることを突きとめた。彼女のところへもペナンブラからは連絡がないという。「こういうことは前にもあったわ」とミュリエル。「彼が姿を消してしまったことは。でも——ふつう電話はくれるのよね」すべすべした顔がわずかにしかめられ、目尻の微細なしわが深くなる。帰るときに、ぼくは彼女から小さな手のひらサイズのヤギのフレッシュチーズをもらった。

そんなわけで、最後のせっぱ詰まったひらめきに打たれたとき、ぼくはスキャンしておいた『PENVMBRA』をひらいた。グーグルは『MANVTIVS』を解読することができなかったけど、現代のコデックス・ヴィータイにはそんなにむずかしい暗号は使われていないはずだ。それに（ぼくにはかなりの確信がある）、この本には実際、解読すべき何かが隠されている。ぼくはキャットに問い合わせのショートメールを送った。彼女からの返信は短く、明確だった。

〝ノー〟それから十三秒後——〝絶対にやらない〟さらに七秒後——〝あのプロジェクトは終わったの〟

〝大いなる解読〟が失敗に終わったとき、キャットは深く落ちこんだ。あのテキストのなかには、本当に何か深遠なものが隠されていると信じていたんだ。何か深遠なものが隠されていてほしいと願っていた。いま彼女はPMの仕事に打ちこんでいて、ぼくのことはほとんど無視。例外はもちろん、〝絶対にやらない〟って返信するときだけ。

　でも、たぶんこれでよかったんだ。ぼくのノートPCに映し出された見ひらき二ページは――びっしり並んだゲリッツズーン体の文字がグランブルギアの強烈なフラッシュに照らされている――相変わらずぼくを奇妙な気分にした。自分のコデックス・ヴィータイは死ぬまで他人に読まれることはないと、ペナンブラは考えていたはずだ。自宅住所を見つけたいがためだけに、他人《ひと》の人生の書をこじあけるのはやめることにした。

　ついにひらめきの才が枯渇したので、ティンダルとラピン、フェドロフに訊いてみた。彼らのところへもペナンブラから連絡はなかった。三人とも東部へ引っ越す用意をしているという。ニューヨークの〈アンブロークン・スパイン〉に避難し、コルヴィナの傘下にはいるために。ぼくの意見を言わせてもらえば、そんなことをしても無駄だ。ぼくらはマヌティウスのコデックス・ヴィータイを手に入れ、いわば折れる《ブロークン》まで負荷を加えた。あの協会《フェローシップ》はよくて間違った期待、悪くすれば嘘の上に成り立っている。ティンダルたちはまだこの事実と向き合っていないが、いつかは向き合わざるをえなくなるだろう。

　何もかも陰鬱に思えるなら――実際に陰鬱なんだ。そしてぼくはひどい気分だ。だって、一歩一歩さかのぼってみれば、すべてはぼくの責任だという事実から目をそむけられないから。

　ぼくの心はさまよっている。もう一度ここまで来るのに幾晩もかかってしまった。でも、モファットはついに二巻を締めくくろうとしている。オーディオブックを聴くのは初めてだけど、読書とはまったく異なる経験だ。本を読んでいるとき、物語は間違いなく頭のなかで繰り広げられる。耳で聴くと、頭のまわりの小さな雲のなかで繰り広げられているように、ふわふわした毛糸の帽子を目深に引きおろしたみたいに感じるんだ。

「グリフォの黄金の角笛はみごとな作りだ」ゼノドタスはそう言って、テレマクの宝物にそっと指を滑らせた。「そして、これにまつわる魔法はこれが作られたことそのもののみだ。わかるか？　これはなんの魔力も持っていない――わたしが感知できるものはな」

モファット演じるゼノドタスの声はぼくが想像していたのと違った。深みがあって朗々と響く低音の声ではなく、歯切れがよくて冷静。法人担当魔法コンサルタントといった感じ。

ファーンウェンは目を見ひらいた。おれたちはたったいま、この魔力を持つラッパを取り返すために恐怖の沼を命がけで渡ったんじゃないのか？　それなのに、第一の魔法使いはこれにはなんの力も備わっていないと言うのか？

「魔法はこの世で唯一の力ではない」老魔術師はやさしく言い、角笛を持ち主である王子に返した。「グリフォの作った楽器はあまりに非の打ちどころがないので、その音色を聞けば、死者でさえよみがえらずにいられない。呪文にもドラゴンソングにも頼らず、彼はそれを手で作った。わたしも彼と同じことができたらと思うよ」

モファットの朗読だと、第一の魔法使いの声に卑劣な意図がにじみ出ている。つぎに何が起こるか、明白だ。

「ウィルムの父祖、アルドラグでさえうらやむだろう」


ちょっと待った、なんだって？

ここまで、モファットが口にする文章は一文残らず、耳に心地いいくり返しだった。彼の朗読はレコードの針がぼくの脳裏の深い溝を快走しているみたいだった。でもいまの一文は——ぼくが読んだことのない一文だ。

新しい一文。

ウォークマンの停止ボタンを押したくて指がうずうずした。でも、ニールのための録音を失敗したくない。そこで、急いで自分の部屋まで行き、棚から二巻を抜き出した。最後までめくると、うん、思ったとおりだ。ウィルムの父祖、アルドラグの名前はここには出てこない。アルドラグは初めて歌を歌ったドラゴンで、ドラゴンソングの力を使って最初のドワーフたちを溶けた岩石から創り出した。でも、大事なのはそこじゃない——大事なのは、さっきの文章が本には載ってないことだ。

本には載ってないことがほかにもあるのか？　違うところがほかにも？　モファットはどうして自由にアレンジしているんだ？

オーディオブックが制作されたのは一九八七年、三巻が刊行された直後。つまりクラーク・モファットと〈アンブロークン・スパイン〉のあいだにひと悶着あった直後でもある。ぼくの第六感《スパイダーセンス》がビリビリ反応した——絶対に関係があるぞ。

でも、モファットの意図がなんだったのか、手がかりを持っているかもしれない人物は三人しか思いつけない。ひとりは〈アンブロークン・スパイン〉の黒き支配者。でも、絶対にコルヴィナともフェスティナ・レンテ社にいる彼の手下とも、地上、地下にかかわらず、絶対にコンタクトを取りたくない。それに、ぼくのＩＰアドレスは、彼らの著作権侵害者名簿に載ってるんじゃないかという不安がまだ残ってる。

もうひとりはぼくの前雇用主ペナンブラで、彼とはコンタクトを取りたいと心から願っているけど、方法がわからない。こうして床に寝そべり、朗読の終わったテープの雑音を聞いていると、とても悲しい事実を思い知らされた。ぼくの人生をクレイジーな渦に巻きこんだ、青い目のやせた男性について、ぼくが知っていることといえば、彼の店のドアに書かれた名前だけだ。

第三の可能性。エドガー・デックルは厳密にはコルヴィナの部下だけど、いくつか利点がある。

1. 共謀共犯であるのは既存の事実。
2. 読書室の入口を守っているということは、協会のなかでの地位が高いにちがいない。つまり、いろんな秘密にアクセスできるはずだ。
3. 彼はモファットを知っていた。そして何より重要なのは――。
4. 電話帳に載っているということ。ブルックリン在住だ。

手紙を送るのが、適切な重みがあって〈アンブロークン・スパイン〉ぽいと思った。手紙を書くなんて十年以上ぶりだ。紙にインクで書いたのは、科学キャンプ後の黄金の一週間に疑似遠距離ガールフレンドに甘ったるくて長ったらしい手紙を送ったときが最後。ぼくが十三歳のときだ。レスリー・マードックから返事は来なかった。

この新たな使徒書簡のために、ぼくは記録文書用紙を選び、先の細いボールペンを買った。文面を注意深く作成した。まずグーグルの明るく光るスクリーンの上で起きたことをすべて報告し、それからクラーク・モファットのオーディオブック版について知っていることがあれば、教えてほしいと頼んだ。書きあげるまでに記録文書用紙六枚を丸めて捨てた。何度も単語のスペルを間違えたり、単語と単語をくっつけすぎたりしたからだ。ぼくの手書きの文字は相変わらずひどかった。

ようやく、明るい青色の郵便ポストに手紙を投函すると、最善を祈った。

三日後、メールが一通届いた。エドガー・デックルからで、ビデオチャットを提案された。なるほど、いいとも。

日曜日の正午を過ぎたころ、ぼくはカメラの形をした緑のアイコンをクリックした。回線がつながり、コンピュータをのぞきこむデックルが現れた。丸い鼻が実際よりも少し低く映っている。彼がいるのは黄色い壁の、光が降りそそぐ狭い部屋だった。頭の上に天窓があるんじゃないかな。ぼさぼさの頭頂部の向こうに銅製の鍋がフックにかかっているのが見え、黒く光る冷蔵庫のドアは明るい色のマグネットとぼんやりした色合いの絵で飾られている。

「きみからの手紙、気に入ったよ」デックルが几帳面に三つ折りにされた記録文書用紙を笑顔で持ちあげた。

「それね、うん。気に入ってもらえるんじゃないかと思って。それはさておき」

「カリフォルニアで何があったかはすでに知っていたんだ」デックルが言った。「〈アンブロークン・スパイン〉内では噂はすぐに広まるんでね。きみのおかげで衝撃が走ったよ」

デックルは一連のことについて怒るだろうと思っていたのに、にこにこしている。「コルヴィナはちょっとした非難を浴びたよ。みんな、怒ったからね」

「心配は要りませんよ。彼はあれをやめさせるために最大限の努力をしたんです」

「ああ、いや――そうじゃないんだ。会員が怒ったのは、われわれがまだあの方法を試していなかったからさ。〝この成りあがりのグーグルとかいうやつに、お楽しみを全部持っていかれ

ると は〝ってね」

これを聞いて、ぼくは笑顔になった。コルヴィナの統治は見た目ほど絶対じゃないのかもしれない。

「でも、あなたたちはまだあきらめてないんですよね」ぼくは訊いた。

「グーグルの強力なコンピュータが何も見つけられなかったのに？　もちろん。だって、そうだろう。ぼくもコンピュータを持ってる」デックルがノートＰＣを指ではじいたから、ウェブカメラが揺れた。「コンピュータは魔法じゃない。何ができるかはプログラマの腕しだいだ。違うか？」

うん。でもグーグルのプログラマはかなり腕がよかったよ。

「打ち明けるとだな」とデックルは言った。「確かに何人か退会者が出た。若いのが数人。まだスタートを切ったばかりの未製本会員のなかから。しかし、それはかまわないんだ。比較の問題だが、たいしたことじゃ――」

デックルの後ろで何かがすばやく動いたかと思うと、彼の肩の上に小さな顔が現れ、画面を見るために乗り出した。太陽のような黄金色の長い髪がもつれていて、デックルそっくりの鼻をしている。六歳ぐらいだ。

「この人、誰？」少女が画面を指して訊く。つまり、エドガー・デックルはリスクヘッジをかけてるわけだ。本による不死と血縁による不死。ほかの会員に子供はいるんだろうか？

「この人はお父さんの友達でクレイだよ」デックルは娘のウェストに腕をまわした。「エイジヤックスおじさんの知り合い。クレイもサンフランシスコに住んでるんだ」

「あたし、サンフランシスコ好き！」とデックルの娘が言う。「クジラ好き！」

デックルは娘に身を寄せ、脇台詞のような声で言った。「クジラはどんな声で鳴くんだっけ？」

少女は体をよじって父の腕の外に出ると、つま先立ちになって背筋を伸ばし、モーとニャーのあいだのような声を出しながらゆっくりとつま先旋回《ピルエット》をした。彼女なりのクジラの真似というわけだ。ぼくが声をあげて笑うと、デックルの娘は目を輝かせて画面を見つめ、注目を浴びたことを喜んでいるようだった。もう一度、クジラの真似をして、今度はキッチンの床の上を滑るようにくるくると回転しながら遠ざかっていく。モーニャーという声が隣の部屋へと消える。

デックルは笑顔で娘を見送った。「さて、要点を言うと」ぼくのほうを振り向いて言う。「だめだ。きみの力にはなれない。店でクラーク・モファットを見たことはあるが、創始者の謎を――三カ月程度で――解いたあと、彼は読書室に直行したからね。その後は一度も見てないし、彼のオーディオブックについては何ひとつ知らないと断言できる。正直言って、ぼくはオーディオブックが嫌いなんだ」

でも、オーディオブックはふわふわした毛糸の帽子を目深に引きおろしたみたいに――。

「誰に話を聞くべきか、わかってるんだろう？」

もちろんわかってる。「ペナンブラですよね」

デックルはうなずいた。「モファットのコデックス・ヴィータイの鍵を知っているのは彼だ——知ってたか？　あのふたりはとても親しかったんだ、少なくともそっちにいたあいだは」

「でも、彼を見つけられないんです」ぼくは落胆をにじませて言った。「まるで幽霊みたいで」とそこで、いま自分が話している相手はペナンブラのお気に入りの弟子であることを思い出した。「ちょっと待って——彼がどこに住んでるか、知ってますか？」

「知ってる」デックルはカメラをまっすぐ見つめた。「でも、教えない」

失望がぼくの顔中に現れたにちがいない。デックルがすぐに両手をあげて言った。「そうじゃない。きみと取引をしたいんだ。ぼくはありとあらゆる規則を——それもとても昔からの規則を——破って、きみが読書室の鍵を必要としたときに力を貸した。そうだな？　今度はこちらのためにしてもらいたいことがあるんだ。やってくれたら、どこに行けば、われらが友、ミスター・エイジャックス・ペナンブラに会えるか、喜んで教えよう」

この手の打算的なことを、にこにこして親切そうなエドガー・デックルに言われるとは思いもしなかった。

「印刷所でぼくが見せたゲリッツズーン体の活字を憶えてるか？」

「ええ、もちろん」地下のコピーショップのことだろ。「あんまり残ってないんですよね」

「そのとおり。あのとき、確か話したはずだ——原型が盗まれてしまったと。われわれがアメリカへ来た直後、百年前のことだ。〈アンブロークン・スパイン〉は怒り狂った。探偵を雇い、警察に賄賂を使い、犯人をつかまえた」

「何者だったんです?」

「身内のひとり――製本会員のひとりだった。グレンコーという名前で、彼の本は燃やされていた」

「どうして?」

「図書館でセックスしているところを見つかったんだよ」デックルは淡々と言った。それから指をあげて、小声で続けた。「つけ加えておくと、それは今日《こんにち》でも眉をひそめられる行為だが、焼却処分にはならない」

つまり、〈アンブロークン・スパイン〉も間違いなく進歩はしてるってわけだ――ゆっくりながら。

「とにかく、その男は何冊ものコデックス・ヴィータイと、銀のフォークやスプーンを盗み出した――当時の協会には贅沢なダイニングルームがあったんだよ。彼はゲリッツズーン体の父型もくすねた。復讐だったという意見もあるが、自暴自棄のせいが大きかったんじゃないかな。ラテン語が流暢《りゅうちょう》でも、ニューヨークでは成功できないからね」

「犯人はつかまったって言いましたよね」

「ああ。本は買い手が見つからなかったから、取り返すことができた。スプーンはとっくに売りさばかれていたがね。ゲリッツズーン体の父型は――それもなくなっていた。以来、行方不明のままだ」

「奇妙な話ですね。それで?」

「きみに失われた父型を見つけてほしいんだ」

えーと。「真面目な話ですか？」

デックルがふっと笑う。「そうだよ、真面目な話だ。父型はどこかのゴミの山に埋もれているかもしれない。でも、そのいっぽうで」彼の目がきらりと光る。「ありふれた風景のなかに隠れている可能性もある」

百年前に失われた金属の小片のセット。たぶん、一戸一戸まわってペナンブラを捜し歩くほうが簡単だ。

「きみなら見つけられるはずだ」とデックルが言った。「とてもリソースフルに見えるからね」

もう一度。「真面目な話ですか？」

「見つかったら、一報してくれ。フェスティナ・レンテ」デックルがほほえんだかと思うと、回線が切れて画面が暗くなった。

正直言って、ぼくは頭に来ていた。こっちはデックルに力を貸してもらおうと考えていたんだ。それなのに、宿題を、それも不可能な宿題を出されてしまった。

でも――〝とてもリソースフルに見えるからね〟か。そんなこと、いままで一度も言われたことがなかった。その言葉について考えてみた。リソースフル。必要な人材や資源《リソース》に溢れてる。

リソースというと、ぼくはニールを思い出す。でも、デックルの言うとおりかもしれない。ここまでのところ、ぼくがやってきたのは、他人《ひと》の好意に頼ることだけだ。確かに、ぼくは特別な技能を持つ人を知ってるし、彼らの技能をどう組み合わせたらいいか知っている。

考えてみれば、ぼくはこの宿題にうってつけのリソースを知ってる。

古くて、世に知られていないもの、風変わりで重要なものを捜すとき、助けを求めるべき相手はオリヴァー・グローンだ。

ペナンブラが姿を消し、店が閉められると、オリヴァーはすぐさま新しい職場に転じた。しばらく前から後ろポケットに用意してたんじゃないかな。バークレーのイーグル・ストリートにある言論の自由運動の元闘士が設立した、アツい、インディペンデントな、超真面目な書店、〈ピグマリオン〉だ。そんなわけで、いまオリヴァーとぼくは〈ピグマリオン〉の広い〝食料政策〟コーナーの奥にある狭苦しいカフェで一緒に座っている。小さいテーブルの下にオリヴァーの脚はおさまりきらないので、両脚ともまとめて横に出している。ぼくはラズベリーと豆もやしのスコーンをかじってる。

オリヴァーはここでの仕事が楽しいみたいだった。〈ピグマリオン〉は巨大で、一ブロック近くを占める店舗に本が詰まっているけど、このうえなくきちんと系統立てて整理されている。明るい色に塗り分けられた天井が各コーナーの目印になっていて、それと色を合わせた縞模様が七色の回路基板みたいに床を走っている。ぼくが店に着いたとき、オリヴァーは重そうな学術書を腕いっぱいに抱えて人類学の棚に向かっているところだった。結局のところ、彼の大きな体はアメフトのラインバッカー向きというわけじゃないのかもしれない。司書向きなのかも。

「で、父型ってのはなんなんだ?」とオリヴァー。世に知られていないものについての彼の知識は、十二世紀を過ぎるとあまり深くなくなる。でも、ぼくは挫けなかった。

可動活字を使った印刷方式では小さな金属製の活字で行を組み、それを重ねてページを作るのだと説明した。数百年にわたり、活字はひとつひとつ手で鋳造されてきた。活字を鋳造するには硬質金属でできた原型が要る。その型を父型と言い、文字ひとつひとつに父型がある。

オリヴァーはちょっとのあいだ口をつぐみ、遠い目になった。それから言った。「なるほど。いいか。この世には実は二種類のものしかないんだ。ちょっといかれて聞こえるだろうが……オーラがあるものとないものだ」

それなら、ぼくはオーラがあるほうに期待する。「これは何百年もの歴史があるカルト集団の重要資産の話なんだぞ」

オリヴァーはうなずいた。「ならいい。日用品……家庭用品みたいなものだったら？　もう存在しないね」指をパチンと鳴らす——ありえない。「見つけられたら、マジでラッキーだよ、たとえば、すごくいかしたサラダボウルとかね。でも、宗教に関わるものだったら？　儀式用の壺がいまもどれだけ取っておかれてるか知ったら、きっと信じられないと思うよ。誰もああいう壺を捨てる人間にはなりたくないんだ」

「それじゃ、もしぼくがラッキーなら、ゲリッツズーン体の父型も誰も捨てたがらなかったはずだ」

「うん。それに、そいつが盗まれたんなら、いい兆候だ。盗まれるってのは、ものにとって起こりうる最高のことだからな。盗品は再流通する。葬り去られることがない」ここまで言ってから、オリヴァーは口を固く引き結んだ。「でも、あんまり期待するな」

　遅いよ、オリヴァー。ぼくはスコーンの最後のひと口を呑みこんで尋ねた。「で、オーラがある場合、それはどこに行くんだ？」

「その父型がおれの業界のどこかに存在するなら」オリヴァーは言った。「見つかる可能性がある場所は一カ所だ。おまえはアクセション・テーブルの前に座る必要がある」

一年生

　タビサ・トゥルードーはオリヴァーがバークレーで出会ったいちばんの親友だった。背が低く、がっちりした体つきで、茶色い巻き毛、相手を威嚇《いかく》するような太い眉を生やし、分厚い黒眼鏡をかけている。彼女はベイエリア全体でいちばん知名度が低い博物館、エメリーヴィルにあるカリフォルニア・ニット刺繍学博物館の副館長だ。

　オリヴァーはタビサにメールでぼくを、彼が好感を持っている特別な任務を帯びた人物と紹介した。同時にぼくには、寄付をしても悪くないんじゃないかという戦略的アドバイスをくれた。残念ながら、それなりの額の寄付をするとしたら、ぼくの世俗的財産の二〇パーセントは拠出しなければならないだろう。でも、ぼくにはまだパトロンがいる。そこでタビサに、もし力になってくれれば、千ドルを〈芸術分野で活躍する女性のためのニール・シャー財団〉の厚意により）提供できると返信した。

博物館——カルニットと内輪では呼ばれている——で彼女に会ったとき、ぼくはすぐさま親近感を覚えた。カルニットはペナンブラの店に負けず劣らず風変わりだったからだ。小学校の校舎を改装した大きな部屋がひとつあるだけで、そこに明るい色遣いの展示品と子供向けの体験コーナーが並んでいる。入口のすぐ横には武器庫みたいな感じで大きなバケツに編み針が差してある——太いもの、細いもの、プラスチックの派手な色のもあれば、人の形に彫られた木製のもある。毛糸のにおいに圧倒されそうだ。

「ここ、入館者ってどれくらいいるのかな」木の編み針をためつすがめつしながら訊いた。細いトーテムポールみたいだ。

「あら、いっぱいよ」タビサは眼鏡をぐいと押しあげた。「学校関係がほとんど。いまもバスがこっちに向かってるところだから、さっさとあなたが作業をできるようにしたほうがいいわね」

彼女はフロントデスクに座っていて、そこには〝毛糸を寄付すると入場無料〟と小さく書いてあった。ぼくはポケットからニールの小切手を出し、広げてデスクに置いた。タビサはそれを満面の笑みで受けとった。

「これは前にも使ったことあるの？」青いコンピュータ端末のキーを押しながら訊く。端末がビーッとにぎやかな音を立てた。

「一度も。ふつか前まで、これがモノであることすら知らなかったんだ」

タビサが顔をあげたので、視線を追った。スクールバスが角を曲がって博物館の狭い駐車場にはいってきた。「なるほど」と彼女。「これはモノよ。使い方はわかると思うわ。えっと、うちの所蔵品をよその博物館にあげちゃうような真似だけはしないでね」

ぼくはうなずき、彼女と場所を交替して、デスクの前に座った。タビサは博物館のなかを駆けまわり、椅子をきちんと並べたり、プラスチックのテーブルを消毒剤で拭いたりした。ぼくのほうは——アクセション・テーブルの準備が整っている。

所蔵品一覧《アクセション・テーブル》は、オリヴァーによると、世界中のあらゆる博物館の所蔵品がすべて記録されている巨大データベースなんだそうだ。二十世紀のなかばから運用されていて、当時はパンチカードがまわされ、コピーされ、カタログに保存されていたという。所蔵品がしょっちゅう移動する——地下三階から展示室へ、つぎはよその博物館（それもボストンやベルギーの）へ——という世界では欠かせないものだ。

世界中の博物館が、地域のごく小さな歴史協会から最高に贅沢な国立のコレクションにいたるまでひとつ残らず、アクセション・テーブルを利用し、ひとつ残らずそっくり同じモニタを持っている。大昔のブルームバーグ端末といった感じだ。美術工芸品が見つかったり、購入されたりした場合、この博物館学マトリクスに記録が追加される。もし博物館以外に売却されたり、完全に焼失してしまったりしたら、記録は削除される。しかし、帆布の切れ端や石の破片がどこかのコレクションに収蔵されているかぎり、それはこの台帳に残っている。

アクセション・テーブルは贋作を見つけるのに役立つ。各博物館は、自分のところの収蔵作品と異様に似た、新しい登録を警戒するよう端末を設定してある。アクセション・テーブルが警報を発したら、どこかで誰かが騙されたことを意味する。

ゲリッツズーン体の父型が世界のどこかの博物館にあるとしたら、アクセション・テーブルに載っているはずだ。ぼくに必要なのは端末を一分間操作することだけ。でも、誤解のないように言っておくと、こんな要求を受けたら、合法な博物館の学芸員ならぞっとしただろう。こういう端末にはそのカルトの秘密が詰まってるから。そこで、オリヴァーはバックドア――ぼくらの大義に管理者が理解を示してくれる小さな博物館を捜すことを提案した。

フロントデスクの椅子がぼくの重みできしった。アクセション・テーブルはもう少しハイテクなものかと思っていたら、実際はそれ自体が先史の遺物みたいな代物だった。最近製造されたものではなく、モニタはあざやかな青色だ――画面を見るのは分厚いガラスを通して。世界中で新たに収蔵された作品が画面の端を流れていく。地中海の陶磁器の皿、日本のサムライが使った刀、ムガル帝国の多産を願う像――ものすごくセクシーで豊満な、ヤクシニー（古代インドで山や樹木の精、生産力の象徴である地母神として信仰された存在）そのものって感じの像――など、まだまだいっぱい。古ぼけたストップウォッチに半分壊れたマスケット銃、それに本も。表紙に太い金色の十字架が描かれた青い装丁のきれいな古書。

学芸員だったら一日中この端末を見つめっぱなしになってしまいそうだ。

一年生たちがワーワーギャーギャー騒ぎながら、カルニットになだれこんできた。男の子ふたりが入口横のバケツから編み針をつかみ、ライトセイバーの音を真似て唾を飛ばしながら、決闘を始めた。タビサがふたりを体験コーナーまで連れていき、客寄せ口上を開始した。彼女の後ろの壁には〝編み物《ニッティング》はすばらしい《ニート》〟と書かれたポスターが貼られている。

ぼくはアクセション・テーブルに目を戻した。端末の反対側の端にはタビサが作ったらしいグラフが表示されている。異なる関心分野――たとえば、布地、カリフォルニア、遺贈品以外など――の所蔵品追加活動の増減を追跡しているんだ。布地の追加活動はぎざぎざした小さな山脈、カリフォルニアははっきりと上昇している坂道、遺贈品以外は平坦な線。

さてと。検索窓はどこだ？

タビサのほうを見ると、毛糸が登場していた。一年生たちは大きなプラスチックの容器のなかを掘り返すようにして、好きな色の毛糸を探している。ひとりがなかに落ちて悲鳴をあげ、その子の友達がふたり、編み針で彼女をつつきはじめた。

検索窓はない。

手当たりしだいにキーを押していくと、画面のいちばん上に〝ディレクトリ〟の文字が現れた（F5のキーを押したときだ）。いま、多岐にわたる詳細な分類がぼくの目の前にある。どこかの誰かがあらゆる場所のあらゆるものを分類していた。

金属、木製、陶磁器

十五世紀、十六世紀、十七世紀

政治、宗教、儀式

でも、ちょっと待ってくれ――宗教と儀式の違いってなんだ？　ぼくはなんとなく落胆した。金属の項目に目を通しはじめたけど、貨幣と腕輪、釣り針しか出てこない。刀は一本もなし――〝武器〟の項目の下にあるのかな。〝戦争〟の項目かも。あるいは〝とがったもの〟とか。

タビサが一年生のひとりに身を寄せ、男の子が編み棒二本を交差させて最初のループを作るのを手伝っている。男の子は額にしわを寄せ、集中しきっていて――読書室でも見かけた表情だ――ループができると、えへへと大きな笑顔になった。

タビサがぼくのほうに目を戻す。「見つかった？」

ぼくはかぶりを振る。いや、まだ見つかってない。〝十五世紀〟のなかにはないな。ていうか、〝十五世紀〟のなかにあるのかもしれないけど、〝十五世紀〟にはいっているものはほかにもいっぱいある――そこが問題なんだ。干し草の山のなかで針を探してる状況は変わらない。それも、たぶんモンゴル人がほかのものと一緒に焼き払った宋の干し草の山のなかで。

両手で頬杖をつき、だらしない座り方をして青い端末を見つめる。画面にはスペインのガリオン船から回収されたという緑色のごつごつした貨幣が映し出されている。ぼくはニールの千ドルをどぶに捨ててしまったのだろうか？　ここで何をすればいいのか？　どうしてグーグルはまだ博物館の目録を作っていないのか？

燃えるような赤毛の一年生がフロントデスクまで走ってきて、くすくす笑いながら、緑の毛糸を首にまきつけた。えーと――すてきなマフラーだねって言えばいいのかな？　その女の子はにっこり笑い、その場で飛び跳ねた。

「そうだ」とぼく。「ひとつ質問させてよ」女の子はくすくす笑ってうなずく。「干し草の山から針を見つけたいとき、きみだったらどうする？」

一年生は飛び跳ねるのをやめて考えこみ、首に巻いた緑の毛糸を引っぱった。真剣に考えてる。小さな歯車がまわっている。思案しながら、両手をより合わせる。かわいい。ようやく、顔をあげたかと思うと真面目くさって言った。「干し草に見つけてってお願いする」それから小さくバンシーみたいな悲しげな声をあげ、片足跳びで遠ざかっていった。

宋代の銅鑼《どら》がぼくの頭のなかでとどろいた。そうだ、当たり前じゃないか。あの子は天才だ！　ひとりでくすくす笑いながら、ぼくは端末の厄介な分類から出られるまでエスケープキーを押しつづけた。つぎに、ただ〝所蔵品追加〟と書いてあるコマンドを選ぶ。

とても単純だ。そうとも、そうに決まってるじゃないか。あの一年生の言うとおりだ。干し草の山から針を見つけるのは簡単だ！　干し草に見つけてくれと頼めばいいんだ！

所蔵品追加の記入フォームは長くて複雑だったが、ぼくはすばやく項目を埋めていった。

　製作者　グリフォ・ゲリッツズーン
　製作年　一五〇〇年（ごろ）

説明　金属製活字。ゲリッツズーン体父型。フルセット。

出所　一九〇〇年ごろ紛失。匿名の寄贈により再発見される。

ほかの項目は空白のまま、エンターキーを押して、完全にでっちあげの新しい所蔵品をアクセション・テーブルに送信した。ぼくの理解が正しければ、いまごろ世界中のあらゆる博物館にある、これと同じような端末を横断して、確認が行われているはずだ。学芸員が――何千人も――チェックしたり、相互確認したりしているはず。

一分が経過した。さらに一分。黒っぽいもじゃもじゃ頭の姿勢が悪い一年生がフロントデスクにこっそり近づいてきた。つま先立ちになり、共謀者みたいに身を乗り出す。「それにゲーム、はいってる?」端末を指差し、囁き声で訊く。ぼくは悲しげに首を横に振った。ごめんよ、ぼく。でももしかしたら――。

アクセション・テーブルがウーッウーッと鳴りだした。火災報知器のような高い音が大きくなっていく。ウーッ、ウーッ。姿勢の悪い一年生が跳びあがり、ほかの一年生もみんな、ぼくのほうを見た。タビサもこちらを見て、片方の眉をつりあげる。

「何も問題なし?」

ぼくは興奮のあまりしゃべれず、ただうなずいた。太い赤字で書かれたメッセージが画面のいちばん下で怒ったように点滅している。

所蔵品追加が拒否されました

やった！

その作品はすでに存在します

うん、うん、うん！

以下と連絡を取ってください――ユニバーサル総合長期保管会社

アクセション・テーブルのベルが鳴った――ちょっと待った、電話機能がついてるのか？　端末の横をのぞきこむと、真っ青な受話器がそこに取りつけてあった。博物館緊急時ホットライン？〝助けてくれ、ツタンカーメンの墓が空っぽだ！〟とか。電話がもう一度鳴る。

「ちょっと、何か問題？」タビサが部屋の反対側から大きな声で訊く。

ぼくは明るく手を振り――何もかもまったく問題なしだ――それから受話器をつかみ、顔にぐっと押しつけるようにして囁いた。「もしもし。カルニットです」

「こちら、ユニバーサル総合長期保管です」電話の向こうから声が聞こえた。女性の声でかすかに訛りがある。「所蔵品追加の担当につないでください」

ぼくは部屋の向こうを見た。タビサは緑と黄色の毛糸の繭《まゆ》のなかから、一年生ふたりを引っぱり出しているところだ。ひとりは窒息しかけていたみたいに顔がちょっと赤い。電話に向かって、ぼくは言った。「所蔵品追加の担当ですか？　ぼくですが、マーム」

「あら、ずいぶん礼儀正しい人ね！　ええと、聞いてちょうだい、ダーリン、あなた、危うく騙されるところだったわよ。いまさっきあなたが送信した——なんだったかしら——儀式用工芸品はすでにこちらのファイルに載ってるわ。何年も前から。かならず、先に確認をしないとだめよ、ハニー」

跳びあがって、デスクの前で踊りだしたりせずにいるのが精いっぱいだった。落ち着きを保ち、受話器に向かって言う。「やれやれ、警告ありがとうございます。あいつをここから追い出しますよ。まったく変な男で、自分は秘密結社の一員で、その秘密結社が数百年前から所有していたものだとか言って——まあ、よくいるやからですね」

女性は同情のこもったため息をついた。「こっちでもよくあるわ、ハニー」

「あの」ぼくは軽い調子で言う。「あなたの名前は？」

「シェリルよ、ハニー。今度のことはほんとに残念ね。誰だってユニ総から電話なんてもらいたくないし」

「そんなことないですよ！　そちらのたゆみない努力には感謝してます、シェリル」ぼくは役になりきっていた。「でも、こちらはとても小さな組織なんです。実はユニ総について聞いたのはきょうが初めて……」

「ダーリン、真面目な話？　歴史エンターテインメント・セクタじゃここはミシシッピ以西で唯一の最高に大きくて先進的な、オフサイトの保管施設なのよ」彼女はひと息に言った。「ネヴァダ州にあるんだけど。あなた、ヴェガスに来たことは？」

「ええと、まだ――」

「合衆国全体でいちばん乾燥してるところよ、ハニー」

石の銘板なんかの保管にぴったりの場所だ。よし、間違いない。ぼくは売りこみ口上を開始した。「聞いてください、シェリル、あなたに手伝っていただけることがあるかもしれない。カルニットは、えー、ニール・シャー財団から多額の寄付を受けることになり――」

「それはよかったわね」

「まあ、われわれの標準からすると多額なんですが、実際はぜんぜん多額じゃありません。でも、新しい展示を計画中で、それで……そちらには本物のゲリッツズーン体の父型があるんですよね？」

「それがどんなものか知らないけど、ハニー、ここにあるって書いてあるわね」

「それじゃ、それをお借りしたいんです」

シェリルから詳細を聞き、ありがとうとさよならを言うと、ぼくは青い受話器を元の場所に戻した。緑の毛糸の玉が飛んできてフロントデスクに着地し、ほどけながらころがってぼくの膝の上に落ちた。顔をあげると、また例の赤毛の一年生がいて、片足で立ちながら、ぼくに向かって舌を突き出していた。

一年生たちは押し合ったり、もじもじしたりしながら駐車場へと出ていった。ドアを閉め、鍵をかけたタビサが疲れた足取りでフロントデスクに戻ってきた。頬にかすかに赤く引っ掻き傷ができている。

ぼくは緑の毛糸を巻きはじめた。「やんちゃなクラスだった?」

「すぐ編み棒で遊びだすんだもの」タビサはため息をついた。「そっちは?」

ぼくはカルニットのメモ用紙に保管施設の名前とネヴァダ州の住所を書いておいた。それをくるっとまわしてタビサに見せる。

「ああ、意外じゃないわね」とタビサ。「たぶん、画面に表示される所蔵品の九〇パーセントは倉庫にはいってるはずよ。知ってる? 議会図書館の本の大半はワシントンDCの外に保管されてるの。総延長が約千百キロにもなる書棚があるんですって。すべての倉庫を合わせると」

「うへ」厭な話だな。「なんの意味があるんだ? 誰も見ることがないなら」

「後世のために保管しておくのも博物館の仕事なのよ」タビサが鼻を鳴らす。「あたしたちもクリスマスセーターでいっぱいの温度調節機能つき保管ユニットを持ってるもの」

なるほど。なんだかこのごろ、この世はみんな小さないかれたカルトのパッチワークなんじゃないかって気がしてきてるんだ。それぞれが秘密の場所、秘密の記録、秘密の規則を持ってる。

サンフランシスコに戻る電車のなかで、ぼくはショートメールを三本打った。
一本はデックルへ――〝何かが見つかりそうですよ〟
もう一本はニールへ――〝車を貸してもらえるかな?〟
最後はキャットへひと言――〝やあ〟

嵐

ユニバーサル総合長期保管はネヴァダ州エンタープライズを出てすぐ、ハイウェイ横に建つ低層の細長くずんぐりした建物だった。細長い駐車場にはいっていくと、その無味乾燥な巨大さに強い圧迫感を覚えた。荒涼が工業団地という形をとって出現したみたいだ。でも、なかに宝物が眠っている可能性があることだけは間違いない。ハイウェイを五キロほど北に行ったところにある〈アップルビーズ〉（大手チェーンレストラン）も気が滅入るのは同じだけど、あっちはなかで何が待ってるかわかりきっている。

ユニ総にはいるために、ぼくは金属探知機ふたつとX線検査機ひとつを通り、それからバリーという名の警備員に身体検査をされた。かばん、ジャケット、財布、そしてポケットの小銭が押収された。バリーはナイフやメス、アイスピック、錐、はさみ、ブラシ、綿棒を持ってないことを確認した。ぼくの爪の長さを調べ、ピンクのゴム手袋をはめさせた。最後に手首のところがゴムになったタイベックの白いジャンプスーツを着せ、付属のオーバーシューズを靴にかぶせた。保管施設の乾燥して清浄な空気のなかに現れたぼくは、何ひとつ害の与えられない男になっていた——何かを削ったり、引っ掻いたり、色あせさせたり、浸食したりもできなければ、既知の宇宙のいかなる物理的実体と反応することもできない。舐めることはできると思うよ。バリーがぼくの口にテープを貼らなかったのが驚きだ。

シェリルは蛍光灯が頭上で煌々と輝く狭い廊下で出迎えてくれた。背後のドアには細長い黒い文字で〝所蔵品追加／処分〟と書いてある。〝原子炉心〟と書いてあったほうが似合いそうだ。

「ネヴァダへようこそ、ハニー」シェリルは手を振り、頰の肉が盛りあがるような大きな笑みを浮かべた。「ここで新しい顔に会えるなんてめったにないことなのよ」黒い縮れ毛の中年女性だった。整然としたジグザグ模様の緑のカーディガンを着て、灰色がかった水色のママジーンズをはいている——彼女はタイベックのジャンプスーツを着なくていいんだ。ユニ総のIDを首からさげていて、IDの写真はいまより十歳ぐらい若く見える。

「さあて、ハニー。これが博物館間貸出用書類」かさかさと音を立てる薄緑の紙を一枚、ぼくに渡す。「それからこれがチェックアウト管理票」今度は黄色い紙。「それと、これにサインしてね」今度はピンクの紙。シェリルは深く息を吸いこんだ。「さて、聞いてちょうだい、ハニー。おたくの団体は全国的に認知された団体とは言えないから、ピック・アンド・パックはしてあげられないの。規則に反するのよ」

「ピック・アンド・パック?」

「ごめんなさいね」シェリルは前世代のiPadを渡してきた。タイヤ柄のゴムのケースに入れてある。「でも、ここに地図がはいってるわ。いまはこういう便利な機械があるからいいわね」にっこり笑う。

iPadには狭い廊下が映っていて(シェリルが人差し指でつつく――〝ほら、ここが現在位置〟)すごくデカい長方形につながってるけど、なかは空白だ。「で、あそこを抜けると保管庫」シェリルがジャラジャラとブレスレットを鳴らして腕をあげ、廊下の先の大きな両開きのドアを指す。

書類の一枚――黄色いやつ――にゲリッツズーン体の父型は棚番号ZULU‐2591にあると記されていた。「それで、どう行けばいいんですか?」

「正直言って、ハニー、説明はむずかしいの」とシェリル。「行けばわかるわ」

ユニ総の保管庫は、ぼくがこれまで目にしたなかでいちばん度肝を抜かれた空間だった。忘れないでくれ。ぼくは最近まで切り立った書店で働いていたし、もっと最近、秘密の地下図書館も訪れた。それから、子供のころにシスティーナ礼拝堂を見学し、科学キャンプの一環として粒子加速器を見にいったこともある。そうしたものもみんな、この倉庫にはかなわなかった。天井は高く、飛行機の格納庫みたいに肋材で強化されている。金属の高い棚に箱や缶、コンテナ、ふたつきの大箱が満載されていて、床は迷路のようだ。そんなに複雑じゃない。でも棚が——棚がみんな動いているんだ。

めまいがして、一瞬、吐き気に襲われた。倉庫全体が蠕虫《ぜんちゅう》で溢れたバケツみたいにのたくっているように見えた。棚は全部分厚いゴムタイヤの上に載っていて、脚輪を使いこなしていた。コントロールのきいた小さい飛び出し方をしたかと思うと、ひらけた道筋ではなめらかに疾走する。一時停止してはおたがいに礼儀正しく譲り合う。一緒に長い隊列を作る。気味が悪かった。完全に《魔法使いの弟子》の世界だ。

iPadの地図が空白になっていたのは、倉庫がリアルタイムで自身の模様替えをしているからだったんだ。

頭上に照明はなく、倉庫は暗かった。でも、各棚のいちばん上に小さなオレンジ色のランプが搭載されていて、回転しながら点滅している。ランプの明かりがぐるぐるまわる奇妙な影を投げかけるなか、棚は複雑な移動を続ける。空気は乾燥していた——ものすごく。ぼくは唇を舐めた。

長い槍や銛《もり》がラックにかけられた棚が横をビュンッと通っていった。そのあと急に曲がったかと思うと——槍がガチャガチャ音を立てた——棚は突き当たりの壁の大きなドアへと向かった。冷たい青色の光がドアから暗闇へ差しこんでいて、タイベックを着た一団が棚から箱をおろし、クリップボードと照らし合わせ、搬出している。棚は小学生みたいに押し合ったり、もじもじしたりしながら整列している。そして白いジャンプスーツたちの用事がすむと、疾走して迷路へと戻っていく。

ミシシッピ以西のあらゆる歴史エンターテインメント・セクタに利用されている、最高に先進的なオフサイト保管施設であるここでは、ぼくらが所蔵品を見つけるんじゃない。所蔵品がぼくらを見つけるんだ。

ｉＰａｄがチカチカして、フロア中央にＺＵＬＵ‐２５９１と記された青い点を表示していた。なるほど、これは助かる。応答器《トランスポンダー》になってるにちがいない。あるいは魔法かもしれないけど。

ぼくの前の床に黄色く塗られた太い線が走っている。片方のつま先をそっと載せると、近くの棚がみんなよけたり、遠ざかったりした。いいぞ。みんな、ぼくがここにいることをわかってる。

そこでぼくは大渦巻きのなかにゆっくりと踏み出した。速度を落とさない棚もあったけど、軌道を修正してぼくのすぐ前か後ろを滑走していった。ぼくはゆっくりと慎重に、安定した速度で歩いていく。周囲で移動を続ける棚のパレードに圧倒された。青と金の釉《うわぐすり》をかけた、とても大きな壺がなかに発泡スチロールを詰められ、ひもで固定されている。茶色いホルムアルデヒドで満たされたガラスの円筒形容器は、なかで触手が揺れ動いているのがぼんやりと見えた。ごつごつした黒い石から突き出した板状のクリスタルが、暗闇で緑色に輝いている。ある棚は高さが百八十センチほどの油絵を一枚載せているだけだった。細い口ひげをたくわえた豪商らしい男の肖像画。曲がりながら視界から消えるとき、彼の目がぼくを見つめているような気がした。

マットのミニチュア都市——いや、いまはマットとアシュリーのだな——もいつかこういう棚に行き着くんだろうか。横にしてひもで固定されるんだろうか？　それとも注意深く分解され、すべての建物が個別にガーゼで包まれて保管されるんだろうか？　それぞれの棚は離ればなれになって別々の道を行くんだろうか？　マトロポリスは星くずみたいに倉庫全体に散らばるんだろうか？　自分の作品が博物館に収蔵されることを夢見る人はおおぜいいるけど……その人たちが思い描いているのはこういうことだろうか？

倉庫の外縁はハイウェイに似ていた——人気のある収蔵品が集《つど》っているにちがいない。でも、iPadを頼りに中央に向かって進んでいくと、まわりの動きがスローダウンした。ここにあるのは、枝編み細工の仮面や発泡ビーズを使って梱包されたティーセット、乾いたフジツボがびっしりくっついている厚い金属板などだった。飛行機のプロペラや三つ揃いのスーツなんかもある。風変わりなものが集まる場所なんだ。

それに、収蔵品を載せているのは棚だけじゃない。ゴロゴロころがる収納箱——とても大きな金属の箱がキャタピラーの上に載っている——もあって、ゆっくり前進しているものもあれば、その場にじっとしているものもある。どれも複雑そうな錠がついていて、てっぺんで黒いカメラが明滅している。ひとつは生物学的危険物質だと正面に派手な色で警告が書かれていたので、ぼくはそれを大きくよけた。

突然、プシューッという音が聞こえたかと思うと、収納箱のひとつが目を覚ました。オレンジ色のランプを点滅させてぐっと前進する。通り道からぼくが跳びのくと、それはいままでほくが立っていた場所をガタゴトところがっていった。大きなドアに向かってゆっくりと旅を始めた収納箱に、棚がみんな動きだして道を空けた。

ここで轢《ひ》かれたら、しばらくのあいだ誰にも見つけてもらえないだろうなと思い当たった。

何かがササッと動いた。ぼくの脳のなかの、他人（特に強盗、人殺し、そして敵方ニンジャ）を感知することに振り分けられた部位が例のオレンジ色のランプみたいに点灯した。暗闇を何者かがやってくる。ぼくはハムスター・モードになって緊張した。何者かがぼくを目指してまっすぐすばやくやってくる。コルヴィナに似ている。ぼくは勢いよく身をひるがえして彼と向き合い、両手を前に突き出して大声をあげた――「なんだよ！」

さっきの絵じゃないか――口ひげの豪商。もう一度よく見ようと戻ってきたのだ。ぼくのあとを尾《つ》けていたのか？　いや――もちろん、そんなことはない。心臓が早鐘を打っている。落ち着け、モフモフ・マクフライ。

倉庫の真ん真ん中では何も動いていなかった。ここはまわりが見えにくい。棚はランプを消灯している。バッテリーを節約するためかもしれないし、単に絶望のせいかもしれない。静かだ――台風の目。動きのある外縁から光線が差し、へこんだ茶色の箱や新聞の束、石板がつかの間照らし出された。ｉＰａｄを確認すると、青い点が点滅している。近くまで来ているようなので、棚を調べはじめた。

どの棚も分厚く埃が積もっている。一段一段埃をぬぐい、ラベルを確認していく。テカテカした黄色い地に細長い黒い文字でこんなふうに書いてある――BRAVO‐3877、GAMMA‐6173。スマホを懐中電灯代わりに使って確認していく。TANGO‐5179、ULTRA‐4549。そして――ZULU‐2591。

ゲリッツズーンの偉大な作品はずっしりと重い箱、精巧な細工が施された櫃《ひつ》にでもおさめられているものと思っていた。ところが、実際はふたが内側に折りこまれたボール紙の箱だった。なかには、個別にビニール袋に入れられ、輪ゴムをきつくまわされた父型がはいっていた。古い車の部品みたいだ。

でも、ひとつ取り出してみると――Xの字で、ずっしりと重かった――輝くような成功の喜びが体を駆け抜けた。これを手にできたなんて信じられない。見つけられたなんて信じられない。グリフォの黄金の角笛を見つけた、ハーフブラッドのテレマクのような気分だ。

誰も見ていない。ぼくはXの父型を伝説の刀のように高く突きあげた。稲妻が天井を突き破って落ちてくるところを想像する。ウィルムの女王の悪しき軍勢が静まり返るところを。パワーが過負荷になったときの音を小さく真似る――プシューッ！

それから両手を箱にまわしてぐいと持ちあげ、嵐のなかへよろよろと戻っていった。

シェリルのオフィスで、ぼくは書類に必要事項を記入し、彼女がアクセション・テーブルを更新するのを辛抱強く待った。彼女のデスクの上の端末もカルニットにあったのとそっくりだった。青いプラスチック、分厚いガラス、付属の受話器。端末の横には猫が有名人の格好をしている日めくりカレンダーが置いてある。きょうは白い長毛種の猫のジュリアス・シーザーだ。

このボール紙の箱にはいっているものが歴史的にどれだけ重要か、シェリルはわかっているんだろうか。

「あら、ハニー」彼女は片手を振った。「あそこにあるものはどれも誰かにとって宝物なのよ」端末のほうにぐっと身を乗り出し、自分の仕事をダブルチェックする。

そうか。なるほど。台風の目ではほかにどんなものが、自分を迎えにきてくれる人を待ちながら、無為に時を過ごしているんだろう。

「それ、置いたら? ハニー」ぼくが抱えている箱を顎で指してシェリルが訊いた。「重そうじゃない」

ぼくは首を横に振る。いや、これは手放したくない。消えてしまうような気がして心配なんだ。この父型が自分の手のなかにあるなんて、いまだに信じられない。五百年前、グリフォ・ゲリッツズーンという名前の男がこの父型を――まさにここにあるこれを彫った。数世紀が過ぎ、何百万、もしかしたら何十億という人が、大半はそれとは知らずに、これを基にした印字を目にしてきた。いまぼくはそれを、まるで新生児のように抱きかかえている。ずっしりと重い新生児のように。

シェリルがキーを叩くと、端末の横のプリンタがウィーンと快音を立てはじめた。「もうすぐ終わりよ、ハニー」

美的価値がとても高い品物にしては、父型はそれらしく見えなかった。黒っぽい合金でできたただの細長い棒で、なんの装飾も施されていないし、傷だらけで、美しいのは端っこだけだ。浮き彫り文字が、まるで山の頂《いただき》が霧のなかから頭をのぞかせているみたいに金属から突き出している。

急にひらめいて尋ねた。「これ、所有者は誰なんですか？」

「あら、所有者なんていないわ」とシェリル。「もういまはね。所有者がいたら、いまごろあなたはその人と話してるわよ、わたしじゃなく！」

「それなら……これはここで何をしてるんですか？」

「それがねえ、ここはいろんなものの孤児院みたいな場所なのよ。ちょっと調べてみましょ」

彼女は眼鏡の角度を変え、マウスのスクロール・ホイールをまわした。「それはフリント近代産業博物館から送られてきたようだけど、言うまでもなく、あそこは八八年につぶれてしまったでしょ。本当に魅力的な博物館だったのに。本当に感じのいい、ディック・ソーンダーズって学芸員がいて」

「それで、その人は何もかもここに預けっぱなしにしていったんですか？」

「ええと、古い車を数台引きとりにきて、平床トラックに載せていったけど、残りはユニ総のコレクションに引き渡すとサインしたわね」

ユニ総は独自に展覧会をひらくべきじゃないかな――〝昔々の名もなき工芸品展〟

「オークションでよそに売ろうとはするんだけど」とシェリル。「なかにはねえ……」肩をすくめる。「さっきも言ったけど、どれも誰かにとっては宝物なのよ。でも、その誰かを見つけられないことが往々にしてあるの」

気の滅入る話だ。もしこの小さな代物が、印刷と活字と人類のコミュニケーションの歴史にとってとても重要なものなのに、巨大な倉庫のなかで忘れられていたら……ぼくらはお手あげじゃないか。

「オーケイ、ミスター・ジャノン」シェリルはふざけて堅苦しい口調で言った。「手続き完了よ」プリントアウトを箱のなかに押しこみ、ぼくの腕をぽんぽんと叩く。「三カ月間の貸出。一年まで延長可能。そろそろそのお召し物を脱ぐ?」


ぼくはニールのハイブリッドカーの助手席に父型を置いて、サンフランシスコまで運転して帰った。金属を焼きなました強烈なにおいが車内に満ち、鼻がむずむずする。沸騰したお湯で洗うか何かしたほうがいいのかな。このにおい、シートに残るだろうか。

長いドライブだった。しばらくのあいだはトヨタの燃料コントロールパネルをにらんで、自分の省燃費記録を塗り替えることに意識を集中しようとした。でも、すぐに飽きてしまったので、ウォークマンを車につないでクラーク・モファット本人が朗読する『ドラゴンソング年代記』第三巻のオーディオブック版をかけはじめた。

肩をまわし、ハンドルを十時十分の角度で握って、この不思議な状況に身をまかせる。ぼくはあいだに数世紀の隔たりがある〈アンブロークン・スパイン〉の同志ふたりにはさまれていた――カーステレオのモファット、助手席のゲリッツズーン。ネヴァダ砂漠は何キロものあいだ、何もない。ウィルムの女王の塔では話がどんどんスーパー奇妙なことになっていく。

このシリーズは歌うドラゴンが海で迷子になり、イルカとクジラに助けを求めるところから始まる。通りかかった船に助けられたが、その船には学者ドワーフも乗っていた。ドワーフはドラゴンと親しくなり、弱っていた体を元どおりにしてやり、夜中に船長がドラゴンの食道におさまっている黄金を手に入れようと、喉を掻き切りにきたときは命を救ってやった。これだけのことが最初の五ページで起こる――だから、この物語がさらに奇妙になるっていうのは、生半可なことじゃないんだ。

でも、もちろん、いまはそれがどうしてかわかる――『ドラゴンソング年代記』の三巻にして最終巻はモファットのコデックス・ヴィータイとしての役目も担っているからだ。

この巻はずっとウィルムの女王の塔が舞台で、この塔はそれ自体がひとつの世界と言っていい。塔は星まで届き、各階に独自の規則、解くべき謎がある。最初の二巻で描かれていたのは冒険と戦い、そしてもちろん、裏切りだった。三巻はずっと謎、謎、謎である。

冒頭で味方の亡霊が現れ、ドワーフのファーンウェンとハーフブラッドのテレマクをウィルムの女王の地下牢から救い出し、塔を上へとのぼらせる。モファットがトヨタのスピーカーから亡霊を描写した。

〝それは淡い青い光からなる、背が高く、手脚が長いクリーチャーで、かすかなほほえみを浮かべ、そして何より、自身の体よりもさらに青く輝く目をしていた〟

ちょっと待った。

〝「ここで何かお探しかな?」と亡霊は単刀直入に尋ねた〟

ぼくは慌ててテープを巻き戻した。最初は行きすぎてしまったので、早送りしなければならず、するとまた行きすぎたので巻き戻さなければならず、そのつぎはスピード防止帯を越えるときに車がガタガタと揺れた。ぼくはハンドルをまわして車の向きを正し、ようやくプレイボタンを押した。

〝……さらに青く輝く目をしていた。「ここで何かお探しかな?」と亡霊は単刀直入に尋ねた〟

もう一度。

〝……青く輝く目をしていた。「ここで何かお探しかな?」〟

間違いようがない。モファットはここでペナンブラの声を真似ている。この本のこの部分は新しくない。味方の青い亡霊が地下牢に現れるのは、最初のときに読んだ記憶がある。でも、言うまでもなく、あのころはモファットがサンフランシスコのとある風変わりな本屋を符号化して、自分のファンタジー叙事詩に登場させたのかもしれないとは知りもしなかった。同じく、二十四時間書店の入口をはいったときは、自分がミスター・ペナンブラにすでに何度か会ったことがあるなんて思いもしなかった。

ウィルムの女王のダンジョンに現れる青い目の亡霊はエイジャックス・ペナンブラだ。絶対に間違いない。それに、モファットが下手な声真似をするのを聞いていると……。

〝梯子をつかんだファーンウェンの小さな手に焼けつくような痛みが走る。鉄の梯子は氷さながらに冷たく、一段ごとに彼をさいなみ、地下牢の暗い深みへと真っ逆さまに突き落とそうとした。テレマクはずっと上のほうにいて、すでに出口を抜けようとしている。ファーンウェンは下を見おろした。亡霊が秘密のドアのすぐ内側に立っている。亡霊がにやりと笑うと、実体のない青い光が揺れた。亡霊は長い両手を振って大きな声で言った。

「のぼるんだ、おまえさん！　のぼるんだよ！」

そこで、ファーンウェンはのぼった〟

……信じられない。ペナンブラはすでにある種の不死を手に入れていたんだ。本人は知っているんだろうか？

ぼくはやれやれと首を振り、ひとりでにやけながらアクセルを踏みこんで、車を標準速度まで戻した。物語のほうもアクセルが踏みこまれていた。モファットの嗄れた声がヒーローたちをつぎつぎと上の階へ導き、謎を解いて味方を増やしていく――泥棒、狼、しゃべる椅子。いま初めて、ぼくは理解した。各階は〈アンブローククン・スパイン〉の暗号解読テクニックの暗喩になっているんだ。モファットは塔になぞらえて、自分が協会の階段をのぼっていった物語を語っている。

どこに耳を傾ければいいかがわかると、これはもう明白だった。

長く不思議な強行軍のあと、ラストで、ヒーローたちは塔のてっぺんにたどり着く。ウィルムの女王が世界を見渡し、支配を企む場所だ。彼女はそこでヒーローたちを待ち受けていた。悪しき軍勢も一緒に。彼らが黒いローブを着ているのも、いまになってみると、より深い意味があるように思えた。

ハーフブラッドのテレマクが味方を率いて最後の戦いに挑むあいだに、学者ドワーフのファーンウェンが重大な発見をする。天地がひっくり返るような騒乱のなか、彼は女王の魔法の望遠鏡にこっそり近づき、なかをのぞいてみる。ありえないほどの高みにあるこの観測地点からだと、目の前に驚くような光景が広がった。西の大陸を学問《レターズ》から分断している山々だ。それはメッセージであることにファーンウェンは気がついたが、単なるメッセージではなく、はるか昔、ウィルムの父祖であるアルドラグが約束したメッセージだった。ファーンウェンがその言葉を声に出して言うと、彼は——。

うわ。

ようやく橋を渡ってサンフランシスコにはいったところで、最終章を朗読するクラーク・モファットの声が新たな震えを帯びた。巻き戻しては再生、巻き戻しては再生を何度もくり返したせいで、カセットテープが伸びてしまったのかもしれない。ぼくの脳みそも少しばかり伸びているように感じた。最初は頭のなかの小さな種にすぎなかった新しい仮説が、いまはぐんぐん成長しつつある。すべて、ぼくがたったいま聞いたことに基づいて。

モファット——あんたは最高だよ。〈アンブロークン・スパイン〉ができて以来、誰ひとり気がつかなかったことに気がついた。序列を駆けあがって、製本会員になった。目的は読書室にはいる機会を得ることだけだったかもしれない——で、そのあと、協会の秘密を自分の本におさめた。ありふれた風景のなかに隠したんだ。

ぼくは聴かなきゃわからなかった。

もう深夜十二時を過ぎていた。アパートメントの前にニールの車を二重駐車し、ハザードライトを点滅させる大きなボタンを押した。車から飛び出すと、助手席からボール紙の箱を取りあげ、駆け足で階段をあがった。鍵が鍵穴になかなかはいらない——暗くて見えないし、両手がふさがっているうえに、ぼくは震えていた。

「マット!」階段の下まで走っていくと、彼の部屋に向かって叫んだ。「マット! 顕微鏡、持ってるか?」

ぶつぶつ言う声と小さな声——アシュリーの声だ——が聞こえたあと、マットがボクサーショーツだけという格好で階段の上に現れた。ボクサーショーツの柄はサルヴァドール・ダリの絵のフルカラー・コピー。彼はデカい拡大鏡を振った。ものすごく大きい拡大鏡で、マットが漫画の探偵みたいに見える。「ほら、これ」低い声で言いながら、それを渡しに階段を駆けおりてきた。「おれが持ってるのはこれだけだ。おかえり、ジャノン。それ、落とすなよ」そう言うと、階段をとっとと駆けあがり、ドアをカチャリと閉めた。

ぼくはゲリッツズーンの父型をキッチンに持っていき、明かりを全部つけた。いかれた気分だったけど、いいいかれ方だった。注意深く、箱からひとつ父型を取り出す――またXだ。それをビニール袋から出し、タオルで拭いて、こんろの明るい蛍光灯の下に差し出した。それからマットの拡大鏡を上に掲げ、のぞく。

山々はウィルムの父祖、アルドラグからのメッセージだ。

巡礼者

一週間後、必要なもの《グッズ》がそろった。いろいろな意味で。ぼくはエドガー・デックルに、父型が欲しければサンフランシスコまで来てくれとメールした。木曜日の夜、〈ピグマリオン〉に来るようにと。

みんなを招待した。ぼくの友達、協会員、ここにたどり着くまでに協力してくれた人全員。オリヴァー・グローンが店長を説得してくれて、読書会や詩の朗読バトル《ポエトリー・スラム》をひらくためにAV機器が設置された、店の奥の部屋を使わせてもらえることになった。アシュリーが絶対菜食主義者《ヴィーガン》仕様のオートミールクッキーを四皿分焼いてきてくれた。マットは椅子を並べてくれた。

いまタビサ・トゥルードーは一列目の席に腰をおろしている。ぼくが彼女をニール・シャー（彼女にとっては新たな後援者だ）に紹介すると、ニールはすぐさまセーターを着たときのバストの見え方に焦点を当てて、展示を企画してはどうかと提案した。

「セーターってのはダントツだからな」とニール。「最高にセクシーなファッション・アイテムだ。本当だよ。モニター座談会《フォーカス・グループ》をひらこう」タビサが顔をしかめ、眉を寄せた。ニールは先を続ける。「クラシック映画の場面をいくつもくり返し流してもいい。女優が着た実際のセーターを見つけて展示しても……」

ローズマリー・ラピンが二列目に座っている。隣にはティンダルとフェドロフ、インバート、ミュリエルにそのほか——それほど昔ではないよく晴れた朝、グーグルまでやってきたのとほぼ同じ顔ぶれが並んでいる。フェドロフは腕を組み、〝これならわたしも前に一度考えた〟と言いたげな懐疑的な表情を浮かべている。でも、かまわない。ぼくは彼を落胆させはしない。

日本から来た未製本会員の同志ふたりもいる——インディゴブルーのスキニージーンズをはいたもじゃもじゃ頭の若者ふたり。〈アンブロークン・スパイン〉の情報網を通じて噂を聞き、ぎりぎりで間に合うサンフランシスコ行きのフライトに飛び乗る価値ありと判断したんだ（正しい判断だ）。イゴールが彼らと一緒に座っていて、日本語で不自由なく雑談している。

ユニ総のシェリルにも見えるように、一列目にノートPCが置かれている。ビデオチャットを通じて、彼女はにこにこ笑っていて、ちりちりの黒髪が画面を占領している。グランブルも招《よ》んだんだけど、彼は今夜飛行機——香港行きの——に乗らなきゃならないんだそうだ。

書店の入口から黒っぽい一団がはいってきた——エドガー・デックルが到着し、彼がニューヨークの黒ローブたちを一緒に連れてきたんだ。ここでは実際にローブを着ているわけじゃないけど、その服装は奇妙なよそ者として彼らを目立たせた——スーツ、ネクタイ、チャコールグレーのスカート。彼らが何十人も店の入口をぞろぞろとはいってきたあと――コルヴィナが登場した。スーツはグレーで光沢がある。相変わらず威圧感のある男だけど、ここではあまり権威が感じられない。壮麗な雰囲気や石壁の背景なんかがなければ、ただの老人だ――コルヴィナの目がきらりと光ってぼくを見つけた。えっと、もしかしたらやっぱり権威は感じられるかも。

〈ピグマリオン〉のお客が眉をあげて振り向き、黒ローブたちが店内を行進していくのを見守った。デックルは軽くほほえみ、コルヴィナはとげとげした厳粛さを漂わせている。

「本当にゲリッツズーンの父型が見つかったのなら」そっけない口調で言う。「それはわれわれが持ち帰る」

ぼくは背筋に力を込め、顎を少し突き出した。ここは〈アンブロークン・スパイン〉の読書室じゃない。「本当に見つかったんですよ。でも、それは始まりにすぎません。さあ、座って」

ああ、やっぱりだめだ。「ください」

コルヴィナは雑談している一同に目を走らせ、顔をしかめたが、黒ローブたちに向かって席に着くよう手を振った。彼らは全員、いちばん後ろの列に席を見つけたので、会場後方に黒っぽい腕木を渡したみたいに見えた。その後ろにコルヴィナが立つ。

デックルが通りかかったときに、ぼくは肘をつかんで訊いた。「彼は来ますか?」

「話しておいたよ」デックルはうなずきながら言った。「でも、彼はすでに知っていた。〈アンブロークン・スパイン〉では噂が広まるのは速いからね」

キャットも来ている。最前列の端寄りに腰かけ、マットとアシュリーと静かにしゃべってる。また千鳥格子のブレザーを着ていて、首には緑のスカーフを巻いてる。最後にぼくと会ってから、髪を切ったらしく、いまはちょうど耳下の長さだ。

ぼくらはもうつき合ってない。正式に別れようと言ったわけじゃないけど、客観的な事実だ。炭素の原子量やグーグルの株価みたいに。それでも、ぼくは彼女にしつこく迫り、出席の約束を取りつけた。誰よりもキャットにこれを見てもらわないと。

みんながそわそわしはじめ、ヴィーガン仕様のオートミールクッキーはほとんどなくなりかけていたけど、まだ始めるわけにいかなかった。ラピンがぼくのほうに身を乗り出して訊いた。「あなた、ニューヨークへ行くの？　図書館で働くとか？」

「あー、いえ、それは絶対にないです」ぼくはそっけなく答える。「興味ないんで」

ラピンは顔をしかめて両手を握りしめた。「わたしは行くことになっているんだけど、でも行きたくないのよ」ぼくを見あげる。途方に暮れた顔をしている。「お店が恋しくて。それと――」

エイジャックス・ペナンブラが。

彼は〈ピグマリオン〉の入口をさまよえる亡霊のようにするりとはいってきた。黒いピーコートのボタンを全部留め、襟を立て、首にグレーの薄いスカーフを巻いている。部屋を見渡し、後ろのほうに協会員の一団――黒ローブそのほか――がいるのがわかると、目を見張った。

ぼくは彼に駆け寄った。「ミスター・ペナンブラ！　来てくださったんですね！」

ペナンブラはなかば顔をそむけて、骨ばった手で首を押さえた。ぼくの顔を見ようとしない。青い目は床に注がれている。「すまないね、おまえさん」低い声で言う。「あんなふうに姿を消すべきじゃなかった――ああ。ただ……」弱々しくため息をつく。「ばつが悪くてな」

「ミスター・ペナンブラ、お願いです。もうそのことは」

「うまくいくと確信しきっていたからな」とペナンブラ。「だが、だめだった。それにあそこにはおまえさんも、おまえさんの友達も、わたしの弟子も全員いた。わたしはひどく間抜けな年寄りになった気分だ」

かわいそうに。どこかに引きこもっている、ペナンブラの姿が脳裏に浮かんだ。協会員をグーグルの芝生の上まで引っぱっていっておきながら、失敗してしまった罪悪感と闘い、自分の信念の重みを計ったり、今後の可能性について悩んだり。彼は大きな――人生最大の――賭けに出て、負けた。でも、その賭けはひとりでしたんじゃない。

「こっちへ、ミスター・ペナンブラ」ぼくは自分の立ち位置に向かってあとずさりしながら、手招きした。「こっちへ来て座ってください。ぼくたちはみんな間抜けです――ひとりを除いて全員が。さあ、見てください」

何もかも準備が整った。ノートPCのなかで、プレゼンテーションが開始を待っている。秘密を暴くには、たばこの煙が漂う古風な談話室で、探偵が緊張した聴衆を声と推理の力だけでとりこにしなければならないのはわかってる。でも、ぼくは書店のほうが好きだし、スライドのほうが好みなんだ。

そこでプロジェクタの電源を入れて位置に就いた。何も映っていない画面がまぶしい。手を後ろで組み合わせ、ぐっと胸を張って目をすがめ、集まった人々を眺める。つぎにリモコンのボタンを押して開始した。

スライド1

自分のメッセージがずっと伝えられていくようにしたい、そう思ったら、あなたはどうしますか？　石に刻みますか？　黄金に彫りますか？

人が誰かに伝えずにいられないほど強力《ポテント》なメッセージにしますか？　宗教を起ちあげて、人の魂を巻きこみますか？　ひょっとして秘密結社を作りますか？

それとも、ゲリッツズーンがしたみたいにしますか？

スライド2

グリフォ・ゲリッツズーンは十五世紀なかば、ドイツ北部の大麦農家に生まれました。父親は豊かではありませんでしたが、評判がよく、敬虔《けいけん》な男として知られていたおかげで、息子を金細工師に弟子として入門させることができました。これは十五世紀当時としてはとてもいい仕事でした——道を踏みはずさないかぎり、ゲリッツズーンの生活は一生安泰と言ってよかった。

彼は道を踏みはずします。

ゲリッツズーンは信心深い少年で、金細工師の仕事には興味を持てなかった。一日中、古い安物の装飾品を煮溶かしては、新しいものを作る——彼には、自分自身が作ったものも、同じ運命をたどることになるとわかっていました。信念が彼に告げます——これは大事な仕事じゃない。神の国に金はない。

そこで、彼は師の教えに従い、技能を習得したものの——本当に腕がよかったようです——十六歳になると、金細工師に別れを告げて工房をあとにします。それどころか、ドイツそのものをあとにします。聖地巡礼の旅に出たのです。

スライド3

ぼくがこんなことを知っているのは、アルドゥス・マヌティウスがこれを知っていて、書き残していたからです。彼が自身のコデックス・ヴィータイに書き残し——それをぼくが解読しました。

（あちこちで聴衆が息を呑む。コルヴィナはまだ後ろに立ったままで、不機嫌そうに口をゆがめ、顔をこわばらせている。黒い口ひげが下を向いている。ほかの人々はぽかんとして待っている。キャットをちらりと見ると、ぼくの頭のなかで何かがショートしたんじゃないかと心配しているみたいな深刻な顔をしている）

先に言っておきます――あの本には秘密の処方箋は載ってません。魔法の呪文も載ってない。本当に不死を実現する秘密があるとしても、あのなかには書かれていない。

（コルヴィナは決断した。くるりと背を向けると、〝歴史〟と〝自己啓発〟と書かれた通路を大股に歩いて、出口に向かった。端に寄って、低い書棚にもたれていたペナンブラの横を通った。ペナンブラはコルヴィナを見送ってから、ぼくのほうに向きなおり、手をメガホンみたいにして大きな声で言った。「先を続けてくれ、おまえさん！」）

スライド4

実際、マヌティウスのコデックス・ヴィータイはその名のとおりのものです――彼の人生について書いてあります。歴史を記した本として、非常に貴重だ。でも、ぼくが焦点を当てたいのはゲリッツズーンについて書かれた部分です。

ラテン語からの翻訳にはグーグルを使ったので、細かいところに間違いがあったら赦してください。

若きゲリッツズーンは金細工の腕を使い、そこここで少しのお金を稼ぎながら、パレスチナを旅して歩きました。マヌティウスによれば、ゲリッツズーンは神秘主義者と――カバラ主義者やグノーシス主義者、イスラム神秘主義者なんかと――出会い、人生をどう生きるべきか模索していたそうです。同時に、金細工師の情報網を通じて、ヴェニスがかなりおもしろいことになっているとも聞いていました。

ゲリッツズーンが旅した経路を、できるだけ地図に再現してみました。地中海沿岸をさまよい歩き――コンスタンティノープルを抜け、イェルサレムにはいり、エジプトへと横断し、ギリシアを通って北上し、イタリアにはいりました。

ヴェニスで彼はアルドゥス・マヌティウスと出会います。

スライド5

マヌティウスの印刷工房で、ゲリッツズーンは生きる道を見つけました。印刷の仕事には金細工師としての彼の技量がすべて求められましたが、新しい目的のために工夫も必要でした。印刷は安物の装飾品や腕輪とは違う――言葉と思想です。それに、当時のインターネットと言ってもよかった。わくわくするものだったんです。

今日《こんにち》のインターネットそっくりに、十五世紀の印刷業はいつも問題だらけでした――インクをどうやって蓄えておくか？　金属をどうやって混ぜ合わせるか？　活字をどうやって鋳るか？　答えは半年ごとに変わりました。ヨーロッパの各大都市には印刷工房が十カ所ずつぐらいあって、そういう問題をわれ先に解決しようとしました。ヴェニスでいちばんの印刷工房はアルドゥス・マヌティウスのところで、ゲリッツズーンはそこで働くようになりました。マヌティウスは彼の才能をすぐに見抜きます。ゲリッツズーンは彼の魂もすぐに見抜いたと言っています――ゲリッツズーンは探求者でもあることがわかったと。そこで、マヌティウスは彼を雇い、ふたりは何年も一緒に仕事をし、親友になりました。マヌティウスは誰よりもゲリッツズーンを信頼し、ゲリッツズーンは誰よりもマヌティウスを尊敬しました。

スライド６

何十年かしてから、新しい産業を生み出し、ぼくらがいまでも、なんて言うか、史上最高に美しいと思う本を何百冊も印刷してから、このふたりもついに年を取りはじめます。ふたりは力を合わせて大いなる最後のプロジェクトを完成させることにしました。自分たちが経験したことすべて、学んだことすべてが必要となるような、それを後世のためにまとめあげるようなプロジェクトです。

マヌティウスはコデックス・ヴィータイを著し、そのなかでとても赤裸々に語りました――ヴェニスでは物事がどう運ぶか、本当のところを書いたんです。古典を刊行するための独占権を得るのに、どんないかがわしい取引をしたか、ライバルたちが彼の工房を閉鎖に追いこもうとしたこと、反対にそのうちのいくつかを閉鎖に追いこんだこと。あまりに赤裸々な内容であったがために、そしてすぐ公表すれば、息子に継がせようとしている商売にダメージを与えてしまうため、マヌティウスはそれを暗号化したいと考えました。でも、どうやって？　そのころ、ゲリッツズーンは生涯で最高の書体を彫っている最中でした――マヌティウスが亡くなったあと、印刷工房を支えていくことになる、大胆で新しいデザインの。ホームランでした。その書体には現在、彼の名前が冠されているほどですから。しかし、その作成中に、彼はまさかの行動に出ました。

アルドゥス・マヌティウスはきわめて暴露的な回顧録を遺して、一五一五年に亡くなりました。〈アンブロークン・スパイン〉では、このとき、マヌティウスが暗号化された伝記の鍵をゲリッツズーンに託したと伝えられています。でも、五百年のあいだにどこかで解釈の間違いが起きたようです。

ゲリッツズーンは鍵を手にしませんでした。

ゲ、ゲ、ゲ、ゲリッツズーンが鍵だったんです。

スライド7

これはゲリッツズーン体の父型のひとつ、Xです。

アップです。

もっとアップにしてみましょう。

これはぼくの友人、マットの拡大鏡を通して見たところです。文字の端に細かい刻み目がはいっているのが見えますか？　歯車の歯みたいに見えるでしょう？——あるいは鍵の歯みたいに。

（息を呑むかすれた大きな音が聞こえた。ティンダルだ。彼はかならずこっちの期待どおりに興奮してくれる）

この細かな刻み目は偶然できたものではありませんし、でたらめについているわけでもありません。父型全部にこういう刻み目がはいってます。そしてこの父型から作られた鋳型にも。これまでに作られたゲリッツズーン体の活字ひとつひとつに。このことを突きとめるのに、ぼくはネヴァダまで行かなければなりませんでした。本当の意味を理解するのに、クラーク・モファットの声をテープで聞かなければなりませんでした。でも、何を探せばいいか知ってさえいたら、ノートPCをひらいて、ゲリッツズーン体で文章を打ってみればよかったんです。それを三〇〇〇パーセントにまで拡大してみれば。刻み目はコンピュータ・バージョンにもはいっています。〈アンブロークン・スパイン〉は地下の図書館ではコンピュータの使用を許していない……でも、地上のフェスティナ・レンテ社はとても勤勉なデジタル化スペシャリストを雇っています。

これが、すぐ目の前にあったのが暗号なんです。この細かな刻み目が。

協会の五百年の歴史のなかで、誰ひとり、これをよく見てみようとはしなかった。グーグルの暗号解読の達人も。ぼくらはまったく違う書体でデジタル化された文章を見ていた。つながりを見て、形を見ていなかった。

暗号は複雑であると同時に簡単です。複雑なのは、大文字のFは小文字のfと別物だからです。さらに、合字《リガチャ》のffは小文字のfを並べたわけじゃありません——完全に異なる父型なんです。ゲリッツズーン体には代替文字が山ほどあります——三連のP、二連のC、すごく存在感のあるQ——そして、それが全部、違う意味を持っている。この暗号を解読するには活字学的に考える必要があるんです。

でも、そのあとは簡単です。必要なのは刻み目の数を数えることだけですから。数えましたよ——拡大鏡を使って、注意深く、キッチンテーブルの上で。データセンターなんて必要なし。これはコミックブックに出てくる種類の暗号です——ひと文字に数字ひとつが対応している。単純な置き換え方式で、これを使えば、マヌティウスのコデックス・ヴィータイはあっという間に解読できます。

スライド8

ほかにもわかることがあるんです。父型を順番どおりに——十五世紀の印刷所で箱に並べられていたとおりに——並べると、別のメッセージが見つかります。ゲリッツズーン本人からのメッセージです。彼が世界に遺した最後の言葉が、五百年のあいだ、ありふれた風景のなかに隠れていたんです。

内容は不気味でも、神秘的でもありません。はるか昔に生きていた人物からのメッセージというだけです。でも、ここからが気味の悪いところなんです。まわりを見てみてください。

（みんなが言われたとおりにした。ラピンは首を伸ばした。心配そうな顔をしている）

書棚の表示を見てください――〝歴史〟や〝人類学〟〝ティーン・パラノーマル・ロマンス〟と書かれてますよね？　さっき気づいたんですけど――表示はみんなゲリッツズーン体で書かれている。

ｉＰｈｏｎｅには最初からゲリッツズーン体がはいっている。マイクロソフト・ワードはバージョンが新しくなっても、文書の初期設定はゲリッツズーン体になっている。〈ガーディアン〉は見出しがゲリッツズーン体です。〈ル・モンド〉も〈ヒンドゥスタン・タイムズ〉も。ブリタニカ百科事典もかつてはゲリッツズーン体が使われていました。ウィキペディアは先月変えたばかりです。学期末論文、履歴書、講義概要を思い出してください。身上書、採用通知、辞表を。契約や訴訟。お悔やみ。

ぼくらのまわりに溢れているんです。みなさんは毎日ゲリッツズーン体を目にしている。ずっと昔からあって、五百年のあいだずっとぼくたちのことを見つめてきた。どれも――小説も新聞も新しい文書も――みんなこの秘密のメッセージ、隠れた鍵の搬送波だったんです。

ゲリッツズーンにはわかっていた――不死の鍵が。

（ティンダルが椅子からはじかれたように立ちあがり、わめいた。「しかし、なんだったんだ？」自分の髪を引っぱる。「メッセージとはなんなんだ？」）

ええと、ラテン語なんです。グーグルの翻訳は大ざっぱだ。アルドゥス・マヌティウスというのは、彼が生まれたときにつけられた名前じゃありません。本当はテオバルドと言って、友人たちからはそう呼ばれていました。

というわけで、お見せしましょう。これがゲリッツズーンから永遠へのメッセージです。

スライド9

ありがとう、テオバルド。

あなたはわたしにとって最高の友人だ。

それがすべての鍵だった。

協会

ショーが終わり、聴衆が会場から去っていく。ティンダルとラピンは〈ピグマリオン〉のちっちゃなカフェでコーヒーを飲もうと、列に並んだ。ニールはまだ、セーターを着たときのオッパイの抜群の美しさについてタビサに売りこみ口上を続けている。マットとアシュリーはイゴールと日本人ふたり組と一緒に、にぎやかに話をしながらゆっくり出口に向かっている。

キャットはひとり腰をおろし、ヴィーガン仕様オートミールクッキーの最後の一枚をかじっている。疲れた顔だ。ゲリッツズーンの不死の言葉について、彼女はどう思ったかな。

「悪いけど」首を振りながら、彼女は言った。「納得できないわ」目は暗く、伏せられている。

「彼はとても才能に溢れていたのに、死んでしまった」

「人は誰でも死――」

「あなたはこれで満足できるの？ 彼は書き置きを遺したのよ、クレイ。書き置きを遺しただけ」叫び声になり、唇からオートミールのくずが飛んだ。オリヴァー・グローンが〝人類学〟の棚のほうからこっちを見て眉をつりあげた。キャットはうつむいて靴を見つめている。静かな声で言った。「あんなのは不死じゃないわ」

「でもさ、これが彼のいちばんの長所だとしたら？」この仮説はいま話しながら立てていた。「もしも、その――グリフォ・ゲリッツズーンと一緒に過ごすのは、いつもそんなにすばらしいとはかぎらないとしたら？ 彼が風変わりな夢想家だったら？ いちばんの長所は、金属を加工する腕前だったとしたら？ その部分は間違いなく不死を手に入れている。これ以上はありえないくらい不死になってるよ」

キャットはやれやれと首を振り、ため息をつき、ぼくのほうにちょっと身を乗り出して、クッキーの最後のひとかけを口に押しこんだ。ぼくは古い知識《オールド・ナリッジ》、ぼくらがずっと探していたいわゆるOKを見つけたけど、彼女はその内容が気に入らないんだ。キャット・ポテンテはこれからも探しつづけるだろう。

ちょっと間を置いてから、彼女は身を引き、勢いよく息を吸って立ちあがった。「招んでくれてありがとう。またね」肩をすぼめてブレザーを着ると、バイバイと手を振って出口に向かう。

ペナンブラがぼくを呼んだ。

「いや、驚かされたよ」大きな声でそう言った彼は元の彼に戻り、目がきらきらして満面に笑みをたたえていた。「ずっと、われわれはゲリッツズーンにもてあそばれていたんだな。おまえさん、うちの店の入口にはゲリッツズーンの字が使ってあったんだぞ！」

「クラーク・モファットはこの謎を解いていたんです。どうやってかはわかりませんけど、でも解いていたんです。だけど彼は……ゲリッツズーンのゲームを続けることに決めたんでしょうね。謎をそのままにすることに」彼の本のなかにすべてが隠されているのを誰かが見つける日まで。

ペナンブラはうなずいた。「クラークは頭のいいやつだった。いつも独自の道を行き、自分の直観に従った」いったん言葉を切り、首をかしげてほほえむ。「おまえさんはクラークと気が合っただろうよ」

「それじゃ、がっかりしてないんですか？」

ペナンブラは目を見ひらいた。「がっかりする？　まさか。わたしの予想とは違ったが、いったいわたしの予想とはなんだ？　われわれは何を予想しただろう？　わたしは生きているあいだに真実を知ることになろうとは、予想しなかった、、、、よ。きょうははかりしれないほどの贈りものをもらったし、わたしはグリフォ・ゲリッツズーンと、そしておまえさんに感謝している」

今度はデックルがぼくらのほうにやってきた。飛び跳ねんばかりににこにこしている。「やったな！」ぼくの肩をぴしゃぴしゃと叩く。「きみはあれを見つけた！　きみなら見つけられるとわかっていたよ――確信していた――でも、ここまで大きな話になるとは思いもしなかった」彼の後ろでは黒ローブたちがみんな話に花を咲かせている。みんな興奮して見える。デックルはあたりを見まわした。「あれにさわらせてもらえるか？」

「全部、あなたたちのものですよ」ぼくはゲリッツズーンの父型がはいったボール紙の櫃を最前列の椅子の下から引っぱり出した。「ユニ総から正式に買う必要があるけど、書類はぼくが持ってるし、特に――」

デックルが片手をあげた。「問題ない。まかせてくれ――問題はひとつもない」ニューヨークの黒ローブのひとりが前に出ると、ほかのメンバーもそれにならった。彼らは箱の上に身を乗り出し、なかに幼児がいるみたいに、おお、とか、ああ、とか言った。

「つまり、クレイに道を示したのはおまえさんだったんだな、エドガー？」ペナンブラが眉を片方つりあげて訊いた。

「ふと思ったんですよ、師匠」とデックル。「めったにいない人材を利用するチャンスだと」いったん言葉を切ってほほえんだ。「あなたは本当に店員の選び方を知っていますね」これを聞いて、ペナンブラがふんと鼻を鳴らしてにやりと笑った。デックルは続けた。「これはたいへんな偉業です。われわれは新しい活字を作り、古い本を何冊か印刷しなおそうと思います。

コルヴィナも反論はできないでしょう」

第一の読み手――古い友人――の名前が出されると、ペナンブラの表情が曇った。

「彼はどうですかね?」ぼくは訊いた。「彼は――えーと。怒っているように見えました」

ペナンブラが深刻な表情になった。「彼の面倒をよろしく頼むよ、エドガー。年取ってはいるが、マーカスは落胆した経験があまりないんだ。強そうに見えて、傷つきやすい。わたしは彼のことが心配だ。心から」

デックルがうなずいた。「コルヴィナのことはまかせてください。われわれはつぎにどうするか、決めなければならない」

「それなら」とぼく。「手始めにこんなのはどうでしょう」体を折って椅子の下からふたつ目のボール箱を取り出した。こっちは新しい箱で、上に大きくX字にビニールテープが貼ってある。そのテープを剝がし、ふたを開けると、なかには本がびっしり詰まっていた――密封包装したペーパーバック。ビニールに穴を開けて一冊取り出した。飾りけのない青い本で、表に細長い白い大文字で『MANVTIVS』と記されている。

「あなたにです」ぼくはそれをデックルに手渡した。「暗号を復号した本、百冊。原語のラテン語で書かれてます。あなたたちは自分で翻訳したいんじゃないかと思って」

ペナンブラが声をあげて笑った。「おまえさん、今度は出版も始めるつもりか?」

「プリント・オン・デマンドですよ、ミスター・ペナンブラ」とぼくは言った。「一冊二ドルです」

デックルと黒ローブたちは彼らの宝物――古い箱ひとつと新しい箱ひとつ――をレンタカーのヴァンまで運んだ。〈ピグマリオン〉の白髪交じりの店長は、彼らがギリシア語で幸せそうに喜びの歌《キャロル》を歌いながらカフェから引きあげるのを用心深く見守っていた。

ペナンブラは物思いに沈むような表情を浮かべている。「ただひとつ心残りなのは、わたしのコデックス・ヴィータイは間違いなくマーカスに燃やされるだろうということだ。創始者のものと同様、あれは一種の伝記だから、それがなくなってしまうのは悲しい」

さあ、彼をもう一度仰天させるときが来たぞ。「図書館に潜入したとき」とぼくは言った。「スキャンしてきたのはマヌティウスの本だけじゃなかったんです」ポケットに手を突っこみ、青いUSBを取り出してペナンブラの指の長い手に押しこむ。「本物みたいにきれいじゃないですけど、文章は全部そこにはいってます」

ペナンブラはUSBを高く持ちあげた。書店の照明が当たって、プラスチックがきらりと光る。感嘆したように、彼の口元が小さくほころんだ。「おまえさん」かすれた声で言う。「おまえさんには驚かされてばかりだ」眉を片方つりあげる。「そのうえ、これもたった二ドルで印刷できるのか?」

「もちろん」

ペナンブラは細い腕をぼくの肩にまわし、顔を寄せて静かに言った。「このわれわれの街は――わたしは気がつくまでに時間がかかりすぎたが、現代のヴェニスだな。ザ・ヴェニス」目を大きく見ひらいたかと思うとぎゅっと閉じ、首を振る。「創始者その人と同じように、われわれはヴェニスにいるんだ」

何が言いたいのかわからない。

「ようやくわかってきたのは」とペナンブラ。「われわれはマヌティウスのように考えなければならないということだ。フェドロフは金を持っている。きみの友達――あのおもしろい友達もだ」ぼくらは並んで書店の店内を見渡している。「そこで、ひとりかふたりパトロンについてもらって……また始めようと言ったら、おまえさんの意見はどうかね？」

信じられない。

「白状すると」ペナンブラは首を横に振った。「わたしはグリフォ・ゲリッツズーンにいま圧倒されている。彼はとうてい真似できないような偉業を成し遂げた。しかし、わたしにはまだ時間がいっぱい残されている」ウィンク。「そして解くべき謎はまだいくつもある。おまえさん、わたしと一緒にやるかね？」

ミスター・ペナンブラ。やるに決まってるじゃないですか。

エピローグ

それで、このあとはどうなるか？

ダンジョン・マスターのニール・シャーは自社をグーグルに売却するというクエストに成功する。キャットが売りこんで、ＰＭがゴーサインを出すんだ。グーグルは〈アナトミクス〉を買収して〈グーグル・ボディ〉と社名を変更。新バージョンのソフトウェアを公開して、誰でも無料でダウンロードできるようにする。オッパイは相変わらずいちばんよくできたボディパーツだ。

こうして、ニールはとうとう桁外れの金持ちになり、後援者としての役割に本腰を入れはじめる。まず、〈芸術分野で活躍する女性のためのニール・シャー財団〉が基金とオフィスを整え、そして事務局長――タビサ・トゥルードー――を雇う。タビサは元消防署の建物をデッサン、絵画、テキスタイル、タペストリーなど、すべて女性芸術家の手になる作品、すべてユニ総から見つけてきたものでいっぱいにする。つぎに、助成金を出しはじめる。多額の助成金だ。マット・ミッテルブランドがＩＬＭから引き抜かれ、ピクセルとポリゴン、それにナイフと接着剤も使う制作会社をニールと一緒に設立する。ニールは『ドラゴンソング年代記』の映画化権を買う。〈アナトミクス〉が買収されたあと即座にイゴールをグーグルから取り戻し、

〈ハーフブラッド・スタジオ〉のチーフ・プログラマに任命する。イゴールは3Dのトリロジーを企画する。監督はマットだ。

キャットはPMの要職に就く。まず、アルドゥス・マヌティウスの回想録の解読をグーグルで行い、それは〝失われた書物《ロスト・ブックス》〟という新プロジェクトの第一歩になる。〈ニューヨーク・タイムズ〉がそのプロジェクトについてネット記事を書く。つぎに、〈アナトミクス〉の買収と〈グーグル・ボディ〉の好評がさらなる追い風となり、光沢紙に印刷された〈ワイアード〉の一ページの半分を使って、キャットの写真が載る。巨大なデータ可視化スクリーンの下に立つ彼女。両手を腰に置き、前の開いたブレザーからは真っ赤な〝BAM!〟Tシャツがのぞいている。

それを見て、結局、彼女はあのTシャツを着なくなったわけじゃなかったんだとぼくは気づく。

オリヴァー・グローンは考古学の博士課程を修了する。すぐに職を見つけるけど、就職先は博物館じゃなく、アクセション・テーブルを管理する会社だ。彼は紀元前二〇〇年よりも前に作られた大理石の手工芸品を再分類する仕事をまかされ、天にものぼる気分になる。

ぼくはキャットをデートに誘い、彼女はOKする。ぼくらは〈ムーン・スーサイド〉のライブに行き、冷凍した頭の話をする代わりに、ただダンスをする。キャットはすごくダンスが下手だってことがわかる。アパートメントのドアの前で、彼女はぼくの唇に軽く、一度だけキスをして、暗いドアの向こうに姿を消す。ぼくは歩いて帰り、途中で彼女にショートメールを送る。メールに書いてあるのは数値がひとつだけ。ぼくが幾何学の教科書と延々格闘して自力で導き出した数値だ――四万キロメートル。

〈アンブロークン・スパイン〉では、基礎に組織的な破綻が生じる。ニューヨークに戻った第一の読み手は、規則に従わなければ、凶運と失望が待っているだろうと協会員を脅す。嘘ではないことを証明するために、彼は本当にペナンブラのコデックス・ヴィータイを燃やす――が、これが重大な誤算となる。愕然とした黒ローブたちがついに投票を行う。製本会員全員が本好きの地下墓地に集まり、ひとりひとり手をあげていく。コルヴィナは失脚する。フェスティナ・レンテ社のCEOにはとどまるが――利益はぐっと増加する――地下では、新しい第一の読み手が選ばれる。

エドガー・デックルだ。

モーリス・ティンダルはニューヨークへ行き、自分のコデックス・ヴィータイの執筆に取りかかる。ぼくは彼にデックルの後任として読書室の守人《もりびと》になりたいと申請するよう勧める。あそこはもうちょっと活気があったほうがいい。

入れものは燃やされてしまっても、ペナンブラのコデックス・ヴィータイの中身は無事だ。そこでぼくは彼にそれを出版しようと持ちかける。

彼は異議を唱える。「いつの日か、そうすることもあるかもしれん。だが、いまはまだだ。もうしばらく秘密にしておこう。何しろ、おまえさん」ペナンブラの青い目がすがめられ、きらきらと光る。「あれにはびっくりすることが書いてあるかもしれないぞ」

　ペナンブラとぼくは一緒に新しい団体《フェローシップ》——実際のところ、小さな会社——を設立する。ニールを説得して、グーグルから得た利益を投資させる。フェドロフがヒューレット《H》・パッカ《P》ードの株を数百万ドル分持っていることがわかり、彼もその一部を投資してくれる。

　ペナンブラとぼくは、どういう類《たぐい》の企業が自分たちにいちばん向いているか何度も話し合う。新しい書店？　違う。ある種の出版社？　違う。ペナンブラは学者や暗号解読者よりも、道案内やコーチになるほうが幸せだと打ち明ける。ぼくは、とにかく自分の好きな人たちをひとつの部屋に集める口実が欲しいと告白する。そこで、ぼくらはコンサルタント業を始めることになる——本とテクノロジーが交差する場所で、デジタルの薄暗い書棚に積もる謎を解決しようとする特殊作戦部隊。キャットが最初のコネクションになってくれる——グーグルの電書リーダーの試作品《プロトタイプ》のために周辺システムをデザインする仕事。ちなみに、その電書リーダーは薄くて軽くて、スキンはプラスチックじゃなく、布製なんだ。ハードカバーの本みたいにね。

　そのあとは自分たちで仕事を開拓しなきゃならないから、ペナンブラが売りこみ目的の会議の無敵な達人になる。ツイードのダークスーツを着て眼鏡をピカピカに磨きあげ、アップルやアマゾンの会議室によろよろとはいっていき、会議テーブルを見まわして静かに言う。「みなさん、この契約に何を求めておいでかな？」青い瞳、人の心をざわめかせる笑顔、そして（ぶっちゃけ）高齢さが、みんなを呆然とさせ、魅了し、すっかり契約する気にさせる。

オフィスは、陽光降りそそぐヴァレンシア・ストリートのタコス料理店とスクーター修理店にはさまれた間口の狭い場所に構える。フリーマーケットで手に入れた木の大きなデスク、〈イケア〉で買った背の高い緑の本棚。本棚には書店から救出してきたペナンブラの好きな本を並べる。ボルヘスとハメットの初版本、表紙がエアブラシ画のアシモフとハインライン、それにリチャード・ファインマンの五種類の伝記。何週間かごとに、ぼくらは本を陽のなかに運び出し、期間限定の露店をひらく。告知はツイッターでぎりぎりになってからする。

大きなデスクに座るのは、ぼくとペナンブラだけじゃない。ローズマリー・ラピンが社員その一として入社する。ぼくがRuby《ルビー》の使い方を教えて、彼女が会社のウェブサイトを作る。そのあとグーグルからジャドを引き抜き、グランブルとコンサルタント契約を結ぶ。

社名は〈ペナンブラ〉。シンプルに〈ペナンブラ〉だけ。ぼくがデザインするロゴには――もちろん――ゲリッツズーン体が使われる。

でも、〈ミスター・ペナンブラの二十四時間書店〉は？　店は窓に〝貸店舗〟と書かれた紙が貼られたまま、三カ月が過ぎる。あの天井が高く、やたら細長い空間をどうしたらいいか、誰にもわからないからだ。そこへ、ようやく、ある人物がいいことを思いつく。

アシュリー・アダムズがテレグラフヒル・クレジットユニオン銀行の小さな営業所にグレーブラウンとクリーム色の服を着て、存命するなかで最古の顧客からの推薦状を携え、現れる。広告のプロらしい洗練され、落ち着いた態度で自身のビジョンを説明する。

彼女が広告のプロを演じるのはこれが最後になる。

アシュリーは書架を撤去し、床を張り替え、照明を新しくして、書店をロッククライミング・ジムに生まれ変わらせる。休憩室がロッカールームになり、手前の低い棚にはiMacが並べられ、ロッククライマーがインターネットを利用できるようにする（相変わらず、隣の〝ブーティネット〟というWi-Fi経由で）。以前、フロントデスクがあった場所にはピカピカの白いカウンターが置かれ、ノースフェイス（別名ダフネ）がそこでケールシェイクとリゾットボールを作るという新しい仕事に就く。手前のほうの壁は多彩な色で覆われる——ペナンブラの書店をアップで撮影した写真に基づいて、マットが壁画を描くんだ。何を探せばいいか知っていれば、見つかると思うよ——一連の文字、一列に並んだ背表紙、朗らかな音色を立てる曲線を帯びたベルが。

かつて奥地蔵書《ウェイバックリスト》があった場所には、マットが若いアーティストの一団を指揮して、クライミング用の巨大な壁をこしらえる。緑とグレーのまだら模様に金色に輝くLEDがところどころ配され、そこから枝状に青い線が引かれ、クライマーがつかむ手がかり《ホールド》はてっぺんが白い、どっしりした山々になっている。今回、マットが作るのは単なる街ではなく、ひとつの大陸、ちょっと傾いた文明そのものだ。そしてここでも、何を探せばいいか知ってさえいたら——手がかりのあいだにどう線を引いたらいいか知っていたら——壁に人の顔が浮かびあがるかもしれない。

ぼくはジムの会員になって、ふたたびのぼりはじめる。

そして最後に、ぼくは一部始終を書き記す。日誌の一部を書き写し、古いメールやショートメールからも書き写すところを見つけ、あとは記憶を頼りに再現する。ペナンブラに目を通してもらい、出版社を見つけ、近ごろ本が置いてあるところすべてで売り出す――大手の〈バーンズ&ノーブル〉、明るい〈ピグマリオン〉、キンドルのなかに組みこまれた静かで小さな書店。

あなたはこの本を手に、ぼくが学んだことをすべて、ぼくと一緒に学んでいくだろう――。

不死はかならず友情と努力の上に入念に築かれるものだ。知る価値があるこの世の秘密はすべて、ありふれた風景のなかに隠れている。三階の高さがある梯子をのぼるには四十一秒かかる。三〇一二年を想像するのは簡単じゃないけど、だからって試してみちゃいけないってことにはならない。ぼくたちは新しい可能性を手に入れた――まだ使い慣れていない不思議な力。山々はウィルムの父祖、アルドラグからのメッセージだ。人生はいろんなところから気ままにはいっていける、ひらかれた街でなければならない。

読み終わったら、この本も色あせる。すべての本があなたの頭のなかで色あせるのと同じように。でも、つぎのことは憶えていてほしい――。

薄暗く人気《ひとけ》のない通りを歩いていく男。足早に歩き、息が切れ、驚きと欲求に満ちている。ドアの上のベルがチリンチリンと鳴る。店員と梯子、温かな金色の光、そして――ぴったりの本を、ぴったりのタイミングで。

単行本版解説

米光一成

<strong>これは、まさにぼくたちのための青春冒険小説だ!!!</strong>とビックリマークつきで叫んでも、「ぼくたちって誰だよっ!」って突っ込みが入るだけだろう。

だからまずキーワードを列挙しよう。いくつかに興味を惹かれたなら、あなたは「ぼくたち」だ。

古書店、稀《き》覯《こう》本、電子書籍、グーグル、秘密結社、暗号解読、愛書家、最高の本、3Dスキャナ、『ドラゴンソング年代記』、データ・ビジュアライゼーション、活版印刷、フォント、活字、博物館アーカイブ、地下の図書館、オッパイ物理学、インターネットコミュニティ、キンドル、kobo、コンピュータ、ハッカー、特撮、特異点《シンギユラリテイ》、書体、ブックスキャナ、魔法使い《ウイザード》、テーブルトークRPG。

そして、チャーミングで青春でミステリーでファンタジーで魔法がハイテクで大冒険でカオスでクレバーな物語が好きな人。

もうひとつチェック。本書の中心人物ふたりのやりとりを引用してみる。

「みんながみんなじゃありません。いまだに、その……本のにおいが好きな人はたくさんいます」

「におい！」ペナンブラがオウム返しに言った。「人がにおいについて話しだしたらおしまいだよ」

というわけで、いま、あなたが手に持っているのは、ぼくたちがいま読むべき本ベスト1長編小説 *Mr. Penumbra's 24-Hour Bookstore* の全訳である。

二〇一三年度アレックス賞（全米図書館協会がヤングアダルト読者にすすめたい一般書に与える賞）の受賞作で、「村上春樹のお伽話的なチャームと、ニール・スティーヴンスンと初期ウンベルト・エーコの魔術的な小説技巧をあわせもつ傑作」なんて紹介されているのだから期待するなというほうが無理。

ぼくは、本職がゲームデザイナー。デジタルゲーム「ぷよぷよ」「バロック」等の企画監督脚本を手がけた。読書も好きで、紙の本が大好きで、電子書籍も好き。本を紹介する原稿をいろんなところに書いたりもしてる。対面で電子書籍を販売する「電書フリマ」ってイベントを開催したり、ｉＰｈｏｎｅの「電書カプセル」っていう電子書籍配信アプリ（無料だ）のディレクションをしたりもした。最近はアナログゲーム「想像と言葉」を製作中だ。ぼくは、本とコンピュータとゲームを巡るこの小説のうってつけの読者で、同じくうってつけの読者にぜひ読んでもらいたくて、うずうずしている。

もし、解説を先に読んでる人がいたら、さっさと小説世界に飛び込むことをオススメする。

主人公は、不況により失業した元デザイナーのクレイ・ジャノン。窓に貼られた店員募集のビラを見つけ〈ミスター・ペナンブラの二十四時間書店〉でアルバイトをはじめる。

店番をするのは三人で、ペナンブラ爺が朝を担当し、午後のオリヴァー・グローンにバトンを渡す。彼は考古学マニアだ。そして深夜から早朝はクレイが担当しペナンブラ爺に引き継ぐ。二十四時間営業だが、ほとんど客は来ない。そこで、クレイは、ささやかな経営立て直しに乗り出す。

隣の店のプロテクトされてないＷｉ－Ｆｉに接続して、地元のレビューサイトに書き込みをし、フェイスブックグループを作り、グーグルのハイパーターゲティング広告プログラムに十ドルで広告を出す。このあたりの具体的な記述で、ぼくはもうすっかりこの小説に夢中になった（27ページあたり！）。

〈ミスター・ペナンブラの二十四時間書店〉は、実は二軒の店がひとつにまとまっている。手前の店では古本を売っている。

奥の店にも本はある。だが、梯子付きの高い棚に並んでいるのは〝グーグルが知るかぎり存在しない作品ばかり〟だ。それらの本は少人数の常連客に貸出されているだけ。

しかも、店主のペナンブラから、棚に入っている本の中身を見てはならないと厳命されている。

「ここは単なる書店ではないんだ、おまえさんも気づいているにちがいないが。一種の図書館でもあり、同種のものが世界のあちこちにある。ロンドンにひとつ、パリにひとつ——全部で十二カ所あるな。同じものはふたつとないが、働きは一緒だ」

さらに、客とのやりとり、客の様子、どのように本を請求したか、どのように受けとったか、すべてを業務日誌に記録することも求められる。

この奇妙な古書店は何のためにあるのか？　客がほとんどいないのにどうやって運営しているのか？　店主の目的は何なのか？　やってくる常連客は何をしようとしているのか？

怪しく魅惑的な謎からスタートして、最新のハイテク技術を駆使したテクノロジーアクションとクラシカルな怪奇冒険譚のハイブリッドな世界が展開する。

とはいえ、ダン・ブラウンの『ダ・ヴィンチ・コード』みたいな大掛かりな国家レベルの大活劇にはならない。あくまでも青春小説、ぼくらの冒険だ。

最新ハイテクアクションといっても、ダンボールを組み立てて作る書籍用スキャナ、グーグル・ストリートビュー、ハドゥープ、メカニカル・ターク（知らなくてもだいじょうぶ、読めば分かる！　最新技術テクノロジーノウハウ本としても役に立つ）なんてのは、現実に、いま、ぼくたちが利用しようと思えば国家秘密情報機関とつながりがなくても可能だ。

いやまあ、グーグル社員のガールフレンドがいないとできないかなってことも出てくるけどね。

そう、クレイと冒険をともにする仲間を紹介しよう。ハイパーターゲティング広告を見て二十四時間書店にやってきた女の子キャット・ポテンテ。彼女はグーグル社員、クレバーなヒロインだ。

そして幼なじみのニール・シャー。クレイとはテーブルトークRPG仲間であり、『ドラゴンソング年代記』のファンつながりの親友。しかも、いまや業界標準規格となったオッパイ・シミュレーション・ソフトウェアの最初のバージョンを開発した男で、そのソフトウェア会社のCEOだ。

二十四時間書店のオーナー、元コンピュータ・オタクのペナンブラも大活躍する。

クレイの表現を真似るなら、パーティーのメンバーは、ならず者《ローグ》クレイ、魔法使い《ウィザード》キャット・ポテンテ、賢者ペナンブラ、盗賊《シーフ》ニール・シャーってところか。

ところで、二〇一四年三月九日にスタートした動的ニュース生成サービス「EPIC」をご存じだろうか?

仕掛けたのは、グーグルとアマゾンが合併した企業「グーグルゾン」。EPICは、グーグルの情報収集力とアマゾンの顧客情報と巨大商業インフラを駆使したニュース配信サービスだ。コンピュータアルゴリズム自身が、ネット上で集めた情報ソースから事実やテキストを抽出し、それらを再構成することで、パーソナライズした記事を配信する。大雑把に言えば「コンピュータ自身があなた個人に向けてニュースを書く」というものだ。

——っていう「EPIC 2014」(https://www.robinsloan.com/epic/) というムービーが二〇〇四年に公開されて、大きな話題になった。

二〇一四年に「メディア史博物館」(架空の存在だ) が製作した映像という設定で、一九八九年から二〇一四年までのメディア史が描かれる。二〇〇四年に作られたものなので、同年以降はフィクションであり予測であり予言として描かれている。

この見事な映像を作った作者のひとりが、ロビン・スローン。この本の著者だ。「それは最良の、そして最悪の時代。二〇一四年、ひとびとは前世紀には想像もしえなかった膨大な情報にアクセス可能になる。誰もがメディア空間にいる。マスコミは姿を消した」

多くの人が、「EPIC 2014」のビジョンを起こりえる未来、いやすでに起こりつつある現実としてとらえた。

二〇一四年になってしまったいま、再度この映像を見返しても驚愕する。グーグルとアマゾンは合併していないが、ここで描かれている仕組みは、ほぼ現実のものとなった。予言は的中した。

同時に、この映像は、物語が現実に与える衝撃的な力をぼくたちに指し示した。グーグルゾンはキーワードとなり、話題となり、議論が繰り広げられた。

そのロビン・スローンの小説だ。当然、虚実入り乱れている。どこからどこまでが実際にあることなのか、ちょっと分からない。グーグルの社員食堂の食事は個人仕様にカスタマイズされているってのは、どっちなんだろう（Facebookで聞いてみると議論になって、「本当だって言われたら信じるよ、それは！　グーグルならやってそう、いや本当であってほしい」という希望的観測の結果「本当」と結論した）。

ロビン・スローンのサイト（https://www.robinsloan.com/）もぜひ見てほしい。本書の原型になった物語が公開されているし、関連記事へのリンクや、著者の語る映像もある。いろいろ楽しい（英語なので、グーグル翻訳を使ってどうにかこうにか読んだのだけど）。

本書発表後に書かれた前日譚*Ajax Penumbra 1969*というノヴェラもあって、これも簡単に手に入る（キンドルで数秒もかからず）。

わー、まだまだ語り合いたいことはたくさんある。本が出たら、ネット上で読書会をしよう。ツイッター@yonemitsuで告知するからチェックするか、検索してみてくれ。

では（最初に言ったのに、まだ先に解説を読んでいる血塗られた手の同志へ）、最高の本に飛び込んで、最高の冒険を堪能してください。

文庫版解説

米光一成

二〇一四年四月二十五日初版の単行本解説につづいて、ここからは文庫版解説。

祝文庫化。

さて、解説というのは、本を手に取った人にしか読まれない。

それでは困るのだ。

ネット上のテキストの海を泳ぐ人に（溺れてる人にも）、この本を届けたい。

というわけで、解説をまるごとWEB「エキサイトレビュー」と東京創元社の「Webミステリーズ！」に再掲させてもらった。

すると「マガジン航」編集人の仲俣暁生《なかまたあきお》さんからメールが来た。

これぞまさにスティーブ・ジョブズが言っていた「テクノロジーとリベラルアーツの交差点」で書かれた小説ですよ！　と興奮している。

さらに、ブック・コーディネイターの内沼晋太郎《うちぬましんたろう》も巻き込んで、話が盛り上がる。

結局、下北沢の書店〈B&B〉でイベントを開催することになった。

「本が出たら、ネット上で読書会をしよう」と解説に書いたが、リアルなイベントでも読書会を行うことになったのだ。

それが、二〇一四年十月二十三日に開催した〝米光一成×仲俣暁生×内沼晋太郎「デジタルと本のハイブリッド小説が問いかけるもの」『ペナンブラ氏の24時間書店』刊行記念〟。刊行記念と銘打ってるが、刊行からすでに六ヶ月経っていた。出版社主導の宣伝イベントではなく、読者である我々が語りたくてしょうがないということでスタートしたイベントのため、けっこうなタイムラグが生じてしまったのだ。

イベント冒頭の会話を少し紹介しよう。

仲俣：書店で見かけて、最近よくある本屋小説ねって思ってスルーしちゃったの。ところが、米光さんの解説をＷＥＢで読んで、あの「EPIC2014」の共同制作者であるロビン・スローンの小説だと知り、「あわわわわ」となったのです。これが面白くないわけがない！　で、読んで、びっくり仰天したわけですよ。とにかくこれをなんとか多くの人に読んでもらって、一緒に話題を共有したいと思ってる。この本の話をできる人がいない。それがもうちょっと困るんで。
米光：フェイスブックとか激しかったもんね。読まないと友達の縁を切る、みたいな。
仲俣：友達じゃない。でもやっぱり、すごく面白い本を一緒にわいわい喋りたいなーと思って。

ここから怒濤のトークになり、世代、ネット、書店、書物、アーカイブ、本との出会い問題、オールドナレッジ、情報などの話題が飛び交う。

しかも、一回のイベントでは喋り足りず、十一月六日の「第十六回図書館総合展」において、同じメンバーで「あなたは今年いちばんの図書館小説『ペナンブラ氏の24時間書店』を読んだか？」と銘打ってイベントを開催した。

二〇一四年十二月十四日に開催された「全国大学ビブリオバトル２０１４～京都決戦～」のことも紹介しておきたい。

ビブリオバトルというのは、発表参加者が読んで面白いと思った本を持って集まり、順番にひとり五分間で本を紹介し、発表後に二～三分のディスカッションをし、最後に「どの本が一番読みたくなったか？」を基準とした投票をして、チャンプ本を決めるイベントだ。

『ペナンブラ氏の24時間書店』を紹介したのは、北九州市立大学文学部比較文化学科一年の半《はん》田《だ》鈴《すず》音《ね》さん。

「彼等は一冊の本によってめぐりあい、一台のコンピュータによって翻弄され、本によって狂わされた人々との出会いを経て何かを手に入れ何かを失います。さあ平成二十六年、もう年の瀬です。皆さんは今年たくさんの本を読んでこられたのではないでしょうか。しかし、もしこの本を読んでいただけるのなら、今年一番の読書体験を心からお約束します。さあ、本を愛するすべての皆さん、〝「秘密への扉」、この本にアリ〟です。ぜひ一度読んでみてください」と力強く語る。

さらに、「書店小説だと、本のあるあるネタを期待するんだけど、そういうところありますか?」という質問にはこう答える。

「本あるあるというか、本好きあるあるなんですけれども、本が好きな人だったら、床から天井の高い本棚ではしごを使わないと本が取れないというシチュエーションにドキっとすると思うんです。(単行本を手に持って)この表紙。床から天井までの本棚、はしごを使わないと本が取れない、こんな本屋さんに行きたいと思って、まず心を摑まれました」

見事、『ペナンブラ氏の24時間書店』がチャンプ本となる。

さて、著者ロビン・スローンのサイトでは、二〇一七年に二冊目の本が出版されることが予告されている。楽しみである。

最後に、単行本版解説をWEBに掲載したとき冒頭につけたテキストをコピー&ペーストしておこう。

『ペナンブラ氏の24時間書店』の解説を、許可を得てまるまる紹介する。

というのも、この本は、ぜひネットを使ってる人に、このページにたまたま辿り着いたような人に読んでほしい本だからだ。

なにしろ、著者のロビン・スローンは、ネットの未来を予見したムービー「EPIC2014」を作ったひとり。

グーグルとアマゾンが合併した企業「グーグルゾン」がニュース配信サービス「EPIC」

を開始した二〇一四年（そう、今年だ！）の未来を予見したムービーを、二〇〇四年に公開して、大きな話題を呼んだ。

「コンピュータ自身があなた個人に向けてニュースを書く」という未来は、ある種の歪みを抱えながら、ほぼ現実のものになりつつあると言っていいだろう。

ネットにおけるテキスト生成がどうなるかという予見をしたロビン・スローンは、同時に書籍を愛する者でもあった。そのことは『ペナンブラ氏の24時間書店』を読むとクリアに理解できる。

〝この小説は書物にまつわる技術発展に対する思索と、スリリングな冒険と、哀悼の表明からなる「本に宛てたラブレター」だ。〟

ニューヨーク・タイムズ「サンデー・ブック・レビュー」の評だ。

というわけで「よし読もう！」と思った人には、長い蛇足になっちゃうけど、以下、『ペナンブラ氏の24時間書店』の解説テキストです。

検印
廃止

訳者紹介　津田塾大学学芸学部英文学科卒業。英米文学翻訳家。主な訳書にマーカス「心にトゲ刺す200の花束」，ポールセン「アイスマン」，デュマス「何か文句があるかしら」，デイヴィス「感謝祭は邪魔だらけ」，ジーノ「ジョージと秘密のメリッサ」など。

ペナンブラ氏の24時間書店

2017年2月10日　初版

著　者　ロビン・スローン

訳　者　島《しま》　村《むら》　浩《ひろ》　子《こ》

発行所　（株）東京創元社
代表者　長谷川晋一

162-0814／東京都新宿区新小川町1-5
電　話　03・3268・8231-営業部
03・3268・8204-編集部
URL　http://www.tsogen.co.jp
振　替　00160―9―1565
精　興　社・本　間　製　本

乱丁・落丁本は，ご面倒ですが小社までご送付ください。送料小社負担にてお取替えいたします。

ISBN978-4-488-22603-9　C0197